Tom Mattes

Einfach Surfen

Impressum
Tom Mattes
c/o AutorenServices.de
Birkenallee 24
36037 Fulda
E-Mail: einfachsurfen@web.de

Druck: Amazon Media EU S.à r.l.,
5 Rue Plaetis, L-2338, Luxembourg
Coverbild: Shutterstock

Inhalt

Prolog

»Und? Was ist Surfen für dich? Was ist deine Antwort?«

Jetzt war ich gespannt. Max offenbar nicht. Er stieß hörbar Luft aus, stand auf und verschwand in der Dunkelheit, die um das Feuer lauerte. Aber Roger beachtete ihn gar nicht. Er starrte weiter gedankenverloren in die Flammen. Hatte er meine Frage überhaupt mitgekriegt? Als er schließlich anfing zu sprechen, schien es mir, als sei ewige Zeit vergangen.

»Ich habe schon unterschiedliche Antworten von Leuten gehört und auch bei mir selbst habe ich unterschiedliche Antworten gefunden«, sagte Roger langsam wie zu sich selbst und ohne den Blick zu heben, »je nachdem, wie ich gerade drauf war, in was für einer Lebensphase. Es gab Zeiten, da habe ich gegen mich selbst und gegen die Welt gekämpft. Der Kampf ging dann auf dem Wasser weiter. Ich habe Wellen zerfetzt, aufgerissen und zerstört. Und wenn sie zurückgebissen und zurückgeschlagen haben, war mir das gerade recht, ich hatte den Streit ja angefangen. Ich bin immer größere Wellen gesurft und wäre beinahe dabei draufgegangen. Aber nur so konnte ich mich überhaupt noch spüren. Damals war für mich der Kick das Wesentliche beim Surfen. Und der Schmerz. Genau wie für Max.«

Er hielt inne. Wieder dauerte die Stille an. Etwas knackte und zersprang im Feuer, Funken stiegen auf.

»Wenn du mich heute surfen siehst«, fuhr Roger fort, »siehst du wahrscheinlich nicht mehr viel von dem Aggro-Surfer, der ich mal war. Weil ich mich geändert habe, weil mein Leben ein anderes ist. Die Frage ist nur: Hat sich mein Lebensstil aufs Surfen oder hat sich mein Surfstil auf mein Leben ausgewirkt?«

Er ließ den letzten Satz gerade so lange nachklingen, dass vor meinem inneren Auge Bilder aufblitzen konnten: Roger in der Welle, der Künstler bei der Arbeit, mit dem Surfbrett weiche, harmonische Linien zeichnend.

»Ich kann das wirklich nicht so genau sagen und das finde ich spannend. Für mich ist Surfen etwas, was mein ganzes Leben begleitet, etwas, das ein Gleichnis für mein Leben ist. Für mich hängen die Fragen nach dem Sinn des Lebens und nach dem Wesen des Surfens zusammen. Wenn man die eine Frage beantwortet, beantwortet man automatisch auch die andere. Da bin ich mir sicher.«

Das war mir jetzt alles einen bisschen *zu* philosophisch. Roger spürte wohl meine verbliebenen Fragezeichen. Er sah vom Feuer auf und sah mich an.

»Weißt du, als ich hierherkam, wollte ich einfach nur surfen. Und jetzt …«, er fing an zu grinsen, »surfe ich einfach. Nichts weiter. Einfach leben. Einfach surfen.«

Wir saßen länger schweigend da. Ich versank immer mehr in den züngelnden Flammen, roch den Duft des gegrillten Fisches, trank einen Schluck lauwarmes Bier. Einfach war das Leben hier am Strand. Mir gefiel es. Ich liebte den Traum, für immer hierzubleiben.

Kapitel 1: Zahnlos surfen

Drei Monate zuvor, Goa, Indien, Juli 2003

Die meisten Aussteiger erkennt man an ihren Zähnen. Von außen betrachtet ist alles gut: braungebrannt, locker gekleidet, keine hektischen Bewegungen – relaxed. Aber wenn der Mund beim Sprechen etwas zu lange offensteht, blickt man in Ruinen. Traurig sieht das aus, verstörend und herzzerreißend.

Viktor war so ein Fall. Ich wollte mir ein Surfbrett von ihm ausleihen, er hatte derer einige. Irgendwo weit hinten am Strand von Arambol hatte ich ihn entdeckt. Er lag in einer Hängematte unter einem Moskitonetz und machte ein Nickerchen oder döste vor sich hin. Als ich sein Camp betrat, räkelte er sich und öffnete die Augen einen Spalt breit. »Camp« schien mir die richtige Bezeichnung für seine Behausung. Bastmatten bildeten das Dach und die Hinterwand, das Ganze wurde von dicken Bambuspfählen getragen. Es gab noch zwei andere Hängematten mit Moskitonetzen, außerdem eine Kochnische mit Gasflasche. Alles sah relativ ordentlich aus, was aber auch kein Kunststück war, denn es waren nur sehr wenige Gegenstände vorhanden. Das ganze Arrangement war von Palmen umstanden und ungefähr 100 Meter vom Strand entfernt. Es schien mir nicht der schlechteste Platz zum Leben. Bis auf die Sache mit den Zähnen. Viktor war ein besonders schlimmer Fall. Ich schätzte ihn auf Ende Zwanzig. Als ich näher an die Hängematte herantrat, öffnete er die Augen ganz und grinste mich an. Vielleicht sollte es auch ein Zähneblecken sein. Wie auch immer – es war ein hoffnungsloses Unterfangen. Sein Gebiss war nur noch rudimentär vorhanden. Was mich daran so faszinierte, war nicht nur der Mut zur Lücke. Die verbliebenen Elfenbeintürme waren auch noch tief gelb bis schwarz und standen kreuz und quer durcheinander. Als hätte ein wahnsinniger Zahnarzt Mikado mit ihnen gespielt.

»Hi, sorry, wenn ich dich beim Schlafen gestört habe. Ich habe gehört, du verleihst Surfbretter?«

Der Typ musterte mich von oben bis unten, er schien kurz überlegen zu müssen.

»Hi. Ja, ich hab' einige Boards da«, sagte er dann langsam und irgendwie wenig begeistert.

»Hast du irgendwas Großes, so 8 bis 9 Fuß, Mini Malibu oder Longboard?«[1]

Jetzt runzelte er leicht die Stirn. Langsam fühlte ich mich ein wenig unwohl.

»Ja, ich denke schon.«

»Okay, cool, ich will die nächsten Tage surfen gehen, ich hab' gesehen, hier am Strand bricht 'ne schöne linke Welle.«[2] Ich deutete mit dem Daumen über meine Schulter, Richtung Strand.

»Klar, kein Problem.«

»Ich bin Tom, nett dich kennenzulernen.«

Ich streckte ihm meine Hand entgegen. Viktor befreite sich umständlich aus dem Tuch der Hängematte, das ihn wie einen Kokon umhüllte und reichte mir durch einen Spalt im Moskitonetz eine schmale sehnige Hand.

»Viktor.«

Er sank zurück ins Tuch.

»Kannst du mir die Bretter mal zeigen?

»Die liegen da hinten.« Viktor deutete hinter sich, ein paar Me-

---

[1] 1 Fuß = ca. 30 cm. Die Größe von Surfbrettern wird meist in Fuß angegeben. Ein Surf-Glossar ist am Ende des Textes zu finden. Die wichtigsten Begriffe werden in den Fußnoten erklärt.

[2] Surfer unterscheiden nach rechts brechende und nach links brechende Wellen.

ter weiter sah ich einen weiteren Unterstand mit Planendach. »Such dir einfach eins aus.«

Mit diesen Worten wickelte er sich wieder die Hängematte und schloss die Augen. Ich war perplex. Mr. Mikado schien nicht gerade der gesprächigste Zeitgenosse zu sein. Und etwas zuvorkommender hätte er auch ruhig sein können. Ich schluckte den aufkeimenden Ärger herunter – ich wollte was von ihm und er hatte die Macht des Monopolisten. Zwar hatte ich mir weiter vorn am Strand auch schon einige Surfbretter angeschaut. Aber die hatte ich nur für meine Sammlung kurioser Bretter fotografiert: mehrfach gebrochen und abenteuerlich zusammengeflickt, schwer von gesogenem Wasser im Schaumkern, die Kunstharz-Oberfläche schon ganz dunkel von Alter und Sonneneinstrahlung. Soweit ich informiert war, war Viktor der einzige weit und breit, der annehmbare Boards verlieh. Also: nett sein.

In den folgenden Tagen stellte sich heraus, dass er eigentlich ganz okay war. Surfer sind halt ein spezielles Völkchen. Seit den 80er Jahren hat Wellenreiten international einen extremen Push bekommen. In der Werbung wird es als Platzhalter für begehrte Eigenschaften wie Freiheit, Wildheit und eine coole Lebenshaltung mehr als erschöpfend eingesetzt. Die ständige Präsenz in den Medien und die breite gesellschaftliche Aufmerksamkeit hatte dem Umgang der Surfer untereinander nicht gut getan. Ich beobachtete eine katastrophale Arroganz und Aggressivität am und im Wasser. Schlägereien inklusive. Der Einstellung »Du willst hier surfen? Was bist du denn für ein Vogel?« begegnete man pikanterweise nicht nur bei Locals[3] – denen gestand ich das bis zu einem gewissen Grad noch zu – sondern auch bei Zugezogenen und Touristen. Jeder wollte cool sein, jeder wollte die Welle. Und wie

---

[3] Lokale Surfer

das bei begehrten und deshalb knappen Ressourcen so ist, war die Coolheit schnell weg und das Gebalge da. Okay, Schusswaffen hatte ich im Wasser noch nicht gesehen, aber viel fehlte an manchen Spots[4] sicher nicht mehr, bis die ersten Surfer mit Harpune in den Line Up[5] paddelten.

Nachdem Viktor gesehen hatte, wie ich die Wellen seines Homespots surfte, wurde er schlagartig freundlicher. Wahrscheinlich hatte er bei unserem Erstkontakt ungefähr gedacht: »Noch so ein dämlicher Tourist, der ohne Plan im Weißwasser herumpaddelt, sich einen Sonnenbrand holt, sich das Brett ins Gesicht rammt, dabei 'ne Beule in beides reinmacht und danach flennend beteuert, zu Hause wäre er der Supersurfer.« Um Viktor Gerechtigkeit erfahren zu lassen, muss ich noch folgendes ergänzen: Längere Boards, also alles über 7 Fuß, gelten heute als extrem uncool. Die Bretter, die man aus der Werbung kennt, sehen alle gleich aus. Spitze Nose[6], drei Finnen, 5 bis 7 Fuß groß – die sogenannten Shortboards. Früher gab es ausschließlich Longboards. Und die waren richtig lang. Die ersten hawaiianischen Vollholzbretter maßen unglaubliche 20 Fuß und mehr. Noch in der ersten Hälfte des 20. Jahrhunderts fingen die Boards bei 9 Fuß erst an – meist waren sie erheblich größer. Über Finnen verfügten diese Bretter auch nicht, die wurden erst um 1930 erfunden. Erst ab Ende der 60er Jahre vertrieben die kurzen Bretter die langen, Anfang der 80er wurde dann von einer auf drei Finnen umgestellt.

Es surft sich anders auf einem kurzen Brett mit drei Finnen. Radikaler, abrupter, härter. Für den aggressiven New-School Surfstil, der vom Skateboarden inspiriert ist und ab den 90ern in Mode

[4] Surfspot, kurz Spot: Strand, Küstenabschnitt, wo surfbare Wellen brechen.
[5] Stelle im Wasser, an der sich Surfer versammeln, um auf Wellen zu warten.
[6] Die Brettnase = Brettspitze

kam, sind diese Fahreigenschaften unabdingbar: Airs[7], 360er[8], zackige Cutbacks[9] – das alles kriegt man mit einem Longboard nicht hin. Vielleicht sind längere Bretter mit nur einer Finne auch deswegen nicht in den Medien präsent: Die Kurven, die der Surfer mit ihnen ins Wasser malt, bieten dem von Action verwöhnten Auge weniger Reize. Vielleicht passt der harmonischere und langsamere Longboard-Fahrstil auch einfach nicht zum aggressiven Verhalten unserer Ellenbogen-Gesellschaft.

Auf jeden Fall ist es tatsächlich schwieriger, auf einem Shortboard zu surfen als auf einem Longboard. Von daher war Viktors Umkehrschluss: Longboard = Looser gar nicht so falsch. Aber erstens messe ich stolze zwei Meter und wiege 100 Kilo, damit ist ein Minimalibu fast ein Shortboard für mich. Und zweitens hatte ich irgendwann einfach keine Lust mehr, um Wellen zu kämpfen. Mit einem längeren Board kommt man leichter in die Welle, während die Shortboard-Fahrer sich erfolglos totpaddeln. Viele Anfänger lernen nie das Wellenreiten, weil für sie »Surfen« nur genau daraus besteht: Paddeln, Paddeln, Paddeln und manchmal – meist erfolglos – Wellen anpaddeln. Ich bekam fast jede Welle, die ich wollte und hatte Spaß. Dafür nahm ich es gerne in Kauf, uncool zu sein. Und wenn man mal ehrlich ist: Airs und 360er – wie viele Leute können so was?

Doch zurück zu Viktors Zähnen. Ich hatte richtig vermutet: Viktor erzählte mir später, dass er seit acht Jahren am Strand von Goa lebte. Ursprünglich stammte er aus Russland. Strandleben bedeutete in seinem Fall auch: keine Krankenversicherung, die teure Zahnarztkosten übernimmt. Bei ihm wäre wahrscheinlich

---

[7] Manöver, bei dem der Surfer eine Wellenrampe hochfährt und mit dem Brett in die Luft abhebt.

[8] Manöver, bei dem sich der Surfer samt seines Bretts um 360 Grad dreht.

[9] Manöver, bei dem der Surfer eine enge Kurve in der Welle fährt.

nur noch eine Komplettsanierung sinnvoll gewesen. Selbst in Indien würde das nicht billig – deswegen die Ruinenlandschaft. Gut, dass Steaks nicht auf der Speisekarte in Indien stehen – er hätte sie nicht essen können. Reis und Bananen waren dagegen wahrscheinlich noch möglich.

Viktors Zähne faszinierten mich auch deswegen, weil ihr Anblick eine Frage in mir zum Klingen brachte, die mir schon länger keine Ruhe ließ: war ein Leben außerhalb oder am Rande des modernen Gesellschaftssystems möglich? War es irgendwie machbar, Arbeitsmaschinerie, Absicherungswahn, Technikfetischismus und Konsumorgien zu entfliehen? War ein einfaches Leben »draußen« möglich? Surfend am Strand? Vielleicht sogar unter Palmen? Meine Reise sollte mir Zeit geben, diese Fragen zu klären.

Ich hatte meinen Job gekündigt und den Plan, für mindestens ein Jahr nur Sachen zu machen, die ich machen wollte. Auf meiner Liste stand als erstes Surfen und als zweites in Ruhe Nachdenken über mein Leben und wie es damit weitergehen könnte. Für den Auftakt der Sinnsuche hatte ich Indien ausgesucht. Danach würde es mit dem Surfen in Sri Lanka losgehen. Das war jedenfalls mein Plan gewesen, bis ich die Wellen am Strand von Arambol gesehen hatte.

Die grellbunten Ornamente und Figuren indischer Tempel hatten mich schon immer fasziniert. Die Farben, die Formen, die Architektur – alles kam mir total überdreht und radikal fremdartig vor. Ich weiß noch genau, wie ich einmal plötzlich unvermutet vor einem Tempel in London stand und dachte: Was muss das für ein Land sein? Wie sehen Inder die Welt und das Leben, welche Antworten haben sie auf die entscheidenden Fragen? Über das Fremdartige das Normale, das eigene Leben, Denken und Tun besser zu verstehen, fand ich schon immer eine geniale Methode. Von Indien erwartete ich in dieser Hinsicht viel.

Was nach meiner Reise passieren würde, war mir unklar. Eine Möglichkeit, die ich nicht ausschloss, war das dauerhafte Aussteigen aus dem »System«. Ungefähr wie Viktor. Deshalb gruselte es mich beim Anblick seines Restzahnbestandes. War das der Preis der Freiheit? Andererseits: ich hatte immer schon sehr gute Zähne, vielleicht war ich damit sozusagen zum Daueraussteiger prädestiniert? Trotzdem schien mir Viktors verschwundenes Gebiss zuzurufen: »Aussteigen? Bist du verrückt? Das Leben in Deutschland ist doch kuschelig warm und komfortabel! Guck mal, was aus mir geworden ist!« Unter Palmen und Bastmatten an einem Strand zu leben – schön. Aber zahnlos surfen? Ständig Schmerzen und jedes Essen mit dem Stabmixer pürieren? Irgendwie konnte ich mir das auch nicht vorstellen.

Oder war ich einfach schon zu verwöhnt vom Lebens- und Zahnbestandsniveau in Deutschland? Vieles zu Hause lief eindeutig unter der Rubrik »Kosmetik«. Man könnte rein praktisch gesehen ja durchaus auf den einen oder anderen Zahn verzichten. Damit verletzt man aber das ästhetische Empfinden des modernen Luxusgermanen, und der Lückenträger wird vom Betrachter in die Armutsecke geschoben. Denn welchen anderen Grund könnte es haben, scheiße auszusehen? Eine sichtbare Zahnlücke zu haben, ist in Deutschland ähnlich aussagekräftig, wie mit einer Weinflasche oder besser noch einem Tetrapack Dornfelder am Bahnhof herumzulungern: Sozialabsteiger, Verlierer, arm. Aber bis zu welchem Punkt sind Zähne eigentlich notwendig, um ein möglichst angenehmes, ernährungstechnisch unkompliziertes Leben zu führen und ab wann sind sie nur noch Statussymbol und Kosmetik? Viktor hatte den Bereich der Kosmetik offensichtlich seit langem verlassen. Er spielte in einer eigenen Liga, in der Nahrung nur noch in flüssiger Form oder als Brei denkbar war. Wie lange würde mein eigenes Gebiss wohl in der jetzigen Top-Form bleiben, wenn die regelmäßigen Zahnarztbesuche wegfielen? Und: Wie würden Familie und Freunde reagieren, wenn ich einige Jahre nach dem Systemausstieg ein viktoreskes Gebiss vorwies? In Tränen ausbrechen? Mir verschämt Euro-Noten zustecken? Ich war neugierig, was Viktor und seine Zähne hierher verschlagen hatte. Bei einem lauwarmen King Fisher-Bier – Viktor war leider nicht im Besitz eines Kühlschranks, sondern »kühlte« sein Bier im Meer – fragte ich ihn ein paar Tage später danach.

»Sag mal, wie ist das Leben hier so? Vermisst du manchmal Russland?«

Viktor spielte den Entsetzten, verzog wie angewidert den Mund, riss die Augen auf und fuchtelte mit seiner Bierflasche herum.

»Bist du verrückt? Warum sollte ich Russland vermissen? Warst du schon mal dort?«

»Nö.«

»Eben. Hier kann ich das ganze Jahr draußen in der Hängematte schlafen, okay, manchmal regnet es ziemlich viel. Aber immer noch besser als 20 Grad minus und eingeschneit zu sein. Ich komme aus Murmansk, weißt du, das ist an der Grenze zu Finnland.«

Murmansk sagte mir irgendwas, aber auf einer Landkarte hätte ich es nicht verorten können. Doch wenn Finnland in der Nähe von Viktors Heimatstadt lag, war er auf jeden Fall ein richtiges Nordlicht. Wie ich. Der Tapetenwechsel zum Strandleben in Goa musste für ihn mindestens genauso radikal sein, wie er es für mich sein würde.

»Und wie bist du hier gelandet?«

Viktor blickte kurz sinnierend ins Leere. Vielleicht war er immer wieder selbst überrascht, welche Umstände ihn hierher verschlagen hatten?

»Ich war früher viel auf Techno, Rave, Drogen und so'n Zeug, verstehst du? Irgendwann meinte ein Kumpel von mir: ›Lass mal nach Goa, geiler Name für einen Ort, da geht bestimmt was.‹ Und es ging hier auch wirklich einiges.« Er verstummte, hing für einen Moment offenbar Erinnerungen vergangener Party-Eskapaden nach. »Vielleicht sogar etwas zu viel«, fuhr er schließlich fort. »Mein Kumpel ist irgendwann nach Hause gefahren, aber ich bin irgendwie hängengeblieben. War einfach zu geil.«

Viktors Drogenkarriere interessierte mich nicht besonders, die praktischen Fragen des Aussteigens dafür umso mehr.

»Und wie machst du das mit Geld und Visum?«, hakte ich nach.

»Jetzt willst du's aber wissen, was?« Viktor hob die Augenbrauen und musterte mich. »Willst du auch hierbleiben?«

»Also hier direkt nicht, aber irgendwo am Strand leben könnte ich mir schon ganz gut vorstellen. Also? Wie läuft das hier praktisch so ab?«

Viktor nahm einen langen Zug von seinem Bier. Dann gab das Ex-Nordlicht bereitwillig Auskunft.

»Na, ja das Visum war am Anfang schon ein Problem. Hab's zweimal für ein Jahr verlängert, danach wollten sie mich rausschmeißen. Aber dann lernte ich auf einer Party so'n Unternehmersöhnchen kennen. Stellte sich raus, dass sein Vater ein ganzes Firmenimperium besitzt. Maschinen, Autos, Schiffe. Jedenfalls war der Sohnemann voll auf Rave, habe ihm öfter Pillen besorgt. Wir waren viel zusammen feiern, waren irgendwie Buddies. Als das mit den Visumschwierigkeiten losging, habe ich ihm davon erzählt, und er meinte nur: ›Kein Problem, lass mich nur machen.‹ War dann tatsächlich plötzlich kein Problem mehr. Als ich das nächste Mal in der Behörde auftauchte, waren die scheißfreundlich und haben mir sofort meinen Residential-Status gegeben.«

Mit dem Visum hatte Viktor anscheinend ziemliches Glück gehabt. Es gibt nur wenige Länder auf der Welt, die einen längerfristigen Aufenthalt von Ausländern einfach hinnehmen. Meist muss man den lokalen Behörden erhebliche finanzielle Mittel nachweisen. Leute mit Devisen sind fast überall gerne gesehen. Ohne ein dickes Finanzpolster wird es normalerweise schwierig mit der Aufenthaltserlaubnis. Und leben musste man ja auch noch. Dieser Punkt interessierte mich besonders.

»Aha. Und was ist mit dem Geld?«, fragte ich. »Wie kommst du hier über die Runden?«

»Zuerst hab' ich 'nen bisschen mit Pillen gedealt. Ein bisschen Geld hatte ich sowieso noch, meine Mutter ist in der Zeit gestorben. Das mit den Drogen wurde aber irgendwann zu stressig, gab immer mehr Polizeikontrollen. Außerdem hatte ich auch keinen Bock mehr auf diese ewige Party-Schiene. Bin dann vor vier Jahren mit 'nem Australier zum ersten Mal surfen gegangen. Das war nicht hier, das war in Anjuna. Hat mich total geflasht. Als der Australier wegfuhr, hab' ich ihm ein Brett abgekauft. Seitdem surfe ich immer, wenn Wellen sind. Irgendwann sprachen mich dann Touristen an, wo ich das Surfbrett herhätte, ob man sich hier irgendwo eins ausleihen könnte. Na ja, den Rest kannst du dir vorstellen.«

Aber so richtig klar hatte ich Viktors Lebensmodell noch immer nicht vor Augen.

»Okay, lebst du echt nur vom Bordverleih?«, fragte ich etwas ungläubig. »Es sind doch gar nicht so viele Leute hier, oder?«

»Nicht so viele Leute?«, Viktor schnaubte. »Hey, es ist ja noch halb Regenzeit. Komm mal im November, Dezember hierher. Dann ist der ganze Strand voll! In der Zeit sind meine Bretter ständig alle ausgebucht. Scheißegal, ob Wellen sind oder nicht. Ich glaube, die Leute holen sich die Boards teilweise nur, um damit am Strand auf und ab zu laufen. Poser! Manchmal gebe ich auch Surfstunden, meistens für Russen oder Deutsche. Die haben das sooo nicht drauf.«

»Danke!«

»Nee, dich hab' ich nicht gemeint, nicht falsch verstehen. Aber als du hier ankamst, hab' ich schon gedacht: ›Oh, Blondschopf will paddeln, viel Spaß.‹ Wusste ja nicht, dass du es drauf hast.«

»Noch mal danke«, ich verbeugte mich leicht.

Viktors Lebensmodell schien fast zu schön, um wahr zu sein. Bretter an Touristen vermieten, nichts einfacher als das. Man musste eben immer nur der erste sein; mit der richtigen Idee, am richtigen Ort, zur richtigen Zeit. Solche Leute hatte ich immer schon beneidet. Ich selber hatte schon oft hin und her überlegt, was man machen könnte, um mit überschaubarem Aufwand genug Geld zum Leben zusammenzubringen. Bevorzugt irgendwo in wärmeren Gefilden, an einem Meer mit surfbaren Wellen.

Viktor spielte gedankenverloren mit einem Stück Wachs herum. »Sex Wax. Best for your stick« stand darauf. Obszön. So obszön wie die Art und Weise, wie die Surfindustrie mit dem Surfen heute umspringt. Surfbretter als Penisverlängerung, Wachs als Gleitcreme. Da die Bretter immer kürzer wurden, passte das nicht ganz. Eher war die Wellengröße die Penisverlängerung. Je größer die Welle, desto höher die mediale Aufmerksamkeit. Die Wellen, die heute in Zeitschriften und in Filmen auftauchen, sind meist so groß und so ultrabrutal, dass jeder normale Mensch darin hundertprozentig umkommen würde. Welle anpaddeln, auf die Schnauze fliegen, Waschgang, Waschgang, Exitus. Das galt auch für mich, das war mir klar. Ein guter Surfer zu sein, bedeutet eben vor allem auch, einschätzen zu können, welche Wellengröße und -kraft man sich selber zumuten kann. Zwar übertrieb ich es manchmal, aber auf einem Selbstmordtrip war ich nicht.

Für einige Tage lief der Beachbreak[10] in Arambol unglaublich gut. 1,50 bis 2 Meter saubere Wellen, lange Ritte. Ich nahm eine nach der anderen, ohne mich vergewissern zu müssen, ob jemand Anderes Vorfahrt hatte – es war niemand da. Nur Viktor leistete mir manchmal Gesellschaft. Pipi-warmes Wasser, Boardshorts, nur ein T-Shirt gegen Sonnenbrand und Abschürfungen am Bauch – ich hätte nie gedacht, dass Surfen in Indien so einen Spaß machen könnte. Goa hatte ich nur angesteuert, weil es für seinen relaxten Lebensstil bekannt war. Tatsächlich erinnerten mich Arambol sehr an das Spanien der 80er Jahre: Ähnliche kleine Holzboote und Fischer, die ihre Netze am Strand flickten, hatte ich schon als kleiner Junge an der Costa del Sol bewundert. Heute reihen sich dort die Hotelburgen aneinander, Netze flickende Fischer gibt es dort schon lange nicht mehr.

Viele Goaner waren Katholiken, sie kleideten sich nicht so auffällig bunt wie der Durchschnittsinder. Die Portugiesen hatten in diesem Landesteil unübersehbar ihre Spuren hinterlassen. Soweit ich es sah, waren dies recht hübsche Spuren; auch die vielen Touristen und die Aussteiger, die sich an Goas Stränden versammelt hatten, schienen dies so zu sehen.

Mein nächster Halt sollte ein Yoga-Ashram in Pune, im indischen Bundesstaat Maharashtra sein. Nachdem der Beachbreak

---

[10] Auf Sandbänken brechende Welle.

seine Arbeit eingestellt hatte, verbrachte ich noch einige Tage in Arambol, aß in kleinen Fischrestaurants und hatte lockeren Kontakt mit anderen Travellern. Alle waren entspannt, alle hatten gute Laune. Mir wurde schnell langweilig. Ich brauche irgendwie ständig Input, mit mir selber halte ich es nie lange aus. Ich verabschiedete mich von Viktor und machte mich auf den Weg zum Bahnhof.

Kapitel 2: Raumwunder

Ich liebe das Zugfahren in Indien. Indische Züge sind anders. Zum Beispiel sind sie unglaublich voll. Zum Teil sind sie so voll, dass jeder deutsche Begriff von »voll« hier überfordert ist. Ich stand am Vasco Da Gama-Bahnhof in Goa, der Zug nach Pune fuhr ein. Eine Traube von Menschen hing vor jeder Abteiltür. Vor mir, neben mir, hinter mir auf dem Bahnsteig warteten ungefähr eine Million Inder darauf, einzusteigen. Zwei Sachen waren mir klar. Erstens: der Zug war voll. Zweitens: der Zug war richtig voll. Die Inder um mich herum schienen die Sachlage etwas anders einzuschätzen. Noch während der Zug langsam ausrollte, begannen sie damit, sich in die hängenden Menschentrauben an den Eingängen zu drängen. Das Ganze erinnerte mich irgendwie an den Versuch, ein Zelt oder einen Schlafsack in eine hoffnungslos zu kleine Tüte zu stopfen. Eigentlich weiß man genau, dass es nicht geht, man versucht es aber trotzdem. Erstaunlich war allerdings, dass die in die Menschentrauben Drängenden irgendwie absorbiert wurden und einer nach dem anderen im Zug verschwand. Ich habe kein Problem mit Körperkontakt. Ich kann auch ziemlich rabiat sein, habe früher viel Kampfsport gemacht. Aber dieser Kampfsport hier – das war mir zu krass. Ohne Rücksicht auf Verluste warfen sich Leiber in andere Leiber, prallten ab, wurden mit Händen und Füßen abgewehrt, wehrten sich mit Händen und Füßen, zogen, zerrten, fluchten, riefen, schrien.

Ich war eingeschüchtert. Ein ungewöhnlich großer junger Mann mit Turban sprach mich an.

»Entschuldigen Sie, Sir, wollen Sie nicht in den Zug?«

Ich nahm noch einmal die völlig verstopften Zugeingänge in Augenschein und schüttelte dann den Kopf: »Ich glaube, ich nehme lieber den nächsten, dieser ist ja schon voll.«

»Nein, nein, nehmen Sie diesen, kommen Sie.«

Der Mann griff mich am Arm und begann, mich Richtung Schlachtfeld zu ziehen. Ich war unschlüssig, aber auch irgendwie dankbar, dass er sich um mich kümmerte.

Trotzdem wandte ich ein: »Also, ich glaube nicht, dass ich da noch reinpasse. Auch wegen meines Rucksacks.«

Aber er ließ sich nicht beirren. »Kein Problem, kein Problem. Das geht wunderbar, da ist jede Menge Platz für Sie und Ihren Rucksack.«

»Okay? Sind Sie sicher?«

Der Kampf war kurz, aber hart. Mein selbsternannter Retter zog, zerrte und stieß mich mit brachialer Gewalt mitten hinein in das Gewusel aus menschlichen Leibern. Mit meinem Rucksack nahm ich ungefähr viermal so viel Platz ein wie ein Inder. Aber als die an der Abteiltür hängenden Männer mich sahen, quetschten sie sich noch einen Hauch dichter zusammen, so dass ein winziger Spalt entstand – durch den ich niemals durchgepasst hätte. Hätten nicht Hände von innen mich gezogen und gleichzeitig Körper von hinten geschoben. Als ich drinnen war, war ich einigermaßen erschöpft, vor allem aber erstaunt, dass das anscheinend Unmögliche gelungen war. Ein neuer Begriff von »voll« war in meinem Kopf entstanden. Und mein Begleiter war glücklich.

»Sehen Sie. Was habe ich Ihnen gesagt? Der Zug ist höchstens halb voll. Schauen Sie: Sogar die Gepäckhalter sind noch frei.«

Das stimmte. Später saß ich häufig in Zügen, in denen auch in den Gepäckhaltern Menschen lagen, nachts entdeckte ich manchmal Personen auf dem Dach.

Die Züge in Indien waren aber nicht nur voller als die in Deutschland. Sie unterscheiden sich auch durch die Länge. Ich hatte oft den Eindruck, dass der Zug bis zum Horizont reichte. Gut eine Milliarde Menschen müssen halt irgendwie transportiert werden, und die Inder fahren anscheinend gerne Zug. Besonders bemerkenswert empfand ich auch die Konstruktion. Diese war so robust, dass ich annahm, die Produktion müsse irgendwann zwischen 1950 und 1970, also »in der guten alten Zeit« erfolgt sein, in der Autos noch aus Blech und Schränke noch aus Holz waren. Plastikgriffe und filigrane Halterungen suchte ich vergebens. Auch die Polsterung war spartanisch, aber sehr robust. Dicke Stahlrohre überall, die Fenster waren mit Gittern versehen. Insgesamt machte alles den Eindruck, als könne auch eine Horde von betrunkenen Fußballfans hier keinerlei Schaden anrichten. Ich war erstaunt, als ich herausfand, dass die Produktion aktuellen Datums war. Offensichtlich setzen die Inder bei ihren Zügen eindeutig auf Einfachheit und Langlebigkeit. Bei uns ist ja eher Kompliziertheit Gesetz. Produkte werden nicht zum Wohle des Nutzers oder Kunden, sondern sehr oft zum Wohle des Herstellers und Verkäufers hergestellt. Der pragmatische Nutzen muss mit anderen Werten wie Aussehen und Design, neuesten technischen Schnick-Schnack-Funktionen, Markennamen, Status konkurrieren. Die Nutzbarkeit zieht bei diesem Konflikt oft den Kürzeren.

Das war einer der Gründe, warum mich das Leben in Deutschland nervte. Auf der einen Seite wurde vermehrt Panik geschürt, in den Medien war ständig von Armut die Rede, die Leute waren gestresst, weil sie um ihren Job fürchteten und ihre Schulden bedienen mussten. Auf der anderen Seite konsumierten die Menschen ungezügelt vor sich hin und hielten es für völlig selbstverständlich, dass aufwändigste Technik, Markenmode, Autofetische, Eigenheime und Urlaube »drin« sein müssten. Dahinter zog sich die Armutslinie, davor tobte der Luxus-Existenzkampf.

Bei den Zügen waren die Inder also bodenständiger. Wenn es zu Konsumelektronik kam, waren sie anscheinend mindestens genauso technikverrückt wie die Menschen zu Hause. Fast jeder schien hier ein Mobiltelefon zu haben. Dagegen war ich elektronisch betrachtet wie in der Steinzeit unterwegs. Nämlich ohne Telefon und damit ohne Kommunikationskanal zu Freunden und Verwandten – allein unter Fremden. Kein angenehmes Gefühl. Aber das kannte ich schon von zu Hause. Sobald ich dort meine Wohnung und das Festnetztelefon hinter mir ließ, war ich nur noch direkt ansprechbar. Ich hatte aber die Erfahrung gemacht, dass man auf diese Weise intensiver in Kontakt kam mit zufällig anwesenden Personen, die das Schicksal in die Nähe verschlagen hatte. Diese zufälligen Kontakte zu meinen Mitmenschen hatte ich schätzen gelernt. Und da Reisen für mich insbesondere bedeutet, Menschen zu treffen, kam ein Mobiltelefon hier noch weniger in Frage. Keine Ausflüchte, mitten hinein ins unendliche indische Angebot von zufälligen Bekanntschaften und Reisegefährten! Der Gesprächsfaden nach Hause war dünn, bestand ungefähr aus einer wöchentlichen E-Mail an den engsten Bekanntenkreis.

Mein turbantragender Wegbereiter riss mich aus meinen Gedanken:

»Sagen Sie, Sir, sind Sie auch auf dem Weg zur Kumbh Mela?«

»Entschuldigung?«

»Ich fragte: Sind Sie auch auf dem Weg zur Kumbh Mela? Das große Pilgerfest in Nashik?«

»Ich weiß nichts von einem Pilgerfest. Ich bin auf dem Weg nach Pune.«

Der Mann schien ernsthaft enttäuscht zu sein »Oh Sir, das ist schade! Sie sollten wirklich zur Kumbh fahren. Millionen von Menschen werden dort sein. Vielleicht 100 Millionen. Ich fahre immer hin, wenn ich die Gelegenheit habe.«

»100 Millionen Menschen? Sind Sie sicher?« Ich meinte mich verhört zu haben.

»Ja, ja, absolut. Absolut sicher! Jedermann wird dort sein. Fragen Sie doch mal die Leute hier im Zug.«

Er wandte sich an seinen Nebenmann, der unser Gespräch, wie alle anderen Personen um uns herum, mitbekommen haben musste:

»Entschuldigen Sie, Sir. Wo fahren Sie hin?«

»Nashik, Kumbh Mela.«

Er wandte sich an den nächsten:

»Und Sie, Sir?«

»Kumbh Mela.«

Nun hatte mein Begleiter Feuer gefangen.

»Entschuldigen Sie bitte, meine Damen und Herren«, rief er ins Abteil hinein. Unsere Mitreisenden unterbrachen ihre Gespräche, wendeten neugierig die Köpfe. Was machte der Typ? »Dieser Tourist aus …«, fragend blickte er mich an, »von wo?«

»Äh, Deutschland«, sagte ich unangenehm berührt davon, plötzlich so im Mittelpunkt zu stehen.

»Ah, Deutschland, sehr gut.« Breit lächelnd fuhr er an sein Publikum gewandt fort: »Dieser Gentleman aus Deutschland hat noch nie etwas von unserem berühmten Kumbh Mela-Fest gehört. Bitte sagen Sie mir, wer von Ihnen ist auf dem Weg dorthin?«

Ein allgemeines bestätigendes und erstauntes Gemurmel und Geraune erhob sich in allen Ecken und Enden des Abteils. Nashik, Nashik, Kumbh Mela, Mela Kumbh, Kumbh, Kumbh. Tatsächlich schien der Großteil des Abteils dorthin zu wollen. Die Leute musterten mich nun mit noch größerer Neugier, als sie das vorher ohnehin schon getan hatten. Halb Indien feiert und der deutsche Tourist ist mittendrin und kriegt nichts davon mit. Seltsam.

Im weiteren Verlauf der Zugfahrt klärte mich der nun vor missionarischem Eifer und Begeisterung glühende junge Mann auf. Das Kumbh Mela-Fest ist eines der bedeutendsten religiösen Feste Indiens. Es findet alle drei Jahre an vier jeweils wechselnden Orten statt: Hardiwar, Allahabad, Ujjain und Nashik. Wie ich später erfuhr, waren zwar noch nie 100, aber tatsächlich schon über 70 Millionen Pilger gezählt worden. Wer an dem Pilgerfest teilnimmt und bestimmte Rituale vollzieht, dem wird die Vergebung der bis dahin angesammelten Sünden versprochen. Das Fest zieht sich über drei Monate hin, der Höhepunkt ist jeweils ein Massenbad in einem als heilig geltenden Fluss oder in einer Quelle. Da das Fest nur alle zwölf Jahre in der jeweiligen Stadt ausgerichtet wird, bedeutete dies den Ausnahmezustand. Dieses Jahr war Nashik an der Reihe. Meine Neugier war geweckt. Als wir in den Hauptbahnhof von Pune einfuhren, sprach ich mit dem Schaffner und bezahlte den Aufpreis für die Weiterfahrt nach Nashik. Der Zug fuhr direkt dorthin. Als er sich vier Stunden später seinem Bestimmungsort näherte, gab es ein allgemeines Geschnatter, Geruckel und Geschiebe im Abteil. Alle wollten aussteigen. Vielleicht würden ja auch meine Sünden vergeben werden?

Kapitel 3: Guru-Jahrmarkt

Devidash, so hieß mein neuer Freund, trabte mit stolzgeschwellter Brust neben mir her. Ein weißer Tourist aus Deutschland auf der Kumbh Mela. Wenn das kein glückversprechendes Ereignis war! Devidash hatte mir gegenüber nicht nur das Pilgerfest in den höchsten Tönen gelobt. Auch für Deutschland konnte er sich sehr erwärmen. Allerdings war ich von seiner Liebe etwas verwirrt. Sie galt nämlich nur teilweise dem erwartungsgemäßen »Mercedes« und einigen bekannten Fußballspielern, sondern vor allem dem Mann, den er für den größten Deutschen hielt: Adolf Hitler.

»Hitler war ein großer Mann, nicht wahr?« Devidash schaute, scheinbar euphorisch, zu mir auf und wackelte aufgeregt mit dem Kopf. Er war für einen Inder zwar groß, trotzdem war ich mindestens noch einen halben Kopf größer als er. Allerdings machte sein riesiger roter Tuban den Unterschied wieder mehr als wett.

Leicht schockiert und unsicher, wie ich mit seiner ziemlich laut geäußerten Geschmacksverirrung umgehen sollte, ging ich etwas schneller und schaute mich interessiert um. Aber außer Menschenmassen gab es hier nichts zu sehen. Devidash war ohnehin nicht mehr aufzuhalten. Er ignorierte meine fehlende Antwort und fuhr, mich am Ärmel zupfend, fort:

»Wir Inder lieben große Männer. Zum Beispiel Mister Gandhi oder Mister Nehru. Sie haben Indien großgemacht. Auch Hitler hat das deutsche Volk großgemacht, denkst du nicht?«

Noch mal konnte ich die Antwort nicht schuldig bleiben.

»Äh, also er hat auch den zweiten Weltkrieg ausgelöst«, erwiderte ich etwas genervt.

»Ja, das hat er!«, rief Devidash und verstärkte sein Kopfwackeln. »Die Engländer wurden dadurch sehr geschwächt. Ohne Hitler wären die Engländer vielleicht immer noch Herrscher über

Indien.«

»Äh, ja, so kann man das auch sehen.« In mir rangen Höflichkeit und geschichtliches Sendungsbewusstsein miteinander. »Aber weißt du, du solltest Hitler nicht so loben. Wir in Deutschland glauben, dass er ein sehr böser Mann war.«

»Böse?« Devidash war sichtlich erstaunt. »Das kann ich mir nicht vorstellen. Er hat doch das deutsche Volk nach dem ersten Weltkrieg vereint und aufgerichtet und in einen großen Krieg geführt. Stärke ist wichtig. Vereinigung ist wichtig. Gandhi hat das indische Volk auch zusammengeführt. Deswegen lieben wir ihn so.«

Sein schräger Vergleich von Gandhi mit Hitler nahm mir irgendwie alle Argumente von den Lippen. Devidash sah die Welt offenbar so sehr anders als ich, dass ich nicht glaubte, ihn in einem im Gehen geführten, von ständigem Gerangel und Gestoße unterbrochenen Gespräch meine Weltsicht verständlich machen zu können. Ich ließ ihm die seine und konzentrierte mich darauf, einigermaßen im Gleichschritt mit der sich vorwärtswälzenden Menschenmasse zu gehen. Überall an den Straßenseiten waren Viehgatter angebracht worden; zusätzlich wiesen Polizisten mit langen Bambusschlagstöcken und Trillerpfeifen der Menge den richtigen Weg. Die Polizisten schienen ihre Trillerpfeifen zu lieben, sie erzeugten auch ohne ersichtlichen Grund öfter mal ohrenbetäubende Pfiffe. Kumbh Mela Pfeifkonzert. Kumbh Mela Festival. Oder eher Jahrmarkt? Wir kamen an in gleißendes Licht getauchte Zelte vorbei, manche in der Größe von mehreren Bayernbierzelten. Viele der Zelte trugen riesige Plakate. Die meisten von ihnen zeigten männliche Personen, fast alle in Orange gekleidet, viele mit Bart und Dreadlocks.

»Das hier ist Sadhu-Gram«, erklärte Devidash auf meine

Nachfrage, »hier wohnen die Gurus und Sadhus. Jeder große Guru hat ein eigenes Zelt. Die Leute kommen hierher, um ihrem Guru zu huldigen. Die berühmten Sadhus sind auch hier.«

Dass es sich bei »Gurus« um »religiöse Lehrer« handelte, war mir bekannt. Das andere Wort war mir neu.

»Und was ist ein »Sadhu«?«, fragte ich.

Meine Unwissenheit bezüglich der indischen Kultur und Religion war Devidash inzwischen gewöhnt. Bereitwillig gab er Auskunft:

»Das sind heilige Männer. Sie haben alle weltlichen Dinge und Freuden hinter sich gelassen und wohnen im Wald oder in Höhlen. Nur ganz selten kommen sie heraus, zum Beispiel zu unserer geliebten Kumbh Mela.«

»Heilig ja? Was macht sie denn so heilig?«

Devidash überlegte.

»Ich habe schon gehört, dass ihr in Europa eure Spiritualität verloren habt. Deswegen kommt ihr ja auch nach Indien, um etwas von uns zu lernen.«

Was war das nun wieder für eine Idee? Ich wollte nachhaken, aber Devidash ließ mich nicht zu Wort kommen.

»Siehst du, wir Inder glauben, dass die Welt nur eine Täuschung ist, die wirkliche Welt, um was es wirklich geht, das ist nicht hier.«

Er zwickte mich in den Unterarm.

»Ey, Aua!«

»Siehst du, dein Körper ist auch hier und jetzt. Aber um ihn geht es nicht. Es geht darum, sich mit Körper und Geist schon im Hier und Jetzt auf die Wahrheit zu fokussieren. Die Sadhus haben das verstanden. Sie haben keine Familie mehr, keinen Besitz. Viele von ihnen zerstören sogar ihren Körper, um Gott näherzukommen. Sie sind wie Zeigefinger, die auf Gott deuten. Deswegen verehren wir sie, weil sie uns daran erinnern, um was es wirklich geht.«

»Sie zerstören ihre Körper?«

»Ja, sozusagen. Schau!«

Devidash wies auf eines der Plakate, das vor einem Zelt hing, an dem wir gerade vorbeikamen. Darauf war ein dünner, dreadlocktragender Mann zu sehen, der einen Arm in die Luft erhoben hatte. Der Arm war dünn wie ein Zweig, die Fingernägel an seiner Hand waren so lang, dass sie sich zu Spiralen gewunden hatten. Ich blickte Devidash fragend an.

»Siehst du? Dieser Mann hält seinen Arm seit 10 Jahren in die Luft. Siehst du, was mit seinem Arm passiert ist? Siehst du, was für Schmerzen er hat?«

Der Mann auf dem Foto schaute ernst aus, ich konnte mir sehr gut vorstellen, dass er unglaubliche Schmerzen ertragen musste. Moment mal, ertragen? Er hatte sich das ja anscheinend selber so ausgesucht, oder?

»Macht der das freiwillig?«

»Ja, ja. Er macht das aus seinem eigenen freien Willen. Er will Gott näher sein. Sein Körper, die Schmerzen helfen ihm dabei.«

Ich verstand nicht ganz den Zusammenhang zwischen Selbstverstümmelung und Gottesnähe. Andererseits hatte ich mich schon oft über die völlig materiell und aufs Diesseits ausgerichtete Kultur in den westlichen Ländern aufgeregt. Alles schien sich darum zu drehen, was man hatte, was man konnte, was man haben wollte und wie man es bekam. Ein ständiger Wettlauf um Dinge und Eigenschaften, auch der Körper wurde hierbei nicht ausgespart. Fett abnehmen, Muskeln zunehmen, Tätowierung, Piercing, Münz-Mallorca – den eigenen Körper zu zerstören, um auf diesem Weg zu einer höheren Wahrheit durchzudringen, schien mir ein radikaler Gegenentwurf. Ich mag radikale Gegenentwürfe. Sie geben mir die Möglichkeit, das, was vorher fraglos im Raum stand, zu verorten, in seiner Beschaffenheit wahrzunehmen. Ich fragte mich, was der Sadhu auf dem Plakat wohl zum momentanen westlichen Körperkult zu sagen hätte.

»Es gibt hier in der Nähe auch einen Sadhu, der aus Deutschland kommt.«

»Wie bitte?« Ich meinte, mich schon wieder verhört zu haben.

»Ich sagte: Es gibt hier in der Nähe auch einen Sadhu, der aus Deutschland kommt«, wiederholte Devidash.

»Aus Deutschland? Bist du sicher?«

»Ja, absolut. Dieser Typ ist recht berühmt. Die anderen Sadhus mögen ihn nicht, sie sagen, er könne kein richtiger Sadhu sein, weil er aus Deutschland kommt. Sie sagen, er gehört nicht zu ihnen, weil er an keinem Aufnahmeritual teilgenommen hat. Aber den Leuten hier ist das egal, sie gehen hin und füttern ihn. Er sieht auch genauso aus wie die anderen Sadhus, läuft komplett nackt herum. Und er lebt schon seit sieben Jahren in einer Höhle. So was machen nur echte Sadhus.«

Devidashs Logik empfand ich erfrischend: Wenn du dir eine Feder in den Po steckst, bist du noch lange kein Huhn. Wenn du aber dazu noch laut gackerst und Körner pickst – wer kann sich dann noch sicher sein? Vielleicht doch ein kleines bisschen Huhn? Was macht das Huhn zum Huhn? Aber noch interessanter fand ich die Frage: Was war das wieder für eine Geschichte mit dem Sadhu aus Deutschland? Mit den 100 Millionen Leuten hatte Devidash anscheinend nicht übertrieben. Ich hatte das Gefühl, schon ungefähr die Hälfte davon gesehen zu haben. Und wir waren erst ein paar Stunden in Nashik. Aber diese Sadhu-Geschichte war sicherlich frei erfunden.

Unvermittelt wurde ich aus meinen Gedanken gerissen. Ein feister, offensichtlich ziemlich betrunkener Inder, stand plötzlich vor mir und versperrte den Weg.

»Hallo Sir, willkommen in Indien, Sir.«

Devidash sagte irgendetwas zu dem Typ, das ich nicht verstand. Er schien böse zu sein.

Der Mann beachtete Devidash aber gar nicht weiter, sondern trat unangenehm nahe an mich heran und fragte etwas lallend: »Sir, haben Sie Interesse, den größten Guru Indiens kennenzulernen? Baba Ram hält heute Abend Audienz. Sein Zelt ist gleich da vorne. Sir, es wäre mir eine Ehre, Sie ihm vorzustellen.«

Der größte Guru Indiens? Der Typ war ja total besoffen, stank jedenfalls wie eine Schnapsfabrik. Wahrscheinlich war Devidash deswegen auch so sauer. Bei Alkohol verstehen die »anständigen« Inder keinen Spaß. Wenn schon, wird er in Schänken und Hotels heimlich, still und leise konsumiert. Aber betrunken in der Öffentlichkeit rumpöbeln – das ging gar nicht.

»Wirklich, Sir, der größte Guru Indiens. Baba Ram ist wirklich berühmt.« Er wandte sich an Devidash: »Komm schon, komm schon. Sag ihm, dass ich Recht habe.«

Devidash ließ sich widerwillig dazu herab, zu bestätigen, dass er von diesem »größten Guru« schon mal gehört habe. Wir waren inzwischen vor dem Zelt angekommen, in dem, nach den zunehmend aufgeregten Gesten und Mitzerrversuchen zu urteilen, der besagte Guru wohnen musste. Das Zelt war so groß wie die anderen, das obligatorische Plakat fehlte nicht. Darauf war ein Mann mit Glatze zu sehen, der auf einer Art Thron saß. Der Mann sah freundlich und offen aus, vom Bild her war er mir sofort sympathisch. Die anderen Gurus schauten für meinen Geschmack etwas zu ernst und salbungsvoll drein.

»Willkommen, Willkommen.« Nun ließ der betrunkene Jünger im Dienste seines Herrn alle Hemmungen fahren. Er schob und zerrte mich in Richtung Eingang, ich hätte schon Gewalt anwenden müssen, um mich von ihm zu befreien. Und irgendwie war ich ja auch ganz interessiert daran zu sehen, was in den Zelten vor sich ging. Als er meinen erlahmenden Widerstand spürte, lächelte er breit.

»Willkommen, Willkommen. Seine Heiligkeit wird Sie gleich empfangen, kommen Sie.«

Ich blickte mich hilfesuchend zu Devidash um. Er stand stocksteif am Eingang und machte keine Anstalten, uns zu folgen. Ich winkte ihm zu und versuchte, ihm gestisch zu vermitteln, dass er bleiben solle, wo er war, ich würde gleich wieder da sein. Er nickte. In nonverbaler Kommunikation sind die Inder Weltklasse.

Als ich mich wieder umdrehte, bemerkte ich die Kameras. Es mussten mehr als ein Dutzend sein. Keine kleinen Handkameras, sondern große Teile auf Stativen. Das Zelt wirkte von innen größer als von außen. Die Menschenmassen von draußen waren auch hier vorhanden. Hunderte, tausende, ich fand es schwer zu schätzen. Im Unterschied zu draußen war die Stimmung hier aber weniger jahrmarktmäßig, sondern gesammelt und andächtig. Am Ende des Zeltes, auf einer ungefähr einmeterfünzig hohen Tribüne, saß Baba Ram. Der Guru sah genauso aus wie auf dem Plakat. Sogar der Thron stimmte. Mir wurde etwas mulmig zumute. Dass mir in Indien einige Aufmerksamkeit zuteilwurde, war ich nach zwei Wochen bereits gewohnt. Ich genoss sie meist sogar ein bisschen, war höchsten etwas genervt. Aber hier, inmitten massenhaften Anhängern dieses Kerls dahinten und vorwärtsgezerrt von einem sturzbesoffenen Fan wurde mir die Aufmerksamkeit unheimlich. Ich fragte mich, ob die vielen Kameras nur von überehrgeizigen Hobby-Filmern bedient wurden, oder ob auch einige regionale oder gar überregionale indische Fernsehsender vertreten waren. Ich hielt das für recht wahrscheinlich. Mein Hostelzimmer in Arambol war mit einem alten Fernseher ausgestattet gewesen. Beim Zappen durch dutzende von Programmen war mir aufgefallen, dass sehr viele von ihnen offenbar den ganzen Tag nichts anderes zeigten als religiöse Prozessionen und Rituale. Oft standen auch Gurus im Mittelpunkt des ganzen Spektakels. Ich im Fernsehen. Auch nicht schlecht. Ich hatte schon davon gehört, dass gerade in Mumbai immer wieder westliche Touristen von der Straße weg für irgendwelche Bollywood-Filme rekrutiert wurden.

Und jetzt war ich selbst in einem Film. Dem Getuschel und den Kameraschwenks nach zu urteilen, war ich definitiv nicht nur Statist, sondern der neue Star von Guru-TV. Als wir uns der Tribüne näherten, bemerkte ich die lange Schlange von Menschen, die sich davor gebildet hatte. Offensichtlich war die Audienz des Gurus beliebt. Immer nur eine Person wurde von den Ordnern nach oben gelassen. Dort näherte sie sich dann langsam und unter dauernden Verbeugungen dem Mann auf dem Thron. Vor dem Thron dann Kniefall, Handauflegen und ab. Alles im allem ziemlich effektiv organisiert – aber wenn ich mir die Länge der Schlange so anschaute, bezweifelte ich, dass ich heute noch drankommen würde. Und Devidash wartete.

»Entschuldigen Sie, Sir!« Ich tippte meinen Begleiter energisch auf die Schulter, bis er sich zu mir umdrehte und kurz mit dem Gezerre innehielt. »Ich habe nicht so viel Zeit, mein Freund wartet auf mich.« Ich deutete zum Zeltausgang.

Entrüstet und überzeugt von der Wichtigkeit seiner Mission antwortete er gar nicht erst, sondern zerrte mich wieder weiter, direkt zur Tribüne, zum Kopf der Schlange. Die Leute murrten zwar, waren von so viel Dreistigkeit aber überrumpelt oder beeindruckt. Vielleicht fragten sie sich auch, wer dieser zwei Meter große, blonde, braungebrannte Westler mit dem Rucksack war. Ich fragte mich das in diesem Augenblick auch. Was machte ich überhaupt hier? Aber diese Frage hätte ich mir früher stellen sollen. In Nullkommanichts nahm mir ein Ordner meinen Rucksack ab und schob mich auf die Treppe, die auf die Tribüne führte. Ich torkelte ins Scheinwerferlicht.

Verbeugen finde ich okay. Das hatte ich mir in Indien sowieso angewöhnt: Hände vor der Brust zusammenlegen, den Oberkörper und Kopf leicht nach vorne neigen und »Namaste« sagen. Easy. Aber am Thron angekommen, stellte sich die Frage des Kniefalls. Ich rang mit mir selbst. Einerseits wollte ich höflich sein und die Leute inklusive Guru nicht brüskieren. Andererseits war es mir zuwider, mich vor irgendeinem X-beliebigen Guru niederzuwerfen. Ich wusste ja nicht mal, was dieser Typ so predigte. Am Ende war das noch ein abgefahrener Weltuntergangskult oder Schlimmeres. Und dann ich und mein Kniefall, dokumentiert für alle Ewigkeit und ins Internet gestellt: »Rucksacktourist huldigt Massenselbstmord-Guru«. Nein Danke. Ich entschied mich für einen Kompromiss: eine besonders tiefe Verbeugung und ein besonders lautes und in meinen Ohren wohlklingendes »Namaste«.

Baba Ram beugte sich zu mir. Seine Lippen umspielte ein mitleidiges Lächeln, so schien es mir jedenfalls. Vielleicht hatte er die Aktion seines übereifrigen Fans bemerkt?

»Willkommen mein Freund. In welcher Angelegenheit möchtest du meinen Segen?«

Damit hatte ich nicht gerechnet. Mit der Erfüllung des Protokolls war es offenbar nicht getan, der Kerl wollte mich auch noch unbedingt segnen. Na ja, war eh schon alles egal.

»Äh, ich bin auf einer Reise, die mein Leben verändern könnte. Bitte geben Sie mir doch dafür Ihren Segen.«

Der Guru nickte. Er legte mir seine rechte Hand sacht auf den Kopf, schloss die Augen und murmelte etwas Unverständliches. Ich wartete geduldig, dass er endlich fertig würde, und ich von hier verschwinden konnte. Er öffnete die Augen und sah mich ernst und würdevoll, aber mit einem Lächeln auf den Lippen an.

»Ich möchte dir ein Mantra schenken.«

»Entschuldigung?«

»Ich möchte dir ein persönliches Mantra schenken. Nutze es weise, es wird dir Kraft geben auf deinem Weg.«

Abgefahren. Ehe ich mich es versah, beugte sich der Guru zu meinem Ohr und flüsterte eine Wortfolge. Zweimal wiederholte er die Worte in einem seltsamen Singsang.

»Hast du verstanden? Wiederhole.«

Ich wiederholte es.

»Sehr gut.« Er lächelte zufrieden. »Das macht dann 100 Dollar.«

Meine Gesichtszüge mussten kurzzeitig entgleist sein, denn seine eben noch würdevoll-ernste Heiligkeit hatte einige Probleme, nicht laut herauszulachen.

»Witz, bloß ein Witz mein Freund«, gluckste er. »Spaß ist wichtig, lies mal eins von meinen Büchern. Ach ja, noch was. Das Mantra darfst du niemandem verraten, sonst verliert es seine Kraft. Namaste, gute Reise.«

»Namaste«. Ich war baff. Mein erster indischer Witz-Guru. Und mein erstes Mantra. Wie in Trance schwebte ich von der Bühne, schnappte mir meinen Rucksack, durchschritt weihevoll die Phalanx der Kameras und strebte dem Ausgang zu. Devidash wartete schon ungeduldig.

Kapitel 4: Höhlenbewohner

Am nächsten Morgen nach dem Frühstück bat ich Devidash, mich zu dem deutschen Sadhu zu führen. Er hatte zwar zuerst den Einwand, dass der Weg zu der Behausung des Deutschen beschwerlich sei und wir doch lieber noch mal die Gurus im Sadhu Gram besuchen sollten. Aber ich hatte von meinem gestrigen Erlebnis noch genug und blieb hartnäckig. Ich erklärte ihm, dass es so etwas wie Sadhus in Deutschland nicht gäbe. Zwar gäbe es Mönche, die führten aber verglichen mit den Sadhus ein komfortables Leben. Und ihre Arme hielten sie auch nicht zehn Jahre lang in die Luft. Ich brannte darauf, zu erfahren, was diesen Typen dazu bewegt haben könnte, sich in eine Höhle am Rand der Welt zurückzuziehen.

Der Weg war tatsächlich beschwerlich. Nachdem wir die Stadt per Tuk-Tuk verlassen hatten und einige Zeit durch eine grüne Landschaft mit Reisfeldern, Palmen und Wasserbüffeln gefahren waren, setzte uns der Fahrer am Fuße eines felsigen Hügels ab. Eigentlich war es eher ein kleiner Berg. Er ragte aus der ansonsten ziemlich flachen Landschaft recht unvermittelt auf. Das machte ihn irgendwie geheimnisvoll. Wie ein direkt vom Himmel abgeladener Schutthaufen. Ein Schutthaufen aus riesigen, kreuz und quer liegenden Felsplatten und Steinbrocken. Manche davon hatten die Größe eines Einfamilienhauses.

Nachdem der Tuk-Tuk-Fahrer weggefahren war, waren wir die einzigen Menschen weit und breit. Mir war schleierhaft, wer den Sadhu (wenn es ihn wirklich gab) hier durchfütterte. Aber, so überlegte ich, wahrscheinlich gehört es zu den Tugenden von Sadhus, nur sehr selten Nahrung zu benötigen. Der Aufstieg auf den Berg war anstrengend, ein richtiger Weg war für mich nicht zu erkennen, aber Devidash war offenbar schon einmal hier gewesen und führte mich zielsicher durch die um uns herum aufragenden Felsen. Da eine ziemlich hohe Luftfeuchtigkeit herrschte und während unserer gesamten Fahrt hierher ein leichter Nieselregen niedergegangen war, musste man beim Gehen höllisch aufpassen, dass man nicht ausrutschte. Es ging steil hinauf. An einigen Stellen liefen wir auf Felsplatten, neben denen es tief hinunter ging. Wie tief, wollte ich lieber gar nicht so genau wissen, ich habe etwas Höhenangst. Ich hielt mich immer möglichst in der Nähe der Felsen, möglichst weit entfernt vom Abgrund. Probleme mit Höhenangst schien Devidash nicht zu haben. Er watschelte mit seinen Sandalen unverdrossen und beständig vor mir her, auch die rutschigsten Felsplatten, bei denen es mich gruselte, überquerte er ohne zu zögern und ohne Halt zu suchen.

Wahrscheinlich gehen Inder einfach mehr zu Fuß. Vielleicht haben sie aber auch einfach weniger Angst vor dem Tod und sind deshalb resistenter gegen Risiko. Ich kenne das vom Surfen: Wenn man eine hohe, steile Welle anpaddelt und in dem Moment darüber nachdenkt, wie sich der Wipe Out[11] anfühlt, kann man es eigentlich schon vergessen. Anders gesagt: Angst hemmt, Angst schränkt die Leistungsfähigkeit ein, Angst und besonders Panik lassen uns in den Abgrund stürzen. Mit wackeligen Knien auf der Felsplatte war fast so, wie mit Schiss in der Hose und vor Panik kurzatmig den Take Off[12] auf einem Wellenberg zu versuchen: Absturz vorprogrammiert. Ich versuchte, meinen Atem zu kontrollieren und mich von Devidashs Seelenruhe inspirieren zu lassen. Er wiederum schien sich eine der indischen Kühe zum Verhal-

---

[11] Sturz von der Welle

[12] Kritischer Moment, in dem der Surfer auf einer Welle aufsteht, um danach die Welle hinunter zu fahren.

tensvorbild genommen zu haben, von denen ich in Indien schon unzählige gesehen hatte. Langsam, würdevoll, ohne Hast und ohne die Umwelt und potenzielle Gefahren wie Abgründe oder herannahende, wild hupende Busse eines Blickes zu würdigen, trotteten sie überall in Indien daher. Devidash und seine innere Kuh ließen mich etwas ruhiger werden.

Als der Berggipfel in Sicht kam, war ich schweißgebadet. Weniger von der körperlichen, als vielmehr von der geistigen Anstrengung, locker zu bleiben. Wie gesagt, man hätte den Berg auch Hügel nennen können. Wahrscheinlich hätten die meisten anderen Bundesbürger über meine Bergbezeichnung nur gelächelt. Aber ich komme nun mal aus Norddeutschland, Nähe plattdeutscher Strand. Bei mir zu Hause sind Deiche die einzigen Erhebungen, die das Auge beim Blick in die endlose Ebene aus Kuhweiden irritierten. Der Harz ist für mich alpines Gelände, ein Hochgebirge, wie für den Münchner der Himalaya. Ob Hügel oder Berg – auf jeden Fall waren wir jetzt fast oben angekommen, nur darauf kommt es an. Wir standen vor einem Haufen übereinanderliegender Felsen, in deren Mitte sich ein schmaler, dunkler Spalt befand. Devidash ging darauf zu.

»Das ist seine Höhle, mal gucken, ob er zu Hause ist. Komm!«

Er wendete seinen Körper seitlich und trippelte mit Seitwärtsschritten in den Spalt hinein. Ich war mir nicht ganz sicher, ob ich da überhaupt durchpassen würde. Wie gesagt, zwei Meter und hundert Kilo, nicht eben Höhlenforscher-Körpermaße. Aber da ich zwar unter Höhenangst leide, nicht aber mit engen Räumen ein Problem habe, versuchte ich es einfach. Mit eingezogenen Bauch und weit ausgestreckten Armen gelang es mir, mich durch den Spalt zu zwängen. Nach circa zwei Metern erweiterten sich die Felswände zu einem kleinen, niedrigen Gang. Gut, dass ich meine

Stirnlampe mitgenommen hatte. Ich schaltete sie an. Im Lichtkegel sah ich Devidash vor einem Stein knien und eine Kerze entzünden. Ich trat zu ihm.

»Was machst du da?«

»Ich huldige Shivas Lingam.«

»Was ist ein Lingam?«

»Das hier«, er deutete auf den Stein. »Shivas Lingam. Ein sehr kraftvolles Lingam.«

Ich schaute mir den Stein genauer an. Jetzt sah ich, dass er bearbeitet worden war. Seine Oberfläche war gleichmäßig und glatt, seine Form erinnerte an ein schlankes Ei, im oberen Bereich lief eine Einkerbung einmal um die gesamte Spitze herum. Eine weißlich-gelbe Substanz war mehrfach über ihn ausgeschüttet worden und hatte sich in einer klebrigen Pfütze an seinem Sockel zusammengefunden. Das Ganze sah irgendwie aus wie …

»Sag mal, ist das irgendein komischer Sex-Kult oder was?«, entfuhr es mir.

»Sex?« Devidash drehte sich zu mir um und schaute mich erstaunt an »Nein, nein, kein Sex. Shivas Lingam«, beteuerte er.

»Das sieht aber aus wie ein ... Also, entschuldige mal, aber das sieht aus wie ein Penis.«

Devidashs Zähne blitzten im Licht meiner Lampe.

»Ja natürlich, ein Penis. Shivas Lingam. Lingam bedeutet Penis. Ein kraftvoller Penis. Wir Inder lieben Shivas Penis.«

Mal wieder war ich verwirrt. Bis jetzt war mir die indische Kultur nicht durch ihre Freizügigkeit aufgefallen. Im Gegenteil. Zwar munkelte man zu Hause vom indischen Kamasutra. Aber ich hatte hier noch keine einzige Frau halbnackt am Strand spazieren gehen gesehen. Geschweige denn auf der Straße. Trotz der feuchten, alles niederdrückenden Hitze, trugen die Frauen traditionelle

Saris, unter denen Beine und Hintern verschwanden. Allein der Rücken und die Arme waren zu sehen. Auch Zärtlichkeiten wurden in Indien zwischen Mann und Frau in der Öffentlichkeit nicht ausgetauscht. Händchenhalten und Bussi schienen hier eher eine Domäne der Männerwelt zu sein. In Goa hatte ich in der Zeitung von einem neuen Bollywood-Film gelesen, bei dem eine Kussszene der Zensur zum Opfer gefallen war.

Und jetzt dieser seltsame Peniskult. Mir blieb keine Zeit mehr, mich zu wundern und Devidash weiter auszufragen, denn inzwischen stand die brennende Kerze vor dem Stein, mein Freund war aufgestanden und war weiter in den dunklen Gang hineingegangen. Mit einem letzten Blick auf Shivas Penis eilte ich ihm hinterher. Ich fand die Atmosphäre plötzlich unheimlich.

»Hey Devidash.«

»Ja?«

»Wo ist denn nun der Sadhu?«

»Warte, warte, er wohnt hinten in der Höhle, du wirst gleich sehen«, erklang seine Stimme dumpf aus dem Dunkel.

Wie fand er sich hier nur ohne Licht zurecht? Der Kegel meiner Lampe fiel auf schräg gegeneinander liegende Felsplatten, unter denen wir geduckt vorwärtsgingen. Der Gang war eng, sein Boden war von feiner, staubiger Erde bedeckt, die unter unseren Schritten leicht aufwirbelte. An einer Stelle mussten wir uns wieder seitwärts fortbewegen. Plötzlich sah ich vorne Licht. Tageslicht. Die Felsen traten zurück und gaben den Blick frei auf eine weitere kleine Höhle. Durch einen Felsspalt konnte man wie durch das Bullauge eines Schiffes nach außen sehen. Allerdings war nicht viel zu erkennen, nur etwas Grün der Landschaft und der dunstige Horizont. Devidash saß in der Hocke am Boden und stocherte mit einem Zweig in einer kleinen Feuerstelle herum.

»Und, wo ist jetzt der Sadhu?«, fragte ich etwas atemlos und hockte mich zu ihm.

»Er ist nicht da. Das hier ist seine Höhle.«

»Hätten wir nicht vorne einfach rufen können?«, fragte ich ein wenig verärgert über die ganze Aktion. »Der hätte sich doch gemeldet.«

»Nein, nein«, Devidash wackelte mit dem Kopf und zog ein Gesicht, »das mag er gar nicht. Er meditiert ziemlich viel. Das Rufen stört ihn in seiner Konzentration. Wenn man sich ihm langsam nähert, merkt er, dass jemand kommt und hat Zeit, zurückzukommen in diese Welt. Manchmal kommt er aber auch nicht zurück, dann kann man hier sitzen und ihm beim Meditieren zuschauen.«

»Aha. Und jetzt?«

»Jetzt gehen wir wieder zurück. Hast du zehn Rupien?«

»Klar.« Ich griff in meine Hosentasche und reichte ihm einen zerknitterten Schein.

Devidash strich den Schein so gut es ging glatt und legte ihn neben die Feuerstelle, stand auf und verschwand im Gang. Ich bewunderte noch kurz das Höhlenambiente. Hier also lebte dieser Typ angeblich seit sieben Jahren? Okay, trocken war es und durch das »Bullauge« kamen genügend frische Luft und Licht herein. Das Raumklima war im Vergleich zu der feuchten Schwüle draußen sogar richtig angenehm. Platz gab es nicht viel, der Höhlenboden hatte schätzungsweise drei Quadratmeter und die Decke war niedrig, so dass ich nur geduckt hätte stehen können. Aber wenn man sowieso nur den ganzen Tag meditieren wollte, schien das nicht der schlechteste Ort. Es kommt eben immer auf die Ansprüche und darauf an, was man mit einer Sache vorhat. Und eine Wohnung oder ein Haus sind auch nichts anderes als eine weitere

Sache, ein Ding, das man sich zulegt. Oder auch nicht. Mir hatte es nie eingeleuchtet, dass man sich für den Kauf eines Hauses oder einer Wohnung über Jahrzehnte verschuldet. Mein Vater lag mir daheim ständig damit in den Ohren, dass Immobilienkauf die heute einzig vernünftige Geldanlage sei. »Wer heute Miete bezahlt, ist selber schuld« war in diesem Zusammenhang einer seiner Lieblingssprüche. Aber diese »Schaffe, schaffe, Häusle baue«-Mentalität und Lebensinterpretation stimmte nicht mit meiner überein. Was, wenn ich plötzlich die Lust verspürte, eine Auszeit zu nehmen? Job kündigen und Haus oder Wohnung zurücklassen, Schulden nicht mehr bedienen können, alles nicht so einfach bis unmöglich. Alles in allem war mir Betongold bis jetzt eher wie das letzte Glied in einer – meinetwegen goldenen – Kette vorgekommen, die mich auf unübersichtlich lange Zeit, wahrscheinlich aber für alle Ewigkeit, an ein Leben in der norddeutschen Tiefebene fesseln würde. Dazu war ich nicht bereit. Vor allem auch deswegen nicht, weil ich den Mehrwert eines 200-Quadratmeter-Hauses nicht klar erkennen konnte. Ich hatte länger darüber nachgedacht; für mich waren nur zwei wesentliche Aufgaben menschlicher Behausungen erkennbar: sie sollten vor Witterung schützen und warm halten. Diese Aufgaben schienen mir aber auch von einem Zelt oder einem Bauwagen erfüllbar. Oder eben von einer Höhle.

Als besonders grauenvoll empfand ich die Idee eines eigenen Gartens. Nicht, weil ich Pflanzen nicht mag. Aber auf Grund sozialen Drucks von Schrebergartenpolizei und Gartenzwerg-Gestapo muss dieser in Deutschland ja regelmäßig gepflegt, gejätet und gemäht werden. Da ich Rasenmähen und Unkrautjäten hasse, bliebe für mich nur der Assi-Status. Die Nachbarn würden auf mich herabschauen, meine Kinder würden alleine spielen müssen.

Die Höhle wurde mir immer sympathischer. Ich verspürte plötzlich Lust, mich im Schneidersitz niederzulassen und zu meditieren. Mit der Zeit würden mir ein Bart und Dreadlocks wachsen. Meine Kleidung würde sich auflösen. Und irgendwann würden die Einheimischen anfangen, mich zu füttern und mir Rupienscheine opfern.

»Hallo Tom? Bis du eingeschlafen?«, riss mich Devidashs Stimme aus meinen Gedanken.

»Ja. Ich schlafe tief und fest.«

»Ha, ha.«

Ich erhob mich. »Warte, ich komme.«

Ich schaute mich noch mal in der Höhle um, versuchte die Atmosphäre von Ruhe, Zurückgezogenheit und bedürfnisloser Unkompliziertheit in mich aufzusaugen. Tschüss Höhle, Tschüss, Traum vom Sadhu-Leben.

Als der Lichtkegel meiner Stirnlampe an den Wänden des Ganges entlanghuschte, wurde ich jäh aus meiner besinnlichen Stimmung gerissen. Eine ziemlich große, nein riesige, nein: die mit Abstand größte Spinne, die ich je gesehen hatte, hockte genau in Kopfhöhe an der rechten Felswand. Abgrundangst ja, Platzangst nein. Spinnenangst ja. Absolut ja. Ich versuchte, die aufsteigende Panik, die mit Herzrasen und hechelndem Atem herangaloppierte, zu kontrollieren.

Haben Spinnen eigentlich Ohren?

»Hey Devidash, hier ist eine Spinne«, rief ich, so laut ich es wagte.

»Was sagst du?« Devidashs Stimme klang leise, wie von sehr weit her.

»Hier ist eine Spinne, eine riesige Spinne.«

»Kein Problem. Es gibt viele Spinnen hier.«

»Sind die giftig?«

»Giftig? Ich weiß nicht. Ich glaube nicht.« Seine Antwort war so leise, das ich sie nur mit Mühe verstehen konnte.

Sie beruhigte mich nicht. Selbst dann, wenn die Spinne nur so giftig wie ein Maikäfer war – dies tat meiner Panik keinen Abbruch. Auch mit den höchstens zitronenscheibengroßen Hausspinnen in Deutschland habe ich ein Problem. Aber dieser Geselle war mindestens und ohne Übertreibung so groß wie meine gespreizte Hand. Okay, die Beine waren lang und der Körper nicht tarantelmäßig massiv, aber handgroß ist handgroß. Und … mein Herzschlag beschleunigte noch mal. Spider-King-Kong war nicht allein – er hatte seine Freunde mitgebracht. Drei weitere Spinnen, genauso riesig wie die erste, krochen in den Lichtkegel meiner Lampe. Wurden sie etwa vom Licht angezogen? Was lauerte noch alles da hinten in der Finsternis?

Ich gab den Kampf gegen die Panik auf, stürzte mich hemmungslos in die Hysterie und schrie: »Devidash! Das ist hier ja alles voll mit Spinnen! Scheiße!«

Devidash antwortete nicht. Hatte mich mein neuer Freund als Opfer für einen irren indischen Penis- und Spinnenkult ausersehen? Würde ich, eingewickelt in Spinnweben, als zwei Meter großer, germanischer Kokon in einer Sadhu-Höhle enden? War das die Fütterung, die die Einheimischen dem Sadhu von Zeit zu Zeit angedeihen ließen? Ich riss mich zusammen. Atmen, atmen, Vernunft, Vernunft! Ich kann meine Panik kontrollieren! Zur Not bleibe ich eben doch in der Höhle. Ich schaute mich nach Waffen zur Selbstverteidigung um. So einfach würden sie mich nicht kriegen. Am Boden lagen einige kleinere Steine, ich sammelte so viele davon auf, wie ich konnte, und begann, wild in Richtung meiner vielbeinigen Peiniger zu feuern. Ich wollte sie nicht killen, aber sie sollten verdammt noch mal verschwinden und den Weg freigeben! Das andauernde Bombardement schien die Spinnenmeute zu nerven, sie huschten auf langen Beinen davon und verschwanden irgendwo nach oben in Ritzen und Spalten. So schnell ich konnte, rannte ich geduckt durch den Gang, am kerzenbeschienenen Lingam vorbei, quetschte mich in Rekordzeit durch die Felsspalte und fiel förmlich nach draußen ins Licht, heraus aus meinem arachnophobischen Alptraum. Devidash begrüßte mich mit dem breitestem Lächeln, er hockte zusammen mit einem Mann mit blonden Dreadlocks und Bart neben dem Höhleneingang.

»Ah Tom, da bist du ja endlich, warum hast du so geschrien?«

»Da waren ein paar riesige Spinnen. Ich habe mir fast in die Hose gemacht«, stieß ich keuchend hervor.

Die beiden lachten. Hier draußen und bei Licht betrachtet, kam mir mein Erlebnis drinnen, die todesbedrohliche Panik, die mich eben noch bis zu den Haarspitzen ausgefüllt hatte, auch etwas lächerlich vor. Ich stimmte, noch etwas hysterisch, in ihr Lachen ein.

»Tom, das hier ist Peter, der Sadhu aus Deutschland, von dem ich dir erzählt habe«, Devidash wandte sich zu dem blonden Mann und wies auf mich, »und das ist Tom.«

Immer noch etwas atemlos und von der Situation überfordert, brachte ich nur ein »Hi, wie geht's?« auf Deutsch heraus.

»Gut, danke.«, antwortete der Mann auf Englisch. »Entschuldige bitte, ich spreche kaum Deutsch, lass uns doch auf Englisch unterhalten.«

»Kein Problem. Du kommst also gar nicht aus Deutschland?«, fragte ich auf Englisch.

»Nein, ich komme aus Belgien«, erwiderte der Typ, »aber das

kennt hier keiner, darum sage ich immer, ich komme aus einem kleinen Land neben Deutschland. Na ja, irgendwann war ich nur noch 'der Deutsche'. Finde ich auch nicht schlimm.«

Auch Devidash schien nicht schlimm zu finden, dass sich sein deutscher Sadhu als belgischer Sadhu entpuppte. Entscheidend war ja auch wirklich, dass der Typ definitiv nicht aus Indien kam, sondern aus dem fernen, reichen, spirituell abgewrackten Europa. Seine blonden Dreadlocks reichten fast bis zu den Hüften, der Bart war so verfilzt, dass er zum Teil ein kompaktes, festes Nest aus Haaren bildete. Er war zwar nicht nackt, aber nur mit einem schmutzig-weißen Lendentuch bekleidet. Er war dünn, aber nicht ausgemergelt, seine Augen strahlten hell. Und seine Zähne waren – weiß und, soweit ich das sehen konnte, vollständig. Mist, wieder eine Theorie, die an der Wirklichkeit zerschellte.

Jetzt wurde ich langsam neugierig. »Und du lebst hier als Sadhu? Wie ist das so?«

Peter lächelte breit.

»Hat Devidash dir das erzählt? Stimmt schon, die Leute hier nennen mich Sadhu. So würde ich mich selbst aber nicht bezeichnen.«

Mit einem Seitenblick auf Devidash fuhr er fort: »Weißt du, hier in Indien werden religiöse Sachen sehr ernst genommen. Und wenn ich hier rumlaufen würde und mich als Sadhu bezeichnete, würde ich Probleme bekommen. Die Sadhus sind nämlich ziemlich streng organisiert. Wie in einer Gewerkschaft, einer Partei oder so. Ich bin da nicht Mitglied. Die würden mich auch nie aufnehmen. Das würde ich aber auch gar nicht wollen. Den Leuten hier ist das alles sowieso egal, die sehen mich einfach als »Sadhu«. Ich persönlich habe mehr die alten Yogis als Vorbild.«

Sadhu-Gewerkschaft, alte Yogis – das war ja richtig kompliziert. Jedenfalls war der Typ nicht dumm, hatte sich offensichtlich so seine Gedanken gemacht. Das überraschte mich. Denn halb hatte ich in ihm einen auf irgendwelchen Drogen hängengebliebenen Techno-Goaner vermutet.

»Aha, und was ist da der Unterschied?«, fragte ich.

»Also, man kann natürlich auch Sadhu sein und Yoga machen, viele Sadhus machen Yoga«, erklärte Peter bereitwillig, »aber viele kiffen auch nur den ganzen Tag, hängen rum und betteln. Als Yogi ist man dagegen voll und ganz auf den spirituellen Weg ausgerichtet. Drogen sind tabu, nicht mal schwarzer Tee oder Kaffee sind erlaubt. Körper und Geist werden ständig trainiert.«

»Und *das* machst du hier seit *sieben Jahren*?«, fragte ich ungläubig.

»Genau genommen sind es erst fünf Jahre, aber ja, das mache ich hier. Ich war früher mal Postbote in Belgien. Aber das hat mir nicht gefallen, ich habe dann mit Yoga angefangen und das hat mich total geflasht. Ich war längere Zeit in einem Ashram in Goa. Als ich zurück nach Hause kam, war meine Frau weg. Ich habe dann noch einige Zeit gearbeitet, aber irgendwie war das alles nichts mehr für mich.«

Er runzelte die Stirn.

»Irgendwann werde ich wahrscheinlich zurückmüssen. Ich bin ziemlich blank. Kann mir noch gar nicht vorstellen, wie das gehen soll.«

»Ich dachte, die Leute bringen dir was zu Essen?

Das Stirnrunzeln verschwand abrupt und Peter lachte laut auf.

»Was die Leute immer erzählen! Stimmt schon, manchmal gibt mir jemand eine Banane oder eine Orange, ganz selten schenkt mir jemand ein paar Rupien. Aber davon könnte selbst der asketischste Yogi nicht überleben. Nein, nein. Von Zeit zu Zeit gehe ich runter ins nächste Dorf und hole mir einen Sack Reis, siehst du?«

Er deutete auf einen großen Rucksack, der neben dem Eingang lehnte.

»Ich war gerade einkaufen. Zehn Kilo Reis und jede Menge Milchpulver. Ich esse meistens Milchbrei, dazu sammle ich mir hier Beeren und Nüsse. Feuerholz gibt es genug, es wohnt sonst niemand hier außer mir.«

»Und wie ist es mit Wasser?«

»Es gibt gleich da hinten eine Quelle.« Er deutete links am Höhleneingang vorbei. »Das ist wirklich was Besonderes. Ich glaube, deswegen ist die Höhle auch alt, vor mir hat ein anderer drin gewohnt. Ich weiß gar nicht, wie lange die Höhle schon bewohnt ist, vielleicht schon ewig?« Fragend wandte er sich zu Devidash, aber der wackelte nur mit dem Kopf. Seitwärts, von links nach rechts, dabei machte er ein zerknirschtes Gesicht. Auf indisch hieß das: Ich weiß es leider nicht.

Ich war fasziniert. Mein Traum vom Sadhu-Leben saß vor mir und war quicklebendig. Peter war anscheinend kein Spinner, sondern hellwach und geschäftstüchtig. Es war sicher nicht einfach, hier oben in einer einigermaßen guten körperlichen und geistigen Verfassung zu bleiben. Ich hatte meine Zweifel, ob ich so ein Leben länger aushalten würde, ohne durchzudrehen. Diese Einsamkeit, diese Stille. Dieses absolute auf sich selbst Zurückgeworfensein. Andererseits: Wenn mich jemand vor die Wahl gestellt hätte, mich für Eigenheim mit Rasenmäh-Roboter und Gartenzwerg oder Höhle mit Quelle und Milchreis zu entscheiden – in diesem Moment hätte ich die Höhle gewählt. Das lag aber sicher auch an Peters vorbildlicher Verfassung. Trotz verfilzten Haarbestands, trotz seiner ausgezehrten Erscheinung schien er mir gesund und munter. Geistig beweglich, klar in seinen Worten. Ich schätzte ihn auf Mitte Vierzig. Ich sollte wirklich mehr Yoga machen.

Ich überschlug kurz grob, wieviel Geld Peters Lebensstil im Monat kostete: Wohnungsmiete: umsonst, Heizung und Strom bzw. Feuer: umsonst, Wasserversorgung: umsonst, Laufende Kosten durch Versicherungen, Abos, Mitgliedsbeiträge usw.: keine. Ein Sack Reis, Milchpulver sowie andere Kleinigkeiten, wie Streichhölzer, Salz und Zucker: im Monat höchstens 25 Euro. Wenn ich mir eine Höhle in der Nähe suchen würde, könnte ich bei diesen Ausgaben und beim jetzigen Stand meines Reisebudgets die nächsten 30 Jahre aushalten. Vorausgesetzt natürlich, es kamen keine unvorhergesehenen Ausgaben dazu. Zum Beispiel ein Zahnarztbesuch.

»Sag mal, was hat das eigentlich auf sich mit diesem …«, ich sah Devidash fragend an, »wie hast du das noch mal genannt? Lingam?«

Peter begriff sofort.

»Du meinst Shivas Lingam, was ist damit?«

»Ja, also, äh.«, ich wusste nicht so richtig, wie ich meine Frage formulieren sollte. Nachdem ich erfolglos nach unverfänglichen Worten gesucht hatte, platzte ich heraus: »Betet ihr hier Penisse an, oder was?«

Peter und auch Devidash kicherten.

»Nein, Nein«, erläuterte Peter »das Lingam ist ein Symbol für die schöpferische Energie und Kraft Shivas. Ich fand das am Anfang auch schräg, dass hier überall Phallus-Symbole rumstehen. Und dann werden sie auch noch häufig mit Milch oder Ghee, also Butterschmalz, übergossen – ziemlich gewöhnungsbedürftig für Europäer.«

Ich nickte bestätigend.

»Es ist aber eigentlich auch verständlich, warum gerade dem Lingam so viel Aufmerksamkeit gewidmet wird, oder?«

Ich zuckte mit dem Schultern. »Nein, mir eigentlich nicht, wieso?«

»Na ja, überleg mal. Aus der sexuellen Vereinigung zwischen Mann und Frau entsteht neues Leben, wenn das kein schöpferischer Akt ist!? Und der Penis tritt als Geschlechtsmerkmal eben wesentlich deutlicher hervor als die Vagina; der Penis verändert sich auch noch von einem kleinen schrumpeligen Wurm zu einer völlig anderen imposanteren Form. Das bietet sich doch geradezu dazu an, da was reinzuinterpretieren.«

Devidash hatte den Ausführungen des Belgiers mit wachsendem Unbehagen gelauscht, das konnte ich an seinem angespannten Gesichtsausdruck sehen. Die – wenn auch durchaus sachliche – Thematisierung von Sex und Sexualorganen war ihm unangenehm. Mit sensiblen Antennen, die wahrscheinlich von seiner intimen Kenntnis indischer Kultur und Befindlichkeiten herrührten, nahm Peter diese Schwingungen auf und flocht seine Gedanken weiter.

»Man muss natürlich trennen zwischen der symbolisch-religiösen Lingam-Verehrung und echter Sexualität. Hier in Indien würde es zum Beispiel niemandem einfallen, sich nackt an den Strand zu legen. Und Pornographie ist hier verboten. Es ist sogar so, dass sehr viele Inder der Idee der dauerhaften sexuellen Enthaltsamkeit eine ziemliche Wertschätzung entgegenbringen oder sie sogar freiwillig praktizieren. Selbst innerhalb der Ehe. Nimm zum Beispiel Gandhi. Der hat ab seinem siebenunddreißigsten Lebensjahr freiwillig auf Sex verzichtet – obwohl er zu diesem Zeitpunkt und bis zu seinem Tod verheiratet war. So was ist aus westlicher Perspektive ja völlig unverständlich und abgedreht.«

»Sexuelle Enthaltsamkeit scheint mir aber schwer mit Steinpenissen zusammenzupassen«, sagte ich verwirrt.

»Im Gegenteil«, ereiferte sich Peter, »hier in Indien sind die Menschen einfach noch näher dran an archaischen Gedanken und Weltbildern, die bei uns zu Hause verloren gegangen sind.«

Ich musste unweigerlich an Devidashs Interpretation von Adolf Hitler als »großem Deutschen« denken. Was kam denn jetzt?

Peter fuhr fort: »Dass Sex eine Urgewalt ist, die nicht einfach konsumiert werden kann, ist den Menschen hier zum Beispiel sehr bewusst. Zwar gibt es auch hier Prostitution und so. Aber grundsätzlich haben die Leute Respekt vor Sexualität und sehen in ihr kosmische Energien am Wirken. Das ist auch der Grund, warum sich echte Yogis jeglicher Sexualität enthalten: Wir wollen die sexuelle Energie nutzen, um auf dem spirituellen Weg voranzukommen.«

Das war jetzt ganz schön starker Tobak vom belgischen Postboten-Philosophen. Sexuelle Enthaltsamkeit als Antriebskraft, als Plutonium der individuellen Erlösung? Andererseits hatte, wenn ich mich recht entsann, bereits Sigmund Freud irgendwas von »Sublimierung der Sexualität in kulturellen Fortschritt« in seinen Bart gemurmelt. Und wenn ich wirklich längere Zeit »aussteigen« würde, sollte ich mich dann nicht lieber jetzt schon an den Gedanken eines enthaltsamen Lebens gewöhnen? Denn dass ich als einsamer Aussteigerwolf auch noch eine Wölfin treffen würde, die bereit wäre, einen Lebensstil fernab von Dusche und Shoppingmall mit mir zu teilen, daran glaubte ich nicht. Okay, das ist jetzt etwas oberflächlich. Aber Frauen sind meiner Erfahrung nach einfach etwas materialistischer als Männer. Besser gesagt: Sie sind realistischer und ausgewogener in der Beurteilung grundsätzlicher Faktoren des menschlichen Lebens. Und das nicht ohne Grund. Trotz Emanzipation und Gleichberechtigung haben die meisten Frauen noch immer einen starken Kinderwunsch. Um jedoch Nachwuchs aufzuziehen, müssen die materiellen Basics gesichert sein. Von Luft und Liebe leben – solche Träumereien scheinen Männern vorbehalten. Vielleicht sterben wir Männer wegen solcher Träumereien auch häufiger an Drogen oder bringen uns um. Nämlich dann, wenn die Lebensrealität mit der Idee vom Leben einfach partout nicht zusammenpassen will. Vielleicht fehlt uns einfach die natürliche weibliche »Erdung«, deswegen tendieren wir dazu, abzuheben.

Nachdem wir uns noch einige Zeit unterhalten hatten, wurde es Zeit zu gehen. Wir verabschiedeten uns herzlich, Peter verschwand noch kurz in seiner Höhle und schenkte mir einen Mini-Lingam, den er aus einem Stück Holz geschnitzt hatte.

»Om Namah Shivaja. Shiva möge dich auf deinem Weg begleiten.«

Kapitel 5: Fluss-Surfer

Ich hielt es nicht mehr sehr lange in Nashik aus. Es war hier einfach alles zu intensiv, es gab zu viel Input. Selbst für indische Verhältnisse war die Stadt unglaublich überfüllt. Jedes Bett war belegt, ich hatte mit Devidash ein außerplanmäßig freigewordenes und angesichts herumlaufender Kakerlaken und nur tröpfelnder Dusche völlig überteuertes Zimmer ergattert. Kumbh Mela Ausnahmezustand eben – alle zwölf Jahre für ein paar Wochen. Bei dem harten Leben in Indien konnten sich viele Einwohner von Nashik sicher sein, dass sie das nächste große Fest nicht mehr erleben würden. So what? Die Menschen waren gut drauf und euphorisch, überall, wo ich hinkam, wurde mir ungefähr so viel

Aufmerksamkeit zuteil, wie Michael Jackson in seinen besten Tagen genossen haben musste. Ich überlegte ernsthaft, ob ich mir nicht ein Zubrot verdienen könnte, wenn ich eine geringe Fotogebühr von zehn Rupien für jede Anfrage einforderte: »Entschuldigen Sie, Sir, könnte ich bitte ein Selfie mit Ihnen machen?«. Spaß. Die Einheimischen fotografierten mich, ich fotografierte sie, das war der Deal. Ich hörte einfach auch irgendwann auf, meine Motivopfer zu fragen, sie fragten meist ja auch nicht.

Das große Bad in der heiligen Quelle, der Höhepunkt des Festes, nahte. In drei Tagen würde es soweit sein. Ich konnte mir allerdings schwer vorstellen, dass sich dann noch mehr Menschen in die Fluten stürzen würden, als es jetzt schon der Fall war. Irgendwann war doch auch hier eine Grenze erreicht, oder? Ich setzte mich auf die Steinstufen, die zum Fluss hinunterführten und beobachtete die bunt bis schrillbunt gekleidete Menge bei ihren Baderitualen. Vergebung der Sünden, rituelle Reinigung, Lingam, Shiva, Sadhus, Gurus – ich hatte das Gefühl, erst einmal genug Spiritualität eingesogen zu haben. Auch zu dem eigentlich geplanten Besuch des Yoga-Ashrams verspürte ich im Moment überhaupt keine Lust. Ich entschloss mich, dem Trubel zu entfliehen. Kumbh Mela, gerne komme ich wieder. Aber für dieses Mal war es genug. Ich umarmte einen traurigen Devidash und winkte einem Tuk-Tuk, das mich zum Bahnhof bringen sollte.

Als nächstes wollte ich mir einige der Must-See Sehenswürdigkeiten anschauen, die ich auf der Liste hatte. Diese waren zum großen Teil alt und aus Stein, ich hoffte, dort etwas kühle Ruhe nach all dem Trubel zu finden. Wenn halb Indien bei der Kumbh Mela war, müsste es dort doch relaxed zugehen? Elora, Ajanta, Hampi – die nächsten vier Wochen tingelte ich von Stätte zu Stätte, von versunkenen Tempelbauten zu versunkenen Königreichen.

Die jahrtausendealte indische Kultur hatte überall beeindruckende Spuren hinterlassen, ich stolperte von einer Spur zur nächsten und kam aus dem Staunen nicht heraus. Jetzt wäre eigentlich endlich der Yoga Ashram an der Reihe gewesen. Aber irgendwie hatte ich immer noch genug von Religion, Spiritualität, Weltabkehr und Erleuchtung. Ich entschloss mich, den Ashram zu streichen und mich nach Madurai im Bundesstaat Tamil Nadu aufzumachen. Von dort wollte ich weiter nach Sri Lanka. Madurai war definitiv das I-Tüpfelchen meiner Indienreise. Der typisch tamilische Tempelstil mit tausenden von vielköpfigen, großäugigen, grellbunten Figuren und ähnlich intensiven religiösen Ritualen flashte mich noch einmal. Aber dann war es auch gut. Ich wollte einfach nur noch an den Strand, in die Wellen und surfen.

Trotz der Nähe zu Indien – die Küsten der beiden Länder trennen nur 55 Kilometer – gab es keinen Fährverkehr nach Sri Lanka. Dieser war gleich zu Beginn des mehr als zwei Jahrzehnte andauernden Bürgerkriegs eingestellt worden. Im Moment herrschte zwar gerade Waffenruhe zwischen den Tamil Tigers und den srilankischen Regierungstruppen, Friedensverhandlungen waren im Gange. Trotzdem musste man fliegen, wenn man rüber wollte.

Also buchte ich ein Ticket nach Colombo und freute mich schon mal auf die Wellen. Diesmal war die Wellenqualität vorhersehbar und garantiert. Sri Lanka ist zwar nicht Hawaii, aber dennoch bekannt für seine mittelschweren, aber zuverlässig arbeitenden Reefbreaks[13] und Beachbreaks. Die Surfbrettfrage hatte ich von zu Hause minutiös geplant und organisiert. Ich hatte keine Lust dazu gehabt, mit zwei Surfbrettern durch ganz Indien zu reisen. Die Surfsession in Arambol hatte ich nicht eingeplant,

[13] Auf Korallen- oder Felsriff brechende Welle.

eigentlich sollte Indien der spirituelle Teil meines Trips sein und der Surfteil erst in Sri Lanka losgehen. Auf jeden Fall hatte ich meine Bretter per Schiffcontainerfracht an eine deutsche Speditionsniederlassung in Colombo geschickt. Während ich durch Indien stromerte, waren meine Boards mir langsam nachgeschwommen und schon nach drei Wochen Tankerfahrt eingetroffen. Seitdem warteten sie auf mich.

Bretter in Sri Lanka zu kaufen oder zu leihen war praktisch unmöglich. Der Bürgerkrieg hatte die Surftouristen lange ferngehalten, und die Einheimischen hatten andere Sorgen gehabt, als zu surfen. Außerdem ist es mit Surfbrettern wie mit anderen Sportgeräten und Werkzeugen: Die vertrauten erlauben die beste Performance und die besten Ergebnisse. Ich war etwas nervös, als ich mich durch die Schichten von Pappe, Luftpolsterfolie, Boardbag[14] und wieder Luftpolsterfolie durcharbeitete. Es hatte fast zwei Stunden gedauert, die Bretter zu Hause so zu verschnüren, dass sie meiner Einschätzung nach auch bei einem Flugzeugabsturz keinen Schaden nehmen konnten. Oder bei der Kollision mit einem Eisberg. Vertrauen in die sensiblen Hände von Hafenarbeitern hatte ich nicht. Der Aufwand hatte sich gelohnt. Obwohl die äußere Pappkartonschicht ziemlich ramponiert war, konnte ich keinerlei Schäden an den Boards feststellen. Glücklich hielt ich meine Babys im Arm: Ein 7-Fuß-Shortboard, das ein brasilianischer Shaper für mich gemacht hatte – für den Fall, dass tatsächlich mal druckvolle, steile Wellen am Start sein würden. Spitze Nose, scharfe Rails[15], rundes Tail[16], drei Finnen und ordentlich Rocker[17] – Shortboard eben, nur speziell für meine Größe und

[14] Tasche für Surfbretter
[15] Brettaußenkanten
[16] Das hintere Ende des Surfbretts.
[17] Aufbiegung am Fußende des Bretts. Je mehr Rocker, desto beweglicher, drehfreudiger ist

mein Gewicht angepasst. Außerdem war da noch mein 8-Fuß-Longboard – mit ihm würde ich die meiste Zeit in den Wellen sein. Auf Grund meines Körpergewichts konnte ich es ansatzweise duckdiven[18], ansonsten wäre es bei größeren Wellen schwierig geworden. Der typische, nicht so radikale Longboard-Shape[19] sowie die einzelne, dafür größere Finne, standen für relaxtes Soulsurfen, wie ich es mochte: Immer schön im Einklang mit der Wellenenergie rauf und runter, endlose saubere Linien entlang. Ich wurde schon ganz nervös und zappelig vor Vorfreude. Ich umwickelte die Bretter wieder mit Luftpolsterfolie, steckte sie zurück in die Boardtaschen und machte mich auf den Weg zum Bahnhof.

Der Kontrast zwischen Südindien und Sri Lanka war stark. Insbesondere fielen mir sofort die deutlich offenherziger gekleideten Frauen auf. Traditionelle Gewänder waren hier, anders als in Südindien, nicht zu sehen. Andererseits waren die Bewohner Sri Lankas in der Mehrzahl auch keine Hindus, sondern Buddhisten – keine Ahnung, was es in dieser Religion für Kleidungsregeln gibt. Der lange Krieg hatte die Gesichter vieler Menschen gezeichnet. Solches Leid und so viel Hoffnungslosigkeit hatte ich trotz bitterster Armut in Indien in Blicken und Gesten der Menschen nicht wahrgenommen.

Auch die Züge gefielen mir nicht so gut. Als der Zug aus Colombo herausfuhr, dachte ich mehrmals, mein Waggon würde gleich entgleisen, so sehr sprang und hüpfte der Wagen auf den Schienen. Die Bahnschienen hielten sich die meiste Zeit in direkter Nähe der Küste, oft hatte ich Strand und Meer direkt im Blick. Als ich an meinem Zielbahnhof Weligama ankam, war es Abend geworden. Ich war ziemlich erledigt von Flug und Zugfahrt, woll-

---

das Surfbrett.

[18] Unter einer gebrochenen Welle hindurchtauchen.

[19] Shape = Schnitt, Design

te nur noch duschen und dann ins Bett. Meine Unterkunft, die in direkter Nähe zum Surfspot lag, hatte ich mir bereits vorher ausgesucht. Der Spot und das Hostel befanden sich etwas außerhalb der Bucht von Weligama. Der Tuk-Tuk Fahrer – die gab es auch hier – kannte den Ort, 20 Minuten später checkte ich ein.

Krishnas Homestay wurde ausschließlich von Surfern bewohnt. Es waren hauptsächlich Australier, alle männlich, zwischen 20 und 35 und heiß auf die Welle. Voll war es allerdings nicht. Na klar, der Bürgerkrieg schwelte vor sich hin; was aus den Friedensverhandlungen werden würde, wusste niemand. »Normale« Touristen machten deswegen einen großen Bogen um Sri Lanka. Nicht aber die Surfer. Die meisten der Jungs hatten sich Motorroller ausgeliehen, um jeden Tag frei zwischen den unterschiedlichen Wellen der Umgebung wählen zu können. Ich wollte erst einmal ein paar Tage die direkt beim Hostel liegenden Spots surfen und danach weitersehen.

Der erste Tag war genauso, wie ich es mir in meinen Träumen ausgemalt hatte. Nur war dies kein Traum, sondern Wirklichkeit: Aufstehen, langsam unter Palmen wach werden, während in der Küche Frühstück und Kaffee für mich zubereitet wurden. Das Frühstück war inklusive in der bereits lächerlich geringen Zimmermiete. Nachdem ich zwei Banana Pancakes verzehrt hatte, schnappte ich mir einen der herumstehenden Plastikstühle und trug ihn zum Strand, der die südliche Grenze des Hostels bildete. Hier trank ich meinen Kaffee und beobachtete ein paar surfende Frühaufsteher. Nur 30 Meter entfernt von mir brach »Krishnas«, der Homespot der Hostelbewohner. Eine fette, ziemlich schnelle rechte Welle baute sich abrupt an einer Riffplatte auf und entlud sich mit brachialer Energie. Zwei Jungs hatten draußen schon ihren Spaß, zwei andere waren wie wild am Paddeln im Weißwasser. Sie hatten wirklich ganz schön zu kämpfen, rauszukommen. Bumm! Wieder eine Welle auf den Kopf gekriegt! Nicht ganz so spaßig, aber mit einem Becher Kaffee in der Hand ein interessantes Schauspiel. Ich ließ mir Zeit mit dem Aufwachen und Ankommen. Aber nachdem ich einige lange Ritte auf der perfekten, kraftstrotzenden rechten Welle beobachtet hatte, wurde ich unruhig. Ich trank den letzten Schluck meines zweiten Kaffees, verließ meinen Beobachtungsposten und machte mich fertig für die erste Surfsession. Kurz Surfbrett wachsen und Leash[20] einfädeln, meine Boardshorts hatte ich schon an, also los. Ich war vor Freude ganz kribbelig. Das hier war schon was anderes als der Beachbreak in Indien, den ich vor gefühlt unendlicher Zeit gesurft hatte! Ich lief den fast schon kitschig weißen und vollkommen leeren Sandstrand entlang. Zum Reinkommen wollte ich erst einmal einen am Ende des Strandes befindlichen Lefthander[21] surfen, der laut Aussage der anderen Surfer nicht ansatzweise so radikal war wie Krishnas. Linke Wellen sind mir ohnehin lieber. Ich fahre Goofy, das heißt, mit dem rechten Fuß vorn. Das bedeutet, dass ich bei linken Wellen während der Fahrt mit Gesicht und Körper der Welle zugewandt bin. Bei rechten Wellen surfe ich dagegen mit dem Rücken zur Welle, dies ist schwieriger. Seit ich vor einigen Jahren in Indonesien gewesen war, wo es ungewöhnlich viele »Lefts« gab, war ich wählerisch geworden und suchte mir, wenn möglich, linke Wellen. So wie heute. Anstatt vom Strand aus zur Welle rauszupaddeln, lief ich zu einigen Felsen, in deren direkter Nähe die Welle brach. Diese Abkürzung war einfach zu verführerisch. Beim Einstieg musste ich ziemlich auf die scharfen Kanten achtgeben, auch Seeigel gab es hier. Ich kletterte auf einen größeren

[20] Gummileine, mit der das Surfbrett am Fuß befestigt wird.
[21] Englisch für linke Welle.

Felsen und wartete eine große Welle ab. Nachdem sie gebrochen und an mir vorbeigelaufen war, sprang ich ins brodelnde Wasser und begann zu paddeln.

Außer mir waren noch vier Leute da, einer davon war offensichtlich ein Local. Ich grüßte freundlich und stellte mich höflich hinten an. Respekt zeigen, gute Stimmung verbreiten, das finde ich wichtig. Die Regenzeit war gerade erst vorbei, die Surfsaison hatte noch nicht richtig angefangen. Perfektes Timing, alle waren relaxed, es gab keinen Streit um die Wellen. »Go, Go, Go!« ein ums andere Mal feuerte ich einen der anderen Surfer an, wenn eine besonders große Welle angepaddelt wurde, jubelte, wenn sie auf mich zurasten, bevor ich über die Wellenschulter verschwand und den Weg freigab. Entspannte Surferkollegen, nicht allzu kraftvoll brechende, 2 bis 2,50 Meter hohe Wellen. Perfekt. Erste Session am Vormittag, zurück zum Hostel, Mittagessen mit lokaler Reispfanne und frischer Ananas, zweite Session nachmittags, gleicher Spot, ähnliche Bedingungen. Als ich in der Dämmerung zurück ins Hostel wankte, war ich geflasht-glücklich oder »stoked«, wie es in der Surfersprache heißt.

An diesem Abend traf ich Max. Bei einem Bier an der Bar kam ich sofort mit ihm ins Gespräch. Ich hatte Lust, meine heutige Session noch einmal Revue passieren zu lassen, ihm ging es genauso. Er war wie ich zum Surfen in Sri Lanka – wozu auch sonst. Genau wie ich hatte er seinen Job geschmissen und genug Geld gespart, um für längere Zeit zu reisen. Surfen war seine Leidenschaft. Allerdings war er noch Anfänger – zumindest was Wellenreiten auf dem Meer betraf. Als er von seinen bisherigen Surferfahrungen berichtete, saßen gerade zwei Australiern neben uns, die von uns wissen wollten, wo man eigentlich in Deutschland surfen könne.

Ich erzählte verschämt irgendwas von ostfriesischen Inseln, Sylt und Dänemark. Angesichts des erwartbaren Wellenhorizonts und Surfniveaus der Aussies hätte ich eigentlich auch gleich sagen können: Surfen in Deutschland? Das gibt es nicht, vergiss es. Die beiden waren nette Kerle, lauschten höflich und nickten, wie es mir vorkam, mitleidig, während ich erzählte. Dagegen erzeugte Max' Antwort ungläubiges Staunen und Gelächter:

»You know, I am a river surfer.«

»You are WHAT?«

»I am a river surfer.«

»Ha, ha. Good one.«

Max kam aus München und war dort ein bekannter Local am Eisbach. Diese stehende Welle war zumindest in Deutschland inzwischen zu einer gewissen Berühmtheit gekommen. Die Australier dagegen hatten von Flusswellen noch nie etwas gehört und lauschten erheitert bis ungläubig Max' Erzählungen vom Surfen in der Münchner City.

Als ich am nächsten Morgen zum ersten Mal gemeinsam mit Max rauspaddelte, war ich gespannt. Wie würde der Flusslocal im srilankischen Reefbreak zurechtkommen? Die Antwort ließ nicht lange auf sich warten. Das erste Set[22] lief ein. Wir waren noch nicht weit genug draußen. Trotzdem wendete Max sein Brett und paddelte die Welle an. Ich verkniff mir den mir schon auf den Lippen liegenden Warnruf und beeilte mich stattdessen, schnell noch über den heranrollenden Wellenberg rüberzukommen. Ein kurzer Blick über die Schulter verriet mir, dass es für Max sowieso zu spät war: Er hatte die Welle falsch eingeschätzt, befand sich viel zu nahe am Strand und außerdem direkt im Bereich der brechenden Lippe. Lernen durch Schmerz. Effektiv und unschlag-

---

[22] Mehrere (ca. 3-8) direkt aufeinanderfolgende, außergewöhnlich große Wellen.

bar wirksam. Ich wollte Max seine Lehrstunde nicht versauen. Mit Mühe und Not schaffte ich es über die erste Setwelle, bei den nächsten beiden musste ich duckdiven.

Als Max wieder zu mir aufschloss, erwartete ich, dass drei direkt auf ihn brechende Setwellen und der unvermeidliche Waschgang ihn beeindruckt, wenn nicht traumatisiert haben müssten.

»Hey Max. Hast du's überlebt? Genau auf den Kopf gekriegt, was?«

»Ja, geil!« Max hatte die Augen weit aufgerissen, grinste – wie ich fand, leicht irre – von Ohr zu Ohr.

»Aha? Stehst du auf Schmerz oder was?«, fragte ich verwundert.

»Nee, das nicht.« Max hörte auf zu paddeln und setzte sich auf sein Board. »Aber wie mich das grad herumgewirbelt hat, ich konnte nichts machen, wie 'ne Spielzeugpuppe im Schleudergang. Das hatte ich so noch nie, krass. Aber irgendwie auch krass geil.«

Max schien schmerzresistent zu sein. Ich wusste nicht so recht, ob ich ihn bewundern oder bemitleiden sollte. Zu lernen, Meer und Wellen richtig einzuschätzen, ist fundamental wichtig beim Wellenreiten. Als meerfern oder zumindest wellenfern aufgewachsener Deutscher eine schwierige Aufgabe. Schmerzresistenz oder gar -geilheit schien mir eine in Bezug auf diesen Lernprozess fragwürdige Eigenschaft. Denn wenn die Kraft der Wellen keine einschüchternde Wirkung auf Max hatte und ein längerer Waschgang nur ein Grinsen bei ihm erzeugte, wie wollte er dann Respekt bekommen und verstehen? Später begriff ich, dass ich hier schon das ganze Desaster im Kern vor mir hatte. Aber damals kannte ich Max erst zu kurz, um mir Sorgen zu machen. Ich dachte einfach, er sei etwas durchgeknallt.

Wir surften an diesem Tag noch lange weiter. Max bekam zahllose Waschgänge, ich bekam zahlreiche Wellen. Die Flusssurfer-Erfahrung war eben nur begrenzt auf das Meer übertragbar. Zwar machte Max, sobald er mal eine Welle erwischte, eine ganz gute Figur. Aber dazu kam es nur selten. Ihm fehlte einfach die Erfahrung, das Timing. Beim Wellenreiten hängt vieles vom Timing ab. Erstmal natürlich, um überhaupt eine Welle zu bekommen.

Die brechende und möglichst lang und gleichmäßig abrollende Welle ist das, was Surfer überall auf der Welt suchen. Aber schon die Frage, wo die Welle als nächstes ihre Energie entladen wird, ist häufig schwierig zu beantworten. Am schwierigsten ist das bei Beachbreaks, bei denen die Wellen über Sandbänke brechen, die sich in Form und Position ständig verändern. Wenn dann auch noch Gezeiten am Wirken sind, wird das Ganze häufig zu einem Lotteriespiel. Am leichtesten sind Wellen an Spots einzuschätzen, bei denen Korallenriffe oder Felsplatten abrupt ins Meer hineinragen. An solchen Orten ist der Punkt, an dem die Welle brechen wird, ziemlich leicht zu bestimmen. Allerdings ist dann der Stress mit anderen Surfern vorprogrammiert. Denn dann sitzen alle an dieser Stelle und konkurrieren um den Ritt.

Aber selbst, wenn du weißt oder vermutest zu wissen, wo die Welle brechen wird, musst du sie auch noch bekommen. Das ist das nächste Problem, nämlich eine relativ komplexe Angelegenheit: Du siehst die herannahende Welle, drehst dein Board um 180 Grad, paddelst in Richtung Land, wirst hochgehoben, mitgenommen, merkst, dass du getragen wirst, stehst auf und fährst die Welle hinunter – aber jetzt geht es erst richtig los! Du befindest dich plötzlich in einem flüssigen, hochgradig dynamischen Medium. Man könnte auch sagen: Du befindest dich auf einmal in flüssiger Energie. Jede Welle ist von ihrer Form her anders und einzigartig – wo du fährst, ist noch nie jemand gefahren und wird auch nie mehr jemand fahren. Die Entscheidungen, wie und wo du dein Brett und deinen Körper an der dich eventuell haushoch überragenden Energiemasse entlangsteuerst, wo du wendest, zurückfährst, Speed machst, abbremst, werden so schnell von dir verlangt, dass das Ganze eigentlich am ehesten einem langgezogenen Reflex ähnelt. Du entscheidest nicht mehr, du verhältst dich nur noch, wie ein Tier, aus Instinkt. Mit dem Unterschied, dass der Mensch keine angeborenen Wellenreflexe oder gar einen Surfinstinkt hat. Und als Deutscher hat man nicht viel Gelegenheit, sich so etwas anzueignen.

Für uns deutsche Gelegenheitssurfer war ein Spot wie der, den Max und ich gerade surften, ziemlich ideal. Wir hatten es hier mit einem ziemlich leeren Point-Break zu tun: Die Wellen brachen direkt vor einer ins Meer ragenden Felsformation über einer teilweise mit Sand bedeckten Riffplatte und rollten dann nach links in eine sich dahinter öffnende Bucht. Übrigens links vom Standpunkt der surfenden Person aus gesehen. Eine »linke Welle« oder »Left« bricht vom Land gesehen nach rechts. Manchmal brach die Welle weiter in der Bucht, manchmal direkt vor der Felsformation. Das hing hauptsächlich von der Größe ab. Das Ganze war definitiv leichter einzuschätzen als ein französischer Beachbreak – aber anscheinend deutlich schwieriger als der Eisbach: Max hatte einfach keine Ahnung, wo er zu welchem Zeitpunkt sein musste. Er konnte die Wellen noch nicht »lesen«.

Meine erste Befürchtung, dass sein mangelndes Schmerzempfinden den Lernerfolg behindern würde, bewahrheitete sich in den folgenden Wochen jedoch nicht. Im Gegenteil. Max lernte erstaunlich schnell. Wir surften gemeinsam die Spots der Umgebung, auch in die anspruchsvollen wie »Krishnas« wagte sich Max recht bald. Deswegen hatte ich keine Bedenken, ihn zu fragen, ob er nicht Lust hätte, mich nach Indonesien zu begleiten. Die Wellen dort würden um einiges heftiger und bissiger sein. Max' Antwort war mir schon vorher klar.

Kapitel 6: Indo

Die Ankunft in Kuta, Bali, war nach fünf Wochen im beschaulichen und nur aufs Surfen ausgerichteten Krishnas Homestay ein Schock. Zwar war auch in Kuta alles aufs Surfen ausgerichtet. Aber während Krishnas ein Surf-Liebesfilm war, empfand ich Kuta als lieblosen Surf-Porno. Praktisch jeder Shop versuchte seine Artikel über die »Surfschiene« zu verkaufen: Surf-Shirts, Surf-Schmuck, Surf-Tattoos es gab sogar Surf-Hamburger und Surf-Pizza. Konkurrenz wurde der erschöpfenden Verwendung von »Surf« nur noch durch die allgegenwärtige »Bintang« Werbung und Verwendung gemacht. Das lokale Bier war gut, besonders die Australier, die auch hier den größten Teil der Touris ausmachten, sprachen ihm in unübersichtlichen Mengen und zu jeder Tageszeit zu. Max fand das ganze Ambiente zwar gar nicht so schlimm, er hatte aber nichts dagegen, rasch ruhigere Gefilde auszusuchen. Meinen Vorschlag, per Motoroller zur Bukit Halbinsel südlich von Kuta überzusiedeln, würzte ich mit der Ankündigung, dass einige der besten Wellen der Insel dort zu finden seien. Das gab für ihn den Ausschlag. Mit der Aussicht auf das Surfexil fernab von Kuta sah ich das Treiben gelassener. Bei unserem abendlichen Streifzug durch die schmalen, wuseligen Gassen deckte ich mich mit schätzungsweise fünf Kilo Büchern ein. Normalerweise lese ich ständig irgendwas, für Indien hatte ich es aber versäumt, mir interessante Literatur mitzunehmen. Das holte ich jetzt nach. Bei den englischen Titeln war die Auswahl riesig, einen zerlesenen deutschen Krimi erstand ich für einen unverschämt hohen Preis.

Schon am nächsten Tag befestigten wir unsere Bretter an den seitlichen Trägern unserer frisch ausgeliehenen Roller und machten uns auf den Weg. Einen Motorradführerschein hatte niemand sehen wollen – wir hätten auch keine vorzuweisen gehabt. Als Fahranfänger fühlte ich mich sowieso. Zu Hause war ich fast ausschließlich mit dem Fahrrad unterwegs, nur ganz selten mal mit dem Auto. Der chaotische Verkehr, die von allen Seiten und ohne erkennbare Systematik sich einfädelnden Roller und Autos stellten für mich eine ziemliche Herausforderung dar. Zwar war ich vor ein paar Jahren schon mal hier gewesen und auch in Sri Lanka hatten wir Roller gehabt. Aber das hier war eine Nummer für sich. Die Rollerbesitzer waren deutlich in der Überzahl, die Hupe das meistgenutzte Accessoire. Nur langsam erinnerte ich mich wieder an die Logik des Gewusels. Bis dahin hatte ich bereits einige Beinahezusammenstöße zu verzeichnen und Vollbremsungen hinlegen müssen. Eine der von zu Hause abweichenden, hier aber fundamentalen Regeln, war, dass man jederzeit und ohne zu gucken in den Hauptstraßenverkehr einfahren durfte. Das setzte einiges Vertrauen in die Aufmerksamkeit der anderen Freunde des Motorsports voraus. Aber irgendwie lief es. Irgendwie wurden Geschwindigkeitsunterschiede, scheinbar unvermeidliche Zusammenstöße und Katastrophen stets im letzten Augenblick in elegante Schlenker und Kurven verwandelt.

Kulturspezifische Verhaltensweisen von Menschen können verwirrend sein und sehr leicht fehlerhafte Deutungen von Außenstehenden provozieren. In der Theorie ist dies einfach nur eine interessante Einsicht. Mitten im dichtesten balinesischen Straßenverkehr empfand ich mein fehlendes Verständnis nur als stressig und bedrohlich. Es schien mir einleuchtend, dass jedes Jahr so viele Touristen im Sarg nach Hause kamen. Wahrscheinlich hatten sie an irgendeiner Kreuzung, Abzweigung oder Zufahrt die balinesische Verkehrskultur falsch interpretiert. Oder war vielleicht doch die Bintang-Brauerei die Hauptschuldige?

Max schien sich jedenfalls pudelwohl zu fühlen. Er adaptierte in Null Komma nichts den irrsinnigen lokalen Fahrstil und legte, wie es seine Art war, noch einen drauf. Anfangs war er noch hinter mir gefahren, aber offenbar war ich ihm zu langsam. Er überholte mich, wobei sich kurz unsere Knie berührten, gab Gas und schlängelte sich mit halsbrecherischer Geschwindigkeit durch den Verkehr. Ich hatte ihn schnell aus den Augen verloren, aber das war egal. Der Weg war ziemlich einfach, da wir uns inzwischen auf der einzigen großen Straße befanden, die die Bukit Halbinsel durchquerte. »Bei Suhartos Baustelle geht's dann rechts runter«, war die einzige Streckenbeschreibung, die ich ihm beim letzten Trink-Stopp noch mitgegeben hatte. Dass das eingefrorene Großprojekt des ehemaligen Präsidenten Indonesiens nicht zu verfehlen war, wusste ich von einem früheren Trip. Schon von weitem sah ich Max rechter Hand der Hauptstraße zwischen zwei riesigen Pfeilern stehen, die wohl ursprünglich den Eingang des ganzen Komplexes bilden sollten. Die Straße ging von hieraus stark bergab, so viel ich wusste, sollte sie ganz in der Nähe unseres neuen Domizils und Surfspots enden: Balangan. Den Spot hatte mir ein Freund empfohlen, ab hier war auch für mich Neuland.

Wir fuhren Kilometer um Kilometer durch eine karge Geröllandschaft, die von breiten, neuwertigen Teerstraßen durchzogen war. Das Bauprojekt war im Planungsstadium stecken geblieben, denn Suharto hatte 1998 nach landesweiten Unruhen und Protesten in der Bevölkerung abgedankt. Unter anderem wurde ihm Korruption vorgeworfen. Suhartos Sohn, der als Projektleiter für

Planung und Bau verantwortlich war, hatte hier »groß« gedacht, das konnte jeder sehen. Ein riesiges Tourismusluxusresort inklusive Golfanlage war geplant gewesen – und dann im Anfangsstadium verhungert. Die Straßen waren perfekt, breit wie Autobahnen, der Asphalt in besserem Zustand als die Hauptverkehrsstraßen Balis, auf denen wir bis hierhin unterwegs gewesen waren. Immer wieder gingen Seitenstraßen ab, die sich dann weiter vernetzten und zu zahllosen Baugrundstücken führten, die aber allesamt leer waren.

Wer braucht eigentlich Fünf-Sterne-Hotels? Ich musste unweigerlich an Peter, den belgischen Sadhu denken. Er jedenfalls nicht – und ich auch nicht. Als wir am Strand von Balangan ankamen, stellte ich fest: Das war gut so. Denn die einzigen Unterkünfte, die es gab, waren aus Bastmatten geflochtene Hütten, die mich stark an Viktors Goa Camp erinnerten. Dafür konnte man die Hütten und die darin vorhandenen Hängematten umsonst benutzen. Die Familie Manis, der die Hütten gehörte, stellte nur die Bedingung, dass wir uns in Fragen des leiblichen Wohls vertrauensvoll an sie wendeten. Das klang fair und war es auch. Mama Manis kochte solides indonesisches Nasi Goreng, zauberte leckere Milch- und Fruchtshakes und briet morgens bis abends die obligatorischen Banana Pancakes.

Die ganze Familie war anwesend und bestand aus Papa, Mama und drei Kindern: dem Sohn Putu, der Tochter Kadek und der gerade neugeborenen Tochter Komang. Der Name Putu war mir jetzt schon öfter aufgefallen. Ich fragte Mama Manis, warum sich so viele Eltern für diesen Namen entschieden. Hatte er eine besonders schöne Bedeutung, war das ein bekannter Popstar, oder wie? Es dauerte eine Weile, bis sie meine Frage verstanden hatte.

Dann winkte sie lachend ab: »Ach nein, das ist keine schwere

Entscheidung. Der erste Sohn heißt immer entweder Putu, Wayan oder Gede. Das zweite Kind heißt Kadek, Made oder Nengah. Und das dritte Kind heißt entweder Nyoman oder Komang. In jeder Familie ist das so, schon immer, seit ewiger Zeit.«

Aha. Eigentlich sehr praktisch. Zu Hause brechen sich die potenziellen Eltern einen ab, um einen möglichst individuell-wohlklingenden Namen zu finden. Und am Ende heißen doch wieder alle Emma oder Paul. Irgendein Soziologe, ich habe seinen Namen vergessen, hatte die Wortwendung »Reduktion von Komplexität« geprägt. Er musste diese indonesische Namensregelung im Sinn gehabt haben.

Die linke Welle, die nur wenige Meter von unserer Basthütte entfernt brach, war ein Biest. Sie hatte drei Sections[23], die am Ende meist zumachten; die Wellenlippe brach und der Ritt war vorbei. Erst ab einer gewissen Größe verbanden sich die drei Abschnitte manchmal zu einer einzigen, endlosen Wellenwand. Man wusste nur nie genau, wann dies der Fall war. Auf Grund ihrer Schnelligkeit war die Welle bei den Surftouristen nicht besonders beliebt, ich konnte das erst verstehen, als ich den ersten Wellenberg angepaddelt hatte und nach knapp gestandenem Take Off an der grünen Wand entlangraste. Meine Gedanken waren ungefähr: »Oha, sauschnell … Hört das eigentlich irgendwann wieder auf?« Der Blick an der Welle entlang erinnerte mich an den Blick in einen Abgrund: Man wird eingesogen und findet den Boden nicht. Genauso wenig sah ich das Ende der Welle. Mein Blick lief an einer fast senkrechten Wand entlang, die scheinbar bis zum Horizont reichte. Auch wenn ich fest überzeugt war, dass die Welle jeden Augenblick komplett brechen und mich begraben würde, machte ich Tempo, so viel ich konnte, bewegte mich unter Einsatz

[23] Abschnitte einer Welle, die unterschiedlich brechen.

meines ganzen Körpers an der Wellenwand auf und ab, um maximalen Speed zu erreichen. Für Manöver und Spielereien war das hier definitiv nicht der richtige Ort! Nach einer gefühlten Ewigkeit schoss ich über die langsam kleiner werdende Wellenschulter, katapultierte mich selbst in die Luft, flog, flog und klatschte ins Wasser. Wow. Max schrie mir irgendwas zu und fuchtelte mit den Armen, er war plötzlich sehr weit weg.

Am Abend saßen Max und ich auf Mama Manis Plastikstühlen am Strand, tranken Bintang und resümierten unsere heutigen Todesritte. Anerkennend prostete ich Max zu:

»Echt Max, dafür, dass du vor ein paar Wochen eigentlich erst richtig mit dem Surfen angefangen hast, hast du´s echt drauf. Ach Quatsch. Du bist irre gut. Die Welle hier ist echt schwer einzuschätzen und irre schnell. Aber du hast ein paar richtig gute gehabt.«

Max grinste und verneigte sich leicht. Wir er da so mit breiten Beinen und der Halbliterflasche Bier in den Händen in seinem Plastikstuhl thronte, erinnerte er mich irgendwie an den Witz-Guru.

»Danke, du aber auch. Bei deiner ersten dachte ich erst, du seist viel zu spät rein. Die anderen Jungs hatten ja auch alle zurückgezogen. Aber dann … durch alle drei Sections. Dass waren doch locker 300 Meter oder?«

»Jupp, kann gut sein.«

Max wandte sich zum Meer um, wobei sich der Plastikstuhl bedenklich verformte und quietschte. Als er sich mir wieder zuwandte, strahlten seine Augen:

»Cool, dass du mich hierin mitgenommen hast. Das ist schon 'ne ganz andere Nummer als in Sri Lanka. Die Welle hat viel mehr Power. Und läuft so ewig lang!« Er runzelte die Stirn. »Aber irgendwie ist sie auch mehr maschinenmäßig drauf, weiß gar nicht, wie ich das beschreiben soll.«

»Ja, ich versteh schon, was du meinst«, erwiderte ich etwas gönnerhaft, »das ist das Korallenriff. Weißt du, wenn du einmal Riffwelle gesurft bist, dann willst du danach nie wieder Beachbreak surfen. Auch Felsuntergrund mit Steinen oder sowas kommt da nicht ran. Es ist halt so, dass das Riff praktisch immer gleichbleibt. Deswegen funktioniert die Welle auch wie eine Maschine. Besonders hier. Bist du mal abgetaucht, und hast dir das Riff angesehen?«

Erstaunt zog Max die Brauen hoch: »Nö, wieso?«

»Das solltest du dir angewöhnen. Die Welle bekommt ihren Charakter ja letztlich durch das, was unter Wasser ist. Wenn du eine Welle wirklich verstehen willst, musst du tauchen. Hier ist es so: das Korallenriff ist tot. Das bedeutet: Auch wenn du in dreißig Jahren wiederkommen würdest, könntest du rauspaddeln und würdest dich sofort zurechtfinden, weil die Welle immer noch die gleiche ist.«

Max dachte kurz darüber nach.

»Okay? Aber wird das nicht irgendwann langweilig, wenn ich die Welle komplett gecheckt habe?«

»Langweilig? Also ich finde nicht. Im Gegenteil. Warte mal bis übermorgen, da ist großer Swell[24] angesagt. Schau dir morgen mal bewusst für ein paar Stunden die Welle vom Strand aus an, und merk dir, wie sie sich in den unterschiedlichen Sections verhält. Wo sie hohl bricht, wo sie zumacht, wo sich schneller läuft oder langsamer. Wenn's dann groß wird, und ich denke, es wird richtig groß, wird dir das helfen, wirst schon sehen.«

---

[24] Auf dem offenen Ozean durch Stürme erzeugte Grunddünung. Umgangssprachlich auch für große Welle.

Es wurde richtig groß. Es wurde so groß, dass ich, trotz meiner vollmundigen Behauptung, die Welle zu verstehen, nervös war. Zwar brach die Welle noch entlang des Riffs. Was sollte sie auch sonst tun? Die heranrollenden Wassermassen brauchten einen Grund, um ihre Energie zu entladen und dieser Grund war das Riff. Aber das Wellenmonster, das mit wütender Kraft auf das bereits tote Korallenriff einprügelte, hatte auf den ersten und auch auf den zweiten Blick nicht mehr viel mit der Welle zu tun, die wir die letzten Tage gesurft waren. Die Sets waren mehr als doppelt über Kopf, also in deutscher Messung gut vier Meter. Max und ich beobachteten still und beeindruckt das Naturschauspiel. Die Australier und ein Hawaiianer, den es nach Balangan verschlagen hatte, blieben betont cool und versuchten lauthals, sich gegenseitig bei der Untertreibung der Wellengröße zu übertreffen. Der Hawaiianer schoss mit einem gelangweilten »Easy Jungs, das sind doch nicht mehr als sieben Fuß« den Vogel ab. Alles easy, nur zwei Meter? Max konnte es kaum glauben. Er konnte nicht wissen, dass Hawaiianer aus irgendeinem unerfindlichen Grund die Welle von hinten, also nur die eigentliche Swellhöhe messen. Die Höhe des sich am Riff bzw. Strand auftürmenden Wellengesichts strafen sie mit Nichtbeachtung.

Auf jeden Fall war es groß. Selbst der bislang furchtlose Max zeigte Verfallserscheinungen. Ich nahm ihn beiseite, setzte mich mit ihm an den Strand und zeigte ihm ein paar einfache Atemübungen. Beim Surfen in großen Wellen ist es wie beim Klettern in felsigem Gelände und beim Umgang mit Spinnen – wer Panik entwickelt, hat ein Problem. Aber das ist inmitten von Wellen, angesichts derer Größe und Energie sich jeder Glaube an die eigene Kraft und Kontrolle schnell in Luft auflöst, bzw. zermalmt, zerquetscht und herausgeschleudert wird, einfacher gesagt als getan. Die aufsteigende Panik mittels bewussten Atems zu kontrollieren, ist auch deswegen so wichtig, da ansonsten im Falle des von Zeit zu Zeit unvermeidlichen Waschgangs nicht mehr genug Sauerstoff vorhanden ist. Und dann kann es schnell richtig eng werden. Insbesondere dann, wenn sich die Panik unter Wasser noch steigert. Dort unten, wo du hilflos herumgewirbelt wirst und nur tatenlos darauf warten kannst, dass die Welle dich irgendwann wieder ausspuckt, ist definitiv der schlechteste Ort für Panik: Sauerstoff wird schneller als notwendig verbraucht und wenn du auftauchst, bist du fertig. Und dann siehst du plötzlich die nächste, bereits brechende Setwelle über dir aufragen …

Dass wir die Welle in den letzten Tagen ausgiebig studiert und kennengelernt hatten, kam uns jetzt zugute. Weiter rechts in der Bucht war ein Channel. Die vom Ozean hereinrollenden Wassermassen flossen hier vom Strand wieder Richtung Meer hinaus. Ich erinnerte Max noch mal an die goldene Regel »Niemals die erste Setwelle anpaddeln«, machte die Leash fest und watete ins Wasser. Max kam hinterher. Irgendwie war ich stolz auf ihn. Ich hatte erst nach Jahren solche Wellen angetestet und er, der eigentlich noch blutige Anfänger vom Eisbach, traute sich in den heute surfmagazintauglichen indonesischen Reefbreak. Trotz Weißwasserwalzen war das Rauspaddeln erstaunlich einfach. Wir positionierten uns rechts von der zweiten Section, den Hauptbreak in der Nähe der Felsen überließen wir heute gerne den Australiern und dem Hawaiianer, die Jungs surften einfach auf einem anderen Level. Als die ersten Setwellen heranrollten, wurde es mir doch etwas mulmig. Angst war okay, nur Panik nicht. Atmen, atmen. Aber schließlich – wir waren zum Surfen hier, oder nicht? Ich ließ zwei der Setwellen durch; die dritte, und, wie ich vermutete, letzte, paddelte ich an. Ich wurde angehoben und schien, obwohl ich wie wild die Arme bewegte, nach hinten gesogen zur werden. Es dauerte ewig, bis ich merkte, dass die Welle mich trug. Es war fast schon zu spät, steil ging es unter mir hinab. Take Off. Kurz schlitterte mein Board, kaum dass es die Welle berührte, praktisch im freien Fall an der Wellenwand entlang. Hatte ich die Welle etwas zu schräg angepaddelt? Ich mache das mit Vorliebe und etwas aus Faulheit, weil ich so nach dem Take Off direkt in Fahrtrichtung unterwegs bin. Endlich fanden die Finnen und die linke Seite meines Boards Halt in der immer noch fast senkrechten Wand und ehe ich mich versah, schoss ich eine Bergflanke entlang, die die Sonne verdunkelte und über mir zusammenzubrechen drohte. Gedanken aus, Instinkt an. Ich war nur noch pure Reaktion, purer Reflex. Für eine gefühlte Ewigkeit – in Wirklichkeit nur ein paar Sekunden.

Als ich wieder zu Max rauspaddelte, war ich noch voll auf Adrenalin. Er hingegen wirkte, was völlig untypisch für ihn war, nervös und unruhig.

»Hey Max, alles klar bei dir? Das war so geil eben, mehr davon!«

»Oh Mann, ich muss tierisch kacken.«

»Was?« Ich meinte mich verhört zu haben.

»Ich mach mir gleich in die Hose, ich muss groß, verstehst du?«

Wellenmonster um uns herum und Max muss auf Klo. Zumindest *ich* fand es zum Schreien komisch.

»Ja, ja, schon verstanden. Paddel doch zurück an den Strand, erledige dein Geschäft und dann kommst du wieder raus. Wo ist das Problem?«

»Das Problem ist: ich glaube, allein komme ich hier nicht mehr raus, ist einfach zu groß. Ich bin dir ja eben einfach nachgepaddelt, aber so richtig gecheckt, wo das Wasser ins Meer zurückfliest und einen mitnimmt, hab ich nicht. Problem, Problem.« Max machte einen so gequälten Gesichtsausdruck, dass ich mich bemühen musste, nicht laut herauszulachen.

»Dann machs halt hier, ist doch eh keiner da und mich stört es nicht. Jedenfalls nicht, wenn du 'nen paar Meter abseits gehst. Ich will ja nicht mit deiner Scheiße im Line Up sitzen.«

Max überlegte nur kurz, paddelte dann etwas weiter nach rechts. Ich sah ihn noch tauchen und sich die Boardshorts runterziehen, dann konzentrierte ich mich wieder auf den Horizont, um nicht eines der herannahenden Sets zu verpassen. Und, wenn mich nicht alles täuschte, sah es verdächtig danach aus, als wäre dahinten etwas im Anmarsch. Das hat auch etwas mit Instinkt zu tun. Gerade bei Reef Breaks bauen sich Wellen häufig abrupt an der Riffkante auf. Vorher, also solange sie sich im tieferen Wasser bewegen, sind sie kaum wahrnehmbar. Bei Beachbreaks sieht das anders aus. Hier sind die herannahenden Wellenberge vom Surfer oft schon aus weiterer Entfernung zu erkennen, denn der Übergang vom tiefen auf flacheres Wasser erfolgt hier meist gemächlicher. Wie dem auch sei: Je früher man die Welle sieht oder auch nur ahnt – oft sind es nur geringste Anzeichen am Horizont, die man zu deuten wissen muss – umso besser. Da ich überdurchschnittlich groß bin und dazu meist noch auf meinem Longboard sitze, rage ich wesentlich höher als die anderen Surfer aus dem Wasser und bin meist einer der ersten im Line Up, der die Wellen »riecht«. Heute war ich zwar mit meinem kleinen Board am Start. Aber man konnte das, was da vorne kam, auch so kaum übersehen. Geruchssinn war nicht nötig, es stank geradezu.

»Hey Max. Beeil dich mal, ich glaub, das nächste Set kommt.«

»Was ist?«

»Zieh deine Hose hoch Mann, sonst erwischt dich gleich die größte Klospülung der Welt!«

»Ja, ja, schon gut, hab verstanden.« Im Wasser neben seinen Board umhertreibend, nestelte Max hektisch an seiner Boardshorts herum.

Ich blickte wieder aufs Meer hinaus. Irgendwas stimmte hier nicht. Diese Setwelle war keine Setwelle. Das war das Clean Up Set. Während den Setwellen oder kurz Sets eine gewisse zeitliche Regelmäßigkeit zu eigen ist, sind die meist wesentlich größeren Clean Up Sets die Chaoskräfte beim Wellenreiten. Manchmal treten sie überhaupt nicht auf, bei manchen Sessions kommt alle drei, vier Sets ein Clean Up Set. Oder es kommt zwei Stunden gar keins und dann innerhalb von zwanzig Minuten zwei.

Bisher hatten wir in Balangan noch keines gehabt, deswegen hatte ich auch noch keinen Gedanken daran verschwendet, was in diesem Fall zu tun sei. Als ich langsam die Masse des dahinten herannahenden Wellenberges realisierte, war mir die einzige Lösung sofort klar: Board weg und tauchen. So tief wie möglich.

»Achtung, Max, Clean Up Set, tauch ab!"

Max war immer noch mit seiner Hose beschäftigt. »Was für ein Teil?«

Ich rutschte vom Brett, glitt ins Wasser und machte ein paar Schwimmzüge von Max weg. Es gibt fast nichts schlimmeres, als das Board eines anderen Surfers ins Gesicht zu bekommen. Fremde Bretter verursachen wahrscheinlich die meisten Verletzungen beim Surfen.

»Monsterset im Anmarsch, das schaffen wir nicht mehr.«

»Okay und was machen wir jetzt?«, fragte Max etwas ratlos. Er schien verwirrt aber irgendwie auch interessiert. Klar, mit

Clean Up Sets hatte er am Eisbach sicher noch nichts zu tun gehabt. Vielleicht hörte er den Begriff zum ersten Mal. Aber das war jetzt gerade nicht der richtige Zeitpunkt, diese Wissenslücke zu schließen. Ich bereitete mich lieber schon mal innerlich auf das unausweichlich kommende vor. Ruhig bleiben, noch mal bewusst und kontrolliert tief atmen. Atmen? Die Zeit dafür war jetzt auch langsam abgelaufen.

»Tauchen, Max! Mach schon, gleich kracht es«, rief ich noch. Und nach einem letzten Atemzug machte ich dann genau das: Tauchen.

Das letzte, was ich von Max sah, war sein interessierter Gesichtsausdruck, als er sich der nahenden Welle zuwandte. Er hatte durch den Klogang offenbar wieder zu seiner alten, furchtlosen Form zurückgefunden. Ich hoffte inständig, er würde nicht auf die völlig bescheuerte Idee kommen, die Welle anzupaddeln. Ich tauchte, so schnell ich konnte, bis in ca. zweieinhalb Meter Tiefe, eben so tief meine Leash es zuließ, dann krachte es auch schon über mir. Mein Board, das oben aus dem Wasser ragen musste wie eine Boje, zerrte hart an der Leine und an meinem Fußgelenk. Ich wurde durcheinandergewirbelt wie eine Puppe, verlor kurzzeitig die Orientierung unter Wasser. Aber ich kannte das Spiel schon. Ich konzentrierte mich darauf, entspannt zu bleiben und ließ die Turbulenzen abklingen. Als ich schließlich mit brennender Lunge die Wasseroberfläche durchstieß, versuchte ich mich sofort zu orientieren. Weitere Riesenwellen im Anmarsch? Schien nicht der Fall zu sein. Nur der normale Wahnsinn. Da mich die Weißwasserwalze näher zum Strand getragen hatte, würden die nächsten normalgroßen Setwellen einige Meter vor mir brechen. Aber das war jetzt egal. Wo war Max? Ich blickte umher und schaute Richtung Strand. Vielleicht fünfzig Meter entfernt sah ich seinen Kopf aus schäumenden Weißwasser auftauchen und wieder verschwinden. Er war also nicht getaucht. Idiot! Da ich mir etwas Sorgen machte, paddelte ich Richtung Strand, nahm eine kleinere Welle und näherte mich der Stelle, an der ich Max zuletzt gesehen hatte. Das Wasser hatte ihn inzwischen freigegeben, er paddelte mir entgegen. Sein Gesicht war blutüberströmt, als ich näher kam, sah ich, dass das Blut von einer Platzwunde über dem rechten Auge stammte.

»Hey Tom, ich glaube, ich blute.«

»Ja, das sehe ich«, erwiderte ich besorgt-genervt, aber irgendwie auch etwas amüsiert über seine Feststellung des Offensichtlichen.

»Was hast gemacht? Hast du das Teil ernsthaft angepaddelt, oder was?«

»Nee, ich bin geduckdived.«

»Du bist *was*?«

Ich konnte es nicht glauben. Der Versuch, ein Welle dieser Größe, zu »duck diven«, also mit heruntergedrückten Board unter dem Wasserberg durchzutauchen, war irrwitzig. Es war vergleichbar mit dem Versuch, angesichts einer nahenden Lawine möglichst hoch in die Luft springen, um ihr auszuweichen.

»Ja, ich hab' zu meinem besten Duck Dive angesetzt«, verteidigte Max seine völlig hirnlose Entscheidung, »hat aber nicht gereicht. Hab's voll auf den Kopf gekriegt. Und mein Board in die Fresse.«

Daher stammte also der Cut. Naja, immerhin besser, als über das Riff geschmirgelt zu werden, hätte schlimmer ausgehen können, dachte ich. Wassergebirge kann man nicht Duck Diven. Das hatte Max gerade gelernt. Er brauchte anscheinend immer etwas mehr »Input« als der Durchschnittsbürger, musste alles selber ausprobieren und erfahren.

»Scheiß Idee, hättest du auch gleich einfach auf dem Board sitzen bleiben können. Aber jetzt schnell raus aus dem Wasser, das sieht ziemlich böse aus.«

Wir paddelten gemeinsam Richtung Strand, ließen uns vom Weißwasser nach Hause tragen. Die Wunde blutete wirklich ziemlich stark, Max sah aus, als hätte man ihm in den Kopf geschossen. Einer der Australier hatte vom Strand aus was mitgekriegt. Als wir aus dem Wasser kamen, war er sofort zur Stelle.

»Na Kumpel, hast du ins Riff gebissen?«

Max grinste etwas angestrengt, einen leichten Schock hatte er vielleicht doch zurückbehalten? »Nee, ins Bord.«

Der Typ nickte zufrieden: »Das ist gut, dann ist die Wunde sauber. Es gib nichts Schlimmeres als Schmutz und Korallenstücke in so einer Wunde. Ich habe Zeug zum Nähen dabei, ich denke, das kannst du jetzt brauchen.«

Ich schaute mir die Wunde genauer an. Die Ränder klafften gut einen halben Zentimeter auseinander, sie war gut drei Zentimeter breit. Max musste sich die Nosespitze seines Board genau in den Kopf gerammt haben. Der Aussie war anscheinend heftigere Unfälle gewohnt.

»Sei froh, dass es nicht dein Auge erwischt hat. Ein Kumpel von mir hat sich seine Nose letztes Jahr bei einem Wipe Out ins Auge gerammt. Ist nicht viel übriggeblieben davon.«

Max erschien mir jetzt doch zunehmend unsicherer auf den Beinen, wahrscheinlich wurde ihm langsam klar, wie dumm er sich verhalten hatte und wie knapp er an einem größeren Unglück vorbeigeschrammt war.

»Ja, ja danke für die Aufmunterung«, erwiderte Max mit gequältem Gesichtsausdruck. »Glaubt ihr echt, das muss genäht werden?« Er blickte mich fragend an.

Aber der Australier lies mich gar nicht zu Wort kommen. »Kumpel, ich bin Medizinstudent okay? Hab schon viele Wunden genäht, die größer waren als die da. Kein Problem, das dauert nur zehn Minuten.«

Es dauerte nur fünf. Nachdem er die Wunde peinlich genau gereinigt und desinfiziert hatte, hantierte der Doktor in spe schnell und geschickt mit der kleinen Nadel. Max war tapfer, er zuckte ein paar Mal und verzog das Gesicht, das war's.

»Fertig, sieht aus wie neu, Kumpel.«

Ich begutachtete die Naht. Das sah gut aus, der Australier hatte ganze Arbeit geleistet. Was hätten wir hier, irgendwo am Ende der Welt wohl ohne ihn gemacht?

Auch Max war dankbar und erleichtert. Die selbstsichere Art des Australiers schien ihn beruhigt zu haben.

»Cool, vielen Dank, Mann! Dafür gebe ich dir heute Abend einen aus. Ach Quatsch, heute Abend kannst du trinken so viel du willst, das geht auf mich!« Er schüttelte dem Australier die Hand und dieser freute sich über das Freibier. Sonst gab es hier nichts, aber die Typen von Down Under konnten trinken! Hoffentlich hatte Familie Manis ausreichend große Biervorräte.

»Und jetzt? Zurück ins Wasser?«, fragte Max.

Ich lachte laut auf: »Du hast wohl nie genug, was? Nee, das kannst du vergessen. Frag mal den Onkel Doktor, ich glaube, du kannst die nächsten Tage hübsch vom Strand aus zuschauen, wie ich Wellen zerlege.«

Max war entsetzt. Der Australier hatte den Inhalt unserer Unterhaltung wohl erraten und bestätigte, ohne dass wir nachfragen mussten, meine Einschätzung. Aus medizinischer Sicht, so führte er etwas hochgestochen und mit ernstem Gesicht aus, dürfte Max eigentlich erst wieder ins Wasser, wenn die Wunde ganz verheilt wäre, was ungefähr vier Wochen dauern würde. Max stöhnte. Der Australier grinste und ergänzte, dass aus Surfersicht auch eine Woche Wartezeit ausreichend wäre. Vorausgesetzt, Max hätte kein Problem damit, dass das Salzwasser die Wundheilung herauszögerte und dadurch eine dunkle Narbe entstünde. Max war erleichtert über diese Hafterleichterung. Angesichts perfekter Wellen vier Wochen in Untätigkeit zu schmoren, wäre auch schlicht unmenschlich gewesen. Ich ließ ihm am Strand zurück und warf mich wieder in die Brandung.

Kapitel 7: Frauen und Pilze

Max hatte neben seiner Furchtlosigkeit noch zwei andere Eigenschaften, die mir schnell auffielen. Zum einen war er ein Frauenheld. In den fünf Wochen, die wir in Sri Lanka zusammen unterwegs gewesen waren, hatte er zwei Affären mit Frauen gehabt. Und das war ein Kunststück. Denn es waren ohne Ausnahme männliche Surfer in den Wellen, sonst gab es fast keine Touristen und die wenigen westlichen Frauen, die man zu Gesicht bekam, waren mit Partnern unterwegs. Trotzdem schaffte es Max irgendwie, gezielt die wahrscheinlich einzig verfügbaren Single Frauen der gesamten Südküste Sri Lankas aufzuspüren und im Schnellverfahren um den Finger zu wickeln. Vielleicht war sein Erfolgsgeheimnis, dass er eigentlich ganz harmlos aussah. Groß und fast schlaksig vom Körperbau, halblange, dunkle Haare, blaue Augen, die sentimental dreinschauen konnten. Außerdem lispelte er leicht. Auch von seiner Art her war er im Grunde eher zurückhaltend und schüchtern.

In der einen Woche, in der er wegen seiner Wunde nicht ins Wasser konnte, steigerte er seine Frauenquote noch mal erheblich.

Eine Bucht weiter war eine kleine Ansammlung von Hütten und Strandbars. Dort brach ein anfängertauglicher Beachbreak, eine Seltenheit auf Bali. »Dreamland«, so wurde der Strand genannt, zog, anders als Balangan, auch viele normale Touristen an und nicht nur Surfer. Max war jeden Abend dort, meistens übernachtete er nach der unvermeidlichen Party bei irgendeiner Bekanntschaft. Ich frühstückte gerade im Schatten vor Mama Manis Hütte, als er völlig verstrahlt nach Hause kam.

Er ließ sich mir gegenüber in einen Plastikstuhl fallen und schaute mich mit Ringen unter den Augen an.

»Morgen Tom, hast was verpasst, war New Moon Party gestern. Richtig geil.«

Ich war nicht sehr begeistert von der Störung meines morgendlichen Kaffee-und-Aufwach-Rituals. Vor der ersten Koffein-Spritze und dem langsamen Ankommen auf dieser Welt, bin ich für Gespräche kaum zu haben. Max' Alkoholausdünstungen machten die Sache nicht besser.

»Moin. Ist schon okay, Elektro ist sowieso nicht meins.« Ich trank einen Schluck Kaffee. Etwas neugierig war ich ja schon auf Max' neueste amouröse Abenteuer.

»Und, wieder eine Lady klargemacht gestern Abend?«, fragte ich, betont desinteressiert.

Max schwebte noch auf der Partywolke, vielleicht hatte er auch noch vor fünfzehn Minuten mit einer Frau im Bett gelegen. So lange brauchte man zu Fuß von Dreamland entlang der felsigen Küste bis nach Balangan.

»Jupp. Ist einfach so passiert. Eigentlich hatte ich noch genug von der anderen gestern. Die war irgendwie stressig. Aber die Sandra ist anders. Die surft auch richtig gut. Also auf jeden Fall auf den Wellen da drüben.«

Eine Surfer-Frau namens Sandra. Wie hatte die Frau gestern noch mal geheißen? Ich hatte es schon vergessen. Max vielleicht auch? Mit einem, wie hoffte, nicht zu überhörenden ironischen Unterton in der Stimme fragte ich:

»Okay? Große Liebe oder was?«

Max Außenantennen waren noch nicht empfänglich für solch sensible Sprachnuancen. Er sann kurz nach und entgegnete dann irgendwie träumerisch:

»Hm, bisschen früh für große Liebe, aber süß ist die schon.«

Das fand ich jetzt doch interessant. »Ich hätte jetzt gedacht, du sagst ›große Liebe was für'n Quatsch‹. Bei deinem Frauenverschleiß?«

»Nö, irgendwie such ich schon die richtige. Hab sie bis jetzt halt nicht gefunden.«

»Also ist das nicht nur Sex für dich? Bist du echt auf der Suche?«

»Na ja, Sex ist natürlich auch nicht schlecht. Aber wenn ich mich nicht für die Frau begeistern kann, macht das auch keinen Spaß. Und der Frau auch nicht. Die merkt doch, wenn man nur ihren Körper will.«

Er blickte gedankenverloren aufs Wasser.

»Also mit Sandra, das fühlt sich richtig gut an. Als ich vorhin neben ihr aufgewacht bin, war ich fast ein bisschen verknallt. War aber auch echt ein grandioser Abend gestern. Was hast du eigentlich gemacht?«

»Was ich meistens mache: lesen. Außerdem habe ich mich mit dem Hawaiianer unterhalten. Krasser Typ, er hat mir von einer Welle ganz im Osten vom indonesischen Archipel erzählt, die der Hammer sein muss. Aber er wollte nicht so ganz raus mit der Sprache, wo die nun genau ist. Ich werden ihn heute Abend mal abfüllen und bearbeiten.«

»Mhmmhm.«

Max war offenbar nicht bei der Sache. Normalerweise wäre er auf den Hinweis, dass da eine geheimnisvolle Welle irgendwo am Rande des indonesischen Inselreiches existierte, sofort angesprungen. Aber er hing anscheinend in Gedanken seiner Bekanntschaft von gestern Abend nach. Ich war mir zwar ziemlich sicher, dass Sandra spätestens übermorgen Susi, Sabrina oder Saskia heißen würde. Solche schnellen Frauenwechsel und emotionalen Sprünge kannte ich inzwischen von Max. Aber seine Gefühle schienen echt zu sein. Zumindest in diesem Moment, hier und jetzt. Ich hatte Max wohl falsch eingeschätzt. Er war kein gefühlloses Sex-Monster, sondern anscheinend nur so etwas wie ein Romantik-Casanova auf Speed. Er schien tatsächlich echte Gefühle in seine – ziemlich kurzen – amourösen Affären zu investieren. Hatte er vielleicht die Gabe, sich ständig neu zu verlieben und bei jeder Frau wieder neu an die Möglichkeit der großen Liebe zu glauben? Wenn das so war, fragte ich mich, wo er diese ganzen Emotionen hernahm. Ich für meinen Teil fand solche Affären meist anstrengend. Und am Ende zog meiner Erfahrung nach immer einer von beiden das kürzere Gefühls-Streichholz.

Trotzdem beneidete ich Max etwas um sein reges Sexleben und seine schwärmerischen Romantik-Eskapaden. Andererseits war ich gerade voll und ganz aufs Surfen fokussiert und hatte nicht das Gefühl, irgendetwas zu verpassen. Eine kleine Gemeinschaft von Surf-Fanatikern hatte sich in Balangan zusammengefunden, Frauen waren an diesem Strand keine zu finden. Bier, gute Gespräche und danach völlig platt ins Bett. Drei bis vier Surfsessions und dann noch Sex? Kann man machen. Muss man aber nicht.

Ich fragte mich, ob die extremen emotionalen Achterbahnfahrten, die ich bei Max beobachtete, erstrebenswert waren. Spannend auf jeden Fall. Aber waren inneres Gleichgewicht und Ausgeglichenheit auf Dauer nicht besser? So grübelte ich vor mich hin, während mir gegenüber ein verstrahlter Max völlig platt im Plastikstuhl herumwippte. Was ist mit innerem Gleichgewicht überhaupt gemeint? Dass auch eine Affäre oder Liebesgeschichte die eigenen Gefühle nicht zum Schwanken bringen darf? Das Geist, Gemüt und Seele wie ein stiller Ozean ruhen und nichts diese spiegelglatte Oberfläche zu stören vermag? Ich glaube, der gängige Begriff für so einen Geisteszustand ist stoisch. Max war definitiv kein Stoiker er kam mir eher vor wie der berühmte Duracel-Hase aus der Werbung – nur mit einer Plutonium-Batterie ausgestattet.

Ich konnte mir schwer zwei gegensätzlichere Positionen vorstellen als Max' sexuell aufgeladenes Emotions-Feuerwerk und die ruhige Art des belgischen »Sadhus« Peter. Was hatte der noch mal gesagt? Aufsparen der sexuellen Energie für den spirituellen Fortschritt? Das sollte ich mal Max vorschlagen. Bei mir selbst hatte ich im Moment tatsächlich das Gefühl, dass ich meine aufgestaute sexuelle Energie in radikale Wellenritte steckte. Und in gewisser Weise fühlte es sich an wie eine Erleuchtung. Hatte der Belgier am Ende Recht? Musste man auf alles verzichten, seine Kräfte radikal fokussieren, um zu etwas Höherem durchzudringen? So fokussiert, wie ich es im Moment des Take Offs war – das hatte definitiv etwas Religiöses. Alles, die ganze Welt, mein ganzes Leben schien stets in diesem einen Augenblick zusammenzukommen und zu verschmelzen. Begriffe wie Zeit und Raum waren in diesen Augenblicken bedeutungslos. Ich war bedeutungslos. Absolute Freiheit? Kick? Nirvana? Ich weiß nicht, welcher Begriff dieses Gefühl, diese Erlebnisqualität am ehesten umfasst. Auf jeden Fall war ich mir sicher, dass ich mich zu hundert Prozent darauf einlassen wollte. Bei Max wiederum hatte ich das Gefühl, dass er durch die emotionalen Wellen, in denen er nebenbei die ganze Zeit surfte, die Wellen des Ozeans nicht richtig wahrnehmen und wertschätzen konnte. Technisch gesehen surfte er zwar von Tag zu Tag besser. Wenn ich ehrlich war, wurde er langsam so gut, dass ich ihn aus sportlich-athletischer Sicht dafür bewunderte. Aber auf einer anderen, nicht-technischen Ebene schien er mir immer noch Anfänger zu sein. Auf dieser anderen Ebene sah ich kaum Fortschritte. Vielleicht war diese – ich nenne sie mal: Soulsurfer-Ebene Max auch völlig fremd. Für mich war es beim Surfen immer auch wichtig, dass ich mich voll auf die Wellen und die Leute im Wasser einließ. Die Stimmung, die »Vibes« mussten passen. Wie groß die Wellen waren, spielte für mich eine nachgeordnete Rolle. Ich surfte zwar große Wellen, war aber nicht erpicht darauf. Anders Max. Er brauchte anscheinend den Kick und holte ihn sich durch radikale Manöver auf dem Wasser – und im Bett.

Ein zweiter mehr und mehr nicht zu übersehender Charakterzug von Max bereitete mir deutlich mehr Kopfzerbrechen, als seine Frauenabenteuer: Dies betraf seinen Umgang mit Rauschmitteln und Drogen aller Art. Beim Bierkonsum taten wir uns nicht viel; wir hatten unsere allabendliche Trinkroutine bereits in Sri Lanka aufgenommen, auf Bali setzten wir sie fort. Allerdings kam hier mit der Zeit auf Max' Seite noch das eine oder andere Stimulanzmittel dazu. Es fing ganz harmlos an mit den Nelkenzigaretten. Eigentlich rauchte ich nie, Max auch nicht. Aber die typisch indonesischen Zigaretten mit Nelkengeschmack fanden wir beide unwiderstehlich. Wir gewöhnten uns an, abends beim

Bier die eine oder andere zu qualmen. Ab dem nächsten Drogenlevel war ich aber dann raus.

Schon am zweiten Tag seiner verletzungsbedingten Auszeit kam Max mit einem Beutelchen Marihuana aus Dreamland zurück. Das Zeug gab es dort anscheinend in rauen Mengen. Und das, obwohl in Indonesien empfindliche Strafen auf Gras rauchen verhängt wurden und die Polizei nicht zimperlich war. Auch wenn ich es selbst nicht mache, finde ich Kiffen grundsätzlich okay. Aber: Alles in Maßen. Und das Maß kam Max schnell abhanden. Auch als er nach fünf Tagen und mit halbverheilter Wunde wieder anfing, mit mir rauszupaddeln, war der Joint sein bester Freund. Er startete damit in den Tag und beendete ihn damit. Als er dann auch noch mit irgendwelchen Pilz-Shakes mit psychedelischen Magic-Mushrooms bei Mama Manis aufschlug und sich abends irre lachend mit einigen Beachbreak-Surfern aus Dreamland am Strand herumkugelte, wurde es mir langsam zu bunt. Ich wartete einen der wenigen nüchternen Momente ab, um das Thema anzusprechen. Dieser kam eines Morgens beim Frühstück. Das Zeitfenster war klein, Max baute sich gerade die erste Tüte des Tages, war hochkonzentriert bei der Arbeit.

»Sag mal«, fragte ich bemüht ruhig, »willst du eigentlich surfen oder kiffen?«

Max blickte auf und runzelte die Stirn. »Was ist das denn für 'ne Frage?«, gab er angefasst zurück. Gut, vielleicht hatte ich den Vorwurf nicht ganz aus meiner Stimme tilgen können.

»Eine berechtigte«, sagte ich kalt. »Erstens: Das ist doch scheiße, völlig bekifft in den Wellen rumzutorkeln, du kriegst nur die Hälfte mit und ich bezweifle auch, dass dein Take Off dadurch besser klappt. Und zweitens: Denkst du, Mama Manis und die Kinder kriegen nicht mit, was du hier machst?«

Max wollte schon etwas erwidern, hatte den Mund schon geöffnet – schloss ihn dann aber langsam wieder, hielt kurz inne und dachte nach. Dafür liebte ich ihn. Er war einer der wenigen Menschen, die ich kannte, die sich manchmal tatsächlich die Zeit nahmen, nachzudenken, bevor sie antworteten.

Schließlich sagte er etwas zerknirscht: »Okay, das mit Mama Manis und den Kindern sehe ich ein.«

»Aber?«

»Aber das mit dem Kiffen und dem Surfen … Also eigentlich habe ich nicht das Gefühl, dass ich deswegen schlechter surfe.«

»Schlechter vielleicht nicht«, sagte ich, »jedenfalls nicht von außen betrachtet. Aber kriegst du dich selber eigentlich überhaupt noch mit, so zugedröhnt, wie du draußen manchmal bist? Spürst du dich? Spürst du den Ozean?«

»Was meinst du denn mit ›mitkriegen‹ und ›spüren‹? Soll ich jetzt auf Kuschelkurs zu meinem inneren Kind gehen, oder was? Bäume umarmen und mit Delphinen schwimmen?« Max schnaubte genervt. »Tut mir leid, aber dieser esoterische Emo-Quatsch war noch nie meins.«

»Du musst ja nicht gleich Walgesänge anstimmen«, schmunzelte ich, »aber die eigenen Sinneskanäle ein bisschen offenzuhalten, wenn man im Wasser ist, ist meiner Meinung nach schon wichtig. Zum Beispiel gestern, bei unserer Abend-Session, als du den Take Off bei der letzten großen Set-Welle gestanden hattest – was hast du währenddessen und danach gedacht und gefühlt?«

Max überlegte.

»Hmm, also zuerst hab ich, glaub ich, gedacht ›Geil, das war knapp‹. Na, ja, und dann musste ich mich ganz schön beeilen, wegzukommen. Hab gar nichts gedacht und an das Gefühl danach kann ich mich nicht erinnern.«

»Also, ich will ja jetzt echt nicht sagen ›Siehst du‹. Aber du warst doch total stoned. Das ist doch wie eine Decke, die du über deine Wahrnehmungskanäle legst, alles ist viel gedämpfter. Klar, manchmal hat man auch irgendwelche Eingebungen oder Visionen. Aber mit Visionen in vier Meter hohen Wellen unterwegs zu sein, ist glaub ich auch nicht gesund. Alles in allem geht doch die Intensität des Erlebnisses flöten. Zumindest teilweise.«

Max kratzte sich am Kopf.

»Hab ich mir noch nie Gedanken drüber gemacht. Vielleicht hast du Recht. Wo holst du sowas eigentlich immer her?«

Er schien wirklich ins Nachdenken zu kommen. Er baute zwar unschlüssig weiter an seinem Joint, legte die halbfertige Tüte dann aber zur Seite.

»Okay, Deal«, sagte Max, »ich werde drogenmäßig die nächsten Tage mal etwas kürzer treten. Nicht weil Papi das gesagt hat, sondern weil mich interessiert, ob sich mein Surfen echt dadurch verändert.« Er stockte, ergänzte: »und weil die Kids das ja echt nicht unbedingt mitkriegen müssen.«

Mit diesem Ergebnis war ich völlig zufrieden.

Kapitel 8: Oldschool Point

Es kostete mich sieben Bintang und zweieinhalb Stunden schmeichelnde Aufmerksamkeit für Jakes maßlos übertriebene Surfstorys. Ich hatte dem Hawaiianer in rauen Mengen Bewunderung gezollt, nun erwartete ich langsam eine Gegenleistung. Auf meine erneute Nachfrage nach der geheimnisvollen Welle, von der er am Abend vorher gesprochen hatte, begann er endlich, Details rauszulassen.

»Zuerst musst du nach Timor fliegen«, erklärte mein inzwischen ziemlich betrunkener Informant. Soweit kam ich noch mit, in kannte meine Indonesienlandkarte: Die südöstlichste Insel des indonesischen Archipels ist Timor. »Timur« bedeutet auf indonesisch »Osten«. Die Insel ist in den seit 2002 unabhängigen Staat Ost-Timor und den nach wie vor indonesischen Teil West-Timor geteilt. Was Jake danach erzählte, war mir neu. Ich war nie so weit in den Osten vorgedrungen.

»Danach musst du mit dem Boot nach Roti. Die Insel ist ungefähr 15 Kilometer von Timor entfernt. Danach geht's mit Taxi oder Mini-Bus weiter.«

Er nahm einen langen Schluck von seinem Bier.

»Bis nach Nembrala kommst du so schon mal. Dort gibt es eine Weltklasse Welle. Lefthander, ewig lang. Die Aussies behaupten, es sei die längste Left Indonesiens. Keine Ahnung, ob das stimmt.«

Wieder langte er zu seinem Bier. Er trank und schaute mich dabei mit blutunterlaufenden, leicht schielenden Augen an. Das Bier absetzend, wischte er sich über den Mund und beugte sich über den Tisch, näher zu mir heran. Er flüsterte nun fast. Jedenfalls soweit das lallend möglich ist.

»Was ich dir jetzt erzähle, ist Top Secret, okay? Ich will später keine Bilder in irgendeinem Surfmag sehen.«

Ich nickte eifrig: »Ist doch klar. Werd's für mich behalten.«

Er fixierte mich noch einen Augenblick mit stierendem Blick, was wohl bedrohlich wirken sollte. Angesichts seines völlig zerstörten Zustands wirkte es aber nur lächerlich. Egal. Erzähl schon Mann! Jake schien beschlossen zu haben, dass ich seinem Todes-Röntgenblick lange genug standgehalten hatte. Er lehnte sich wieder zurück, blickte sich um: Wir waren allein, Max war in wieder in Dreamland, zwei Australier waren mitgegangen, die anderen saßen einige Meter entfernt um ein Feuer. Nur Papa Manis saß hinter der provisorischen Bambus-Theke. Aber sein Englisch war längst nicht gut genug, um unserer Unterhaltung zu folgen. Und selbst wenn, die meisten Balinesen interessierten sich kein bisschen fürs Surfen. Außer, sie konnten Geld damit machen.

Jake schätze die Lage wohl ähnlich entspannt ein, denn er begann endlich und mit zunehmender Erregung, zu erzählen: »Ich war letztes Jahr für drei Wochen auf Roti. Hatte mir ein Motorrad ausgeliehen, um die Küste langzufahren und Spots zu checken. Nicht, dass Nembrala nicht geil gelaufen wäre. Die Welle ist ein Klassiker! Aber ich mache das aus Prinzip, habe irgendwie so'n Pionier-Gen in mir.«

Sinnierend schaute er auf sein Bier.

»Auf jeden Fall, ich los, Küste entlang. Es waren tatsächlich einige Wellen am Start, die nirgendwo eingezeichnet oder beschrieben waren. Hinter Nembrala war auch keiner mehr im Wasser. Ich hatte eigentlich genug gesehen, wollte schon umkehren. Aber dann war da plötzlich diese Landzunge, die ziemlich weit ins Meer rausreichte. Ich dachte mir: Bis dahin fährst du noch und dann zurück. Es war ganz schön spät und die Straßen dort … Also Straße ist zuviel gesagt. Auf der Piste wollte ich im Dunkeln lieber nicht unterwegs sein.«

Die Erinnerung an seine Pioniertat schien Jake neue Energie zu geben. Er straffte sich, richtete sich im Stuhl auf und fuhr fort: »Ist ja so: In Indo und auch auf Roti gibt es fast nur linke Wellen. Ich surfe aber Regular[25] und mag eigentlich lieber Righthander. Und die Landzunge sah mir irgendwie danach aus, als könnte dahinter etwas gehen. War mehr so'n Gefühl, ich wusste ja in Wirklichkeit nicht, wie breit die ist oder so. Bin also wie gesagt

[25] Wenn ein Surfer den linken Fuß vorne hat beim Surfen, so surft er regular. Steht der rechte Fuß vorne, surft er goofy.

hingefahren. Es ging ein bisschen einen Hügel hoch, dann durch 'nen Palmenwald. Dort hätte ich beinahe noch ein Schwein umgeheizt, dass plötzlich über die Straße lief.«

Ich wurde ungeduldig. Komm zum Punkt, Mann! Aber Jake mochte seine ausführliche Entdeckungsgeschichte offenbar nicht abkürzen. Im Gegenteil, er schien jede Silbe zu genießen.

»Oben auf dem Hügel, also praktisch mitten auf der Landzunge, hatte ich dann einen guten Überblick. Da war tatsächlich 'ne Bucht dahinter. Sandstrand, wieder Palmen, wie aus dem Surfmag. Und dann …« Er blickte mich an.

»Also die Welle, die dann brach, praktisch eine Sekunde, nachdem ich mein Motorrad angehalten hatte, hat sich in meinen Kopf eingebrannt.«

Er tippte gegen seinen Schädel. »Wenn du das hier aufsägen würdest, würdest du bestimmt ein Bild davon in meinen grauen Zellen finden.«

Ich wartete immer noch darauf, dass er endlich die Welle beschrieb. »Okay, warte, ich hol 'ne Säge«, sagte ich ungeduldig.

»Hä, hä«, Jake kicherte. »Nee, im Ernst. Vielleicht war ich ja auch ein bisschen mitgenommen von der langen Fahrt. Aber das war wie 'ne Eingebung, 'ne Vision oder so was. Die Welle war einfach perfekt. Und ich weiß, wovon ich spreche, bei mir zu Hause ist es auch nicht so schlecht.«

»Ja, hab davon gehört«, meinte ich trocken. »Da war also eine rechte Welle? Lang? Hohl? Wie groß?«

Jake kicherte wieder. »Alles, alles Kumpel. Aber wenn ich sie dir beschreibe, glaubst du mir ja doch nicht. Warte.«

Er zog eine Digitalkamera heraus.

»Hab ein paar Bilder gemacht und auch 'nen kurzen Film. Dachte mir irgendwie schon, dass du mich heute danach fragen würdest.« Er grinste listig.

»Danke für das Bier übrigens.«

»Gern geschehen, zeig her.«

Jake drückte ein paar Knöpfe und reichte mir das Gerät. Die Welle, die auf dem Bild zu sehen war, sah tatsächlich perfekt aus. Allerdings konnte man die Größe schlecht schätzen, dafür war das Bild von zu weit entfernt aufgenommen worden. Außerdem war niemand im Wasser, damit fehlte eine Vergleichsmöglichkeit. Ich klickte mich durch die nächsten Bilder, auf allen ähnliche, aber irgendwie abstrakt bleibende Perfektion.

Ich reichte Jake die Kamera zurück. »Echt krass, leider bisschen weit weg, das Ganze. Und die Größe kann man auch schlecht schätzen.«

Nun wurde Jake vom Ehrgeiz gepackt. Er hatte mir gegenüber die Welle so geheimnisvoll umgarnt und als Höhepunkt seiner Geschichte, ja eines ganzen Surferlebens aufgebaut, dass er nun sozusagen in der Beweispflicht stand. Eifrig nahm er mir die Kamera aus der Hand, wählte eine Datei aus, und gab sie mir zurück.

»Warte, bis du das gesehen hast. Hammer.«

Erwartungsvoll blickte ich auf den startenden Film. Erst in bewegten Bildern trat der Charakter der Welle deutlich hervor. Sie perlte wie eine Maschine von rechts nach links ab, gleichmäßig, ohne dass man eine Unregelmäßigkeit oder unterschiedliche Sections hätte erkennen können. Sie war groß, das konnte ich auf Grund der Langsamkeit einschätzen, mit der sie sich aufbaute und zusammenbrach. Wie groß, erkannte ich erst, als ich einen kleinen Punkt ausmachte, der auf dem ungebrochen Teil der Welle, direkt links vom Weißen, auf- und niedertanzte.

»Sag mal, surft da einer?«

Jake grinste wieder oder immer noch, ich hatte ihn, während

ich auf den Film starrte, nicht mehr beachtet.

»Ich sag doch Kumpel, echt der Hammer. Der Typ war ganz alleine da draußen. Hab noch 'ne halbe Stunde da gestanden und ihn beobachtet. Ich sag mal so: Da hatten sich zwei gefunden. Die Welle ist perfekt, das siehst du ja. Aber der Grund, warum ich die ganze Sache nie im Leben vergessen werde, ist nicht die Welle allein. Es war die ganze Situation, die Kombination oder will mal lieber sagen, die Verbindung aus allem. Roti am Arsch der Welt, ich aufm Motorrad, die Landzunge, die Welle. Und dann dieser Typ. Keine Ahnung wer das war, aber der surfte dort, als hätte er das verdammte Wellenreiten erfunden. Übrigens auch ohne Leash, Oldschool. Muss Kiemen gehabt haben und Schwimmhäute, der Typ. Ich wäre da auf jeden Fall nicht ohne Leash rausgegangen, obwohl ich einiges gewöhnt bin.«

»Ohne Leash?«, fragte ich erstaunt, »Wieso das denn?«

Jake zuckte mit den Achseln.

»Keine Ahnung. Manche stehen drauf. Bei uns zu Hause gibt's auch Leute, die schnitzen sich ihre Boards aus Redwood, wie meine Vorfahren vor 3000 Jahren. Für solche Boards brauchst du auch keine Leash. Die Dinger sind nämlich so schwer, da müsstest du dir schon ein Ankertau dranbinden, damit das nicht reißt.«

Er hielt kurz inne. Dann sagte er, fast ehrfürchtig, wie mir schien:

»Aber in so großen Wellen habe ich noch nie jemanden ohne Leash surfen sehen. Okay, beim Tow In Surfen[26] haben sie auch keine. Aber das ist was anderes, da sind ja überall Jetskis am Start, die dich zur Not rausziehen. Aber wenn der Typ da 'nen Wipe Out hat, ist er da draußen ganz allein. Und zwar ohne Board.«

---

[26] Surfen von sehr großen Wellen, wobei der Surfer die Welle nicht anpaddelt, sondern mittels Motorkraft in die Welle hineingezogen wird.

Ich blickte fasziniert auf das Video, das jetzt schon zum dritten Mal in Schleife ablief. Ich hatte das dunkle Gefühl, dass ich Balangan bald verlassen würde.

Am nächsten Vormittag erzählte ich Max die Geschichte. Ich hatte zuerst überlegt, ob und wieviel ich ihm verraten sollte. Schließlich hatte mir Jake noch mehrmals das Versprechen abgenommen, zu schweigen. Aber Jake war auch klar, dass diese Welle früher oder später die Runde machen würde. Erstens surfte dort ja offenbar schon jemand und es war schwer vorstellbar, dass der Typ immer alleine rauspaddelte. Und zweitens hatte Jake gestern nicht nur mir, sondern schließlich auch noch einem der Australier von der Welle erzählt. Das war später am Abend gewesen. Der Hawaiianer war zum Schluss ziemlich betrunken. Über seine Reisepläne gab er lauthals Auskunft. Er wollte noch ein paar Wochen Bali »rippen« wie er sich ausdrückte, und dann nach Roti und weiter zu der Welle, die er kurzerhand »Oldschool Point« getauft hatte. Bei seinem letzten Trip war er nicht mehr dazu gekommen, sie zu surfen. Er war bei Nembrala böse in lebendige Korallen getreten. Die Wunde hatte sich entzündet und er lag länger flach. Aber dieses Jahr wollte er unbedingt zurück und die Sache zu Ende bringen. Irgendwann begann er, als Hommage an den mysteriösen Surfer ohne Leash, Lieder zu grölen, wobei er sich als kreativer Texter erwies. Dann kippte er einfach in seinem Plastikstuhl nach hinten um, blieb liegen und begann nach kurzer Zeit laut zu schnarchen.

Max war Feuer und Flamme. Ich hatte nichts anderes erwartet. Wenn Jake das Pionier-Gen intus hatte, dann hatte Max garantiert das Abenteuer-Gen. Ich offenbar auch, denn ich war ebenfalls heiß. Wir surften jetzt schon seit vier Wochen auf der Bukit Halbinsel. Neben Balangan hatten wir auch andere Spots wie Bingin und Impossibles getestet. Es wurden aber langsam immer mehr Leute im Wasser, die Stimmung wurde zunehmend unentspannter, teilweise aggressiv. Die Hauptsurfsession auf Bali hatte begonnen – und wir hatten eine Mission: Timor und dann Oldschool Point.

Der Weg dorthin stellte sich als nicht ganz so einfach heraus. Aber alles andere wäre ja auch langweilig gewesen und hätte die Vorfreude gemindert. Von Bali gab es keinen Direktflug nach Timor. Wir mussten also zunächst nach Westen und zwar nach Surabaya auf Java fliegen. Nach endlosen Stunden in Flughafenhallen und Propellermaschinen endlich in Kupang, der größten Stadt West-Timors, angekommen, stellten wir fest, dass der Fährverkehr nach Roti nur unregelmäßig arbeitete. Zum Glück fanden wir in der Nähe des Hafens ein Hotel und gleich daneben eine nette Bar.

Als wir nach zwei Tagen Reisezeit auf Roti anlegten, waren wir ziemlich geschafft. Nun hieß es nur noch, einen der bunten Mini-Busse zu erwischen, der uns nach Nembrala bringen würde. Nach drei Stunden Wartezeit entschieden wir uns für die dekadente Variante: Wir charterten ein Taxi. Anderthalb Stunden später sahen wir die Wellen von Nembrala in der Ferne brechen. Sie liefen wirklich irre lang. Ob dies die längste Left Indonesiens war oder nicht – nach zwei Tagen Herumsitzen und Warterei waren Max und ich heiß, sie zu surfen. Oldschool Point würde sich noch etwas gedulden müssen, bis wir es aus seinem Dornröschenschlaf erweckten. Wir checkten in einem kleinen Hostel ein, packten unsere Bretter aus und rannten zum Strand. Dort stellten wir fest, dass die Welle weiter fort war, als gedacht. Wir mussten einen guten Kilometer durch ein seetangbewachsenes Bassin waten, bis das Riff in Sicht kam. Aber der Weg lohnte sich. Die Welle rollte hunderte von Metern am Riff entlang ab. Es waren nur eine handvoll Leute im Wasser. Max jubelte, ich stimmte ein.

Am nächsten Tag standen wir früh auf. Zwar war die Session gestern episch gewesen. Welle um Welle waren wir abgeritten, da zurückpaddeln endlos gedauert und zu viel Energie verbraucht hätte, liefen wir nach dem Ritt auf einem Teil der trocken liegenden Riffplatte zurück. Und dann wieder von vorne. Gut, dass wir Reef-Schuhe dabei hatten.

Aber das war gestern. Heute galt es, einen Secret Spot[27] zu entdecken! Das ist der Traum jedes Surfers: Eine perfekte Welle finden und sie gemeinsam mit einem Surf-Kumpel reiten. Okay, Oldschool Point war nicht mehr wirklich ein Geheimnis. Der Spot hatte bereits einen provisorischen Namen. Und vielleicht machte sich genau in diesem Moment eine hungrige Meute von Australiern samt dem über seine Plaudersucht verzweifelten Jake auf, um die Welle endgültig aus ihrem langen Schlaf aufzuwecken. Andererseits ergaben unsere vorsichtigen Nachfragen bei einigen der anwesenden Surftouristen, dass sich kaum jemand die Mühe gemacht hatte, östlich von Nembrala nach Surfspots zu suchen. Warum auch? Die Wellen vor Ort waren grandios, etwas Besseres kaum vorstellbar. Selbst der Sohn des Hostelbesitzers, der als einer der wenigen Einheimischen surfte, wusste nichts von surfbaren Wellen weiter östlich. Oder flunkerte Wayan uns an? Wie dem auch sei – entweder wusste er wirklich nichts oder er betrachtete Oldschool Point immer noch als so geheim, dass er dahergelaufenen Surftouristen nichts davon verriet. Es schien also alles sehr vielversprechend. Wir liehen uns bei Wayan zwei Motorräder, befestigten unsere Boards an der Seite und fuhren los.

Jake hatte mir noch mit auf den Weg gegeben, dass man eigentlich immer nur der Küstenpiste folgen müsse, um zu Old-

[27] Geheimer Surfspot, der nur wenigen oder gar nur einem Surfer bekannt ist.

chool Point zu gelangen. Die Landzunge, hinter der der Spot lag, war seiner Meinung nach nicht zu verfehlen. Trotzdem hatten wir uns zur Sicherheit eine Detailkarte von West-Timor besorgt, die auch Roti abdeckte. Auf der Karte waren mehrere Buchten zu erkennen, auf die Jakes Beschreibung einigermaßen passte. Unsere Tagesaufgabe war einfach: Hinfahren und selbst nachschauen.

Die Piste war ziemlich schlecht, eigentlich bestand sie ausschließlich aus Schlaglöchern. Wir kurvten mit unseren Motorrädern durch eine Landschaft aus Palmen und Sand, menschliche Behausungen sahen wir nirgendwo, Gegenverkehr gab es nicht. Schon nach einer halben Stunde kamen wir an eine Bucht, in der eine rechte Welle lief. Oldschool Point? Nach so kurzer Zeit? Andererseits: Der Hügel fehlte, die Welle war nur mäßig lang und »Mister Oldschool«, wie ich ihn im Stillen getauft hatte, war auch nirgendwo zu sehen. Also weiter.

Nachdem wir ungefähr eine halbe Stunde gefahren waren, schrie Max mir durch den Fahrtwind zu: »Hey, ich glaube das ist es!« Er fuhr kurz freihändig und fuchtelte mit den Händen herum.

»Schon gut, schon gut, hab's gesehen«, schrie ich zurück.

Mir war die Landzunge auch gerade aufgefallen. Wie ein Trüffelschwein auf Trüffel, wie ein Drogenhund auf Koks, so waren wir beide schon geraume Zeit auf »Landzunge« fixiert. Und da vorne war sie. Ich war mir hundertprozentig sicher, dass sie es sein musste. Aus der ansonsten flachen Landschaft erhob sich ein kleiner, palmenbestandener Hügel. Die Piste führte in einer weiten Kurve hinauf. Ich gab Gas. Ich wollte Oldschool Point als erster erreichen.

Als ich mein Motorrad bremste, sprang Max gerade von seiner Maschine.

»Ah, auch schon da? Hattest du noch was vergessen in Nembrala?« Er grinste breit, er hatte unser kleines Rennen natürlich gewonnen.

»Ja, ja, schon gut. Dein Auspuff raucht ja noch. Hast du schon was gesehen?«

Ich blickte in die Bucht hinunter. In diesem Moment war sie plötzlich da. Sie war zwar nicht so groß wie auf Jakes Fotos, aber die Form, die Art wie sie sich abrollte, stimmte. Sogar die Farbe war gleich.

»Oldschool Point! Wir haben es gefunden!«, jubelte ich. Ich hüpfte vom Motorrad, hob Max hoch und wirbelte ihn herum. Auch er schrie vor Begeisterung. Zwei Surf-Kumpel im siebten Himmel. Die Welle war da, sie existierte. Und nur wir zwei würden sie heute surfen.

Kapitel 9: Daddy Cool

Der Weg runter in die Bucht war nicht so einfach. Vom Hügel aus zog sich die Piste etwas ins Landesinnere zurück. Erst nach einigem Suchen und nachdem wir zweimal in kleine Wege eingebogen waren, die sich aber als nicht befahrbare Trampelpfade erwiesen, fanden wir die Zufahrt. Sie lag genau in einer Kurve und war so zugewachsen, dass man sie übersehen musste, wenn man nicht direkt danach suchte. Langsam holperten wir über Wurzeln und heruntergefallene Palmenwedel bergab, dem Strand entgegen. Als der Boden zu sandig wurde, bremste ich, würgte den Motor ab und stieg ab.

»Hey Max! Lass uns von hier aus laufen, bringt eh nichts mehr.«

Max stimmte zu. Wir lösten unsere Bretter aus den Trägern, lehnten unsere Maschinen an eine Palme und marschierten mit zunehmender Geschwindigkeit durch die Palmen in Richtung

Strand. Dann begann ich zu rennen.

»Wer zuerst am Strand ist, dem gehört die erste Setwelle.«

Max stürmte mir nach, aber diesmal gewann ich. Der Palmenwald hörte abrupt auf, der Strand lag vor mir. Und noch etwas lag vor mir: ein nackter, braungebrannter Mann mit sonnengebleichten, blonden langen Haaren. Breitbeinig, sein Geschlecht mir direkt präsentierend. Der Typ rührte sich nicht. Und das, obwohl wir mit unserem Geschrei und Getrampel eine ziemliche Geräuschkulisse im Strandparadies erzeugt haben mussten. Ich stoppte so plötzlich, dass Max mich beinahe von hinten umgerannt hätte.

»Was ist los, Schockstarre?«, fluchte er. »Sind die Wellen doch zu groß für dich, oder was?«

»Psst. Da liegt 'n Typ.«

»Wa … ? Oh.«

Jetzt hatte Max ihn auch gesehen. In diesem Moment hob der Mann den Kopf und blickte uns direkt an. Er blickte nicht verärgert, er blickte nicht verschlafen, er blickte auch nicht etwa verlegen. Er blickte uns einfach an. Und wir glotzten zurück. Selbst Max hatte keinen blöden Spruch parat. Die Situation war einfach zu grotesk.

Nach einer scheinbar endlosen Weile ließ der Mann seinen Kopf wieder nach hinten sinken, räkelte und streckte sich genüsslich, stand langsam auf und sagte dabei locker:

»Hi, Jungs.«

In stehendem Zustand war der Typ ziemlich groß, fast so groß wie ich. Ich schätzte ihn auf ungefähr 45 Jahre. Er wirkte wach, fit und hatte ein spitzbübisches Grinsen im Gesicht. Mister Oldschool! Ich war mir fast sicher, dass er es sein musste. Denn das der Mann Surfer war, da war ich mir sicher. Er war muskulös, er hielt sich extrem aufrecht, Tendenz zum Hohlkreuz. Typischer

Vielsurfer-Haltungsschaden. Wir waren immer noch etwas sprachlos, aber das schien ihn nicht zu irritieren. Er trat auf mich zu und streckte die Hand aus.

»Hi, ich bin Roger.«

»Ich bin Tom, hi.«

»Und ich bin Max.«

Roger schaute von mir zu Max und dann wieder zurück.

»Lasst mich raten: Schweden, Deutschland, Holland? Na Kumpels, liege ich richtig?«

Er lachte mich an. Endlich fiel auch der Rest der durch die Überraschung erzeugten Spannung von mir ab, auch ich musste lachen.

»Treffer, Deutschland«, sagte ich. »Lass *mich* mal raten: Australien?«

»Woran hast du das denn erkannt?«, fragte Roger erstaunt. »Habe ich hier vorne etwa einen Beutel?« Er klopfte sich auf seinen Bauch. »Oder ist es, weil ich wie die Aborigines nackig herumlaufe? Sag schon Kumpel, woran hast du es erkannt?«

Ich hielt mir verschwörerisch die Hand an den Mund und begann – ziemlich laut – zu flüstern:

»Okay, Kumpel, aber nicht weitererzählen, ist ein Geheimnis. Weißt du Kumpel, es ist so: es gibt eigentlich nur eine einzige Nation auf der Welt, deren Angehörige das Wort »Kumpel« mindestens einmal in jedem Satz gebrauchen. Aber die haben bis jetzt nichts davon gemerkt. Also: Psst! Kumpel.«[28]

Roger prustete los.

»Schon gut, schon gut. Hast mich erwischt.«

Wir stimmten in sein Lachen ein. Dafür, dass wir laut herumgeschrien, ihn fast umgerannt, und beim kleiderlosen Entspannen

---

[28] Australier nutzen das Wort mate = Kumpel häufig sehr ausschweifend.

gestört hatten, verhielt er sich wirklich ziemlich cool. Und angesichts der Tatsache, dass dieser Strand und diese Welle höchstwahrscheinlich geheim, dies ein Secret Spot war, war er sogar extrem entspannt. Normalerweise reagieren Surfer völlig anders, wenn sie »ihre« Welle durch Neuankömmlinge bedroht sehen. Aber Roger – vielleicht sollte ich ihm seinen heimlichen Titel »Mister Oldschool« wieder wegnehmen und ihn stattdessen »Daddy Cool« taufen, überlegte ich. Langsam beruhigten wir uns alle wieder etwas.

Ich konnte meine Neugier nicht mehr bändigen: »Sag mal, die rechte Welle da draußen, bist du die schon gesurft?«

Roger schüttelte den Kopf und grinste wieder spitzbübisch.

»Welle, welche Welle? Hab keine Welle gesehen.« Er wandte sich zu Max: »Siehst du hier irgendwo eine Welle, Kumpel?«

Aber Max hatte offenbar Ameisen im Po und keine Lust, rumzublödeln.

»Komm schon, tu nicht so. Wir haben deine Welle von dem Hügel da hinten gecheckt. Keine Angst, wir paddeln dir nicht vor der Nase rum. Wir teilen uns Oldschool Point einfach zu dritt, okay?«

Roger runzelte die Stirn

»Oldschool Point? Was soll das denn sein?«

Ich verfluchte innerlich Max' loses Mundwerk und brachte die fällige Erklärung, bevor die Stimmung noch kippte. Ich erzählte von Jake, dem Hawaiianer und dem Film, den er gemacht hatte. Ich erklärte, dass er sich den Spotnamen wegen dem unbekannten, Leash-losen Surfer ausgedacht hatte. Rogers gute Laune war sofort wieder da.

»Lustiger Name, bis jetzt hat der Spot, soweit ich weiß, noch keinen. Und wenn ich als Inspiration herhalten muss, soll es mir nur recht sein. Außer mir surft hier keiner.«

Wir hatten den Surfer ohne Leash entdeckt. Wir hatten die Welle entdeckt. Wir waren mitten in einem Surf-Film. Und die nächsten Szenen würden unvergesslich sein. Da war ich mir sicher.

»Was ist, Jungs? Erstmal 'n kühles Bierchen?«

Wir waren sprachlos. Roti, Ende der Welt, kühles Bier? Der Typ machte bestimmt Witze.

»Klar und für mich noch 'ne Pizza, hab tierischen Hunger«, krähte Max.

Roger blieb cool.

»Kein Problem. Ich habe aber nur Kokosnuspizza, kommt schon, lasst uns gehen.«

Damit wandte er sich um und ging Richtung Hügel am Palmenwald entlang. Wir folgten seinem nackten Hintern. Es dauerte nicht lange, seine Unterkunft war nahe. Leicht vom Strand zurückgesetzt, etwa zehn Meter tief im Palmenwald verborgen, hatte Roger zwischen vier Palmen eine riesige Plane gespannt. Sie war schräg angebracht, damit etwaiger Regen ablaufen konnte. Die niedrigere Seite war nach vorne, zum Strand ausgerichtet, an der höheren Seite, die bestimmt drei Meter hoch war, war eine weitere Plane senkrecht angebracht, die am Boden mit Steinen beschwert war. Als Seitenwände waren Palmenwedel im Sand eingebuddelt, eine von Steinen umrandete Feuerstelle war in der Mitte des Camps im Boden eingelassen. Es gab eine Matte mit einem Schlafsack und ein Moskitonetz, einige Töpfe und Holzkisten. Außerdem stand da ein altes Motorrad. Und aufrecht an der Rückwand lehnten eins, zwei, drei Surfbretter. Eines davon war ganz weiß, jegliche Grafiken, Bilder oder Farben fehlten. Es hatte einen ungewöhnlichen Shape, die Rails waren dicker als gewöhnlich, die Nose eher rund als spitz. Es hatte nur eine Finne und die Öse, an der normalerweise die Leash festgemacht wird, fehlte. Bingo.

Roger ging zu einer Ecke seiner Behausung, räumte mehrere Palmenwedel zur Seite und griff in ein Loch, das sich darunter befand. Er zog – ich traute meinen Augen nicht – zwei Flaschen Bintang heraus.

»Hier ist schon mal das Bier, die Pizza kommt gleich.«

Wir waren wieder baff. Roger hielt uns die Flaschen hin. Kühl war zwar übertrieben gewesen, aber: Bier war Bier. Insbesondere mitten in der Wildnis und nach zwei Stunden Fahrt auf staubiger Piste in sengender Sonne.

»Ich fahr manchmal mit dem Motorrad in den nächsten Ort«, kam Roger unseren Fragen zuvor. »Ich kaufe da die nötigsten Sachen wie Reis, Öl und Zucker. Und eben Bier. Ein bisschen Luxus muss sein.«

Er ging noch mal zu seiner Bierkiste zurück und holte sich selber eine Flasche heraus. Wir setzten uns in die Nähe der Feuerstelle auf den Boden und stießen an.

»Willkommen Jungs, freut mich, das ihr hier seid. Ich bekomme nur selten Besuch.«

War das der Grund, warum Roger so freundlich, ja herzlich war und so selbstverständlich seinen – sicher sehr begrenzten – Biervorrat mit uns teilte? War er einsam, hatte er es satt, Oldschool Point immer nur alleine zu surfen? Ich war so gespannt auf seine Geschichte, dass ich es nicht länger aushielt.

»Sag mal, bist du schon länger hier?«, fragte ich. »Wir dachten ja eigentlich, wir hätten hier einen Secret Spot entdeckt. Aber du scheinst dich hier ja schon richtig häuslich eingerichtet zu haben, oder wie?«

Roger machte eine ausholende Geste, die den ganzen Strand zu umfassen schien.

»Ich habe diesen Strand schon vor langer Zeit entdeckt. Ich bin damals mit meinem Bruder Gerry in Nembrala gesurft. Das war in den 80ern, damals waren wir dort meistens allein im Wasser. Wir hatten also eigentlich gar keinen Grund, uns groß nach anderen Spots umzuschauen. Aber Gerry und ich fahren halt irre gern mit dem Motorrad durch die Gegend. Dabei haben wir den Strand entdeckt. Wir waren ein paarmal hier surfen, aber die Welle in Nembrala läuft natürlich länger, außerdem gab's auch damals den kleinen Ort schon, wo man billig wohnen und essen konnte. Darum sind wir nur ganz selten hierher gefahren.«

Er nahm einen halbverbrannten Stock aus der Feuerstelle und begann damit in der Asche herumzustochern.

»Irgendwann wurde es in Indo voll. Auf Bali fing das schon Ende der 80er an, auf den anderen Inseln wurden es nach und nach auch immer mehr Surfer. Nicht, dass ich eine Sozialphobie habe oder so. Aber ich mag es einfach, alleine oder mit ein, zwei Kumpels zu surfen. Das ist das größte für mich. Na ja, und dann erinnerte ich mich irgendwann wieder an diesen Strand hier. Bin dann ein paar Mal mit Gerry und ein zwei Leuten hierher. Die Plane, Kisten und anderes Zeug haben wir nach und nach angeschleppt. Auch, wenn ich mal ein Jahr nicht hier war: Wenn ich wiederkam, sah's immer genauso aus wie vorher. Ich glaube, hier war bisher wirklich praktisch nie jemand.«

Ich meinte, es vor Augen zu haben: Roger, sein Bruder und ein paar andere Aussies, Lagerfeuer, frisch gefangener Fisch, Bier. Ein Surfertraum aus 1001 Nacht.

»Vor vier Jahren habe ich meinen Job verloren«, fuhr Roger fort. »Ich hatte in Kalgoorlie in den Goldminen gearbeitet. Meine

Firma wurde von den Chinesen aufgekauft, die brachten eigene Ingenieure mit und viele von uns verloren den Job. Ich hätte auf jeden Fall was anderes gefunden, im Bergbau ist ja bei mir zu Hause seit Jahren die Hölle los. Aber ich war sowieso unruhig und unzufrieden. War auch weit weg vom Meer und konnte nur selten Surfen. Irgendwie brauchte ich eine Auszeit, wollte mal in Ruhe über alles nachdenken. Also habe ich Kassensturz gemacht, mein Haus und das ganze Zeug darin verkauft. Ich hatte die Jahre davor ziemlich gut verdient, da kam einiges zusammen. Ich hab meine Boards gepackt und bin nach Roti. Ich wollte eigentlich nur ein paar Monate bleiben, in Nembrala und halt hier surfen. Tja, und dann bin ich hier irgendwie hängen geblieben.«

Ich stutzte. »Willst du damit sagen, dass du seit vier Jahren hier am Strand lebst? Ganz allein?«

Roger schien das nicht so bemerkenswert zu finden, zumindest verzog er keine Miene.

»Na ja, wie gesagt, ich fahre manchmal in den nächsten Ort und hole mir, was ich so brauche. Allerdings kommt das nicht so oft vor. Brauche ja eigentlich hauptsächlich Reis und Bier. Dreimal haben mich schon Kumpels besucht, zweimal war mein Bruder hier. Aber ansonsten – ja, ganz allein.«

Ich war beeindruckt. Auch Max schien das krass zu finden. Wahrscheinlich war Rogers Geschichte für ihn noch schwerer zu verdauen als für mich. Denn ohne einen Minimal-Komfort und Nahrungs- und Genussmittel wie Spagetti Bolognese, Pizza, Milchshakes, Cola, Kaffee, Bier, Chips, Schokolade, Zigaretten und von Zeit zu Zeit eine heiße Dusche, konnte sich Max das Leben nicht vorstellen. Mit der Dusche hatte er mir schon in Balangan die ganze Zeit in den Ohren gelegen. Er hatte sich unter anderem auch wegen solcher Sachen regelmäßig in die »Zivilisation« nach Dreamland verkrümelt. Und jetzt saß hier Roger und erklärte uns seelenruhig, dass er seit fast vier Jahren mehr oder weniger allein ein Robinson-Crusoe-Dasein führte.

»Wie jetzt?«, Max konnte es wirklich nicht fassen. »Isst du die ganze Zeit nur Reis oder was? Morgens mittags abends? Sieben Tage die Woche, 365 Tage im Jahr? Das hält doch kein Mensch aus!«

Roger schüttelte den Kopf. Er stand auf, ging zur Rückwand seines Zuhauses, bückte sich und kam mit einer stark gebraucht aussehenden Harpune zurück.

»Mit diesem Baby habe ich mir schon die dicksten Fische aus dem Wasser geholt. Ich habe auch noch eine Angel, aber mit der Harpune mache ich fast immer fettere Beute.«

Er reichte Max die Harpune zur Begutachtung und setzte sich wieder hin.

»Außerdem gibt es jede Menge Kokosnüsse, die fallen einem fast ständig vor die Füße. Und hinten bei dem Hügel sind ein paar wilde Bananenbäume und Mangosträucher. Einen Bach gibt's da auch. Alles in allem fühl ich mich manchmal wie im Garten Eden.«

Ich hatte schon die ganze Zeit an Peter, den belgischen Yogi denken müssen. Enthaltsamkeit und spiritueller Fortschritt schienen nicht unbedingt Rogers Motive zu sein. Oder irrte ich da? Irgendeinen »Masterplan« musste man doch schon haben, um so eine extreme Lebensweise durchzuziehen? Denn extrem war Rogers Leben im Strandparadies, Paradies hin oder her. Was war seine Religion, was war sein Nirvana?

»Und was machst du hier so, den ganzen Tag? Ich meine jetzt außer Surfen?«, fragte Max.

Er nahm mir die Worte aus dem Mund. Genau das hätte ich

auch gleich gefragt, vielleicht nur etwas weniger direkt.

»Na ja, dies und das. Und oft auch gar nichts.«

Roger schien nicht so richtig mit der Sprache herauszuwollen. Nach einigen Augenblicken des Schweigens ergänzte er: »Wie gesagt, ich hab 'ne Weile ganz gut verdient. Hab aber dafür auch gearbeitet bis zum Umfallen. In Australien wird dir nichts geschenkt und die Arbeit in den Minen ist hart.«

Er nahm einen Schluck Bier.

»Von daher kann ich es auch ganz gut genießen, einfach am Strand zu liegen. Selbst wenn mir mal langweilig wird – dann muss ich nur mal kurz an die Arbeit denken und schon kann ich die Sache hier wieder total wertschätzen.«

Er grinste.

»Und ansonsten ist das Leben hier draußen auch mit einiger Arbeit verbunden. Allerdings solcher, die notwendig ist und die ich gerne mache: Wasser holen, Holz sammeln, Fische fangen, Früchte pflücken, das dauert alles seine Zeit. Und hetzen tu ich mich nicht. Aber du hast schon recht. Trotz allem wird mir von Zeit zu Zeit langweilig. Für solche Gelegenheiten habe ich aber noch ein Spezialprojekt.«

Er lächelte geheimnisvoll und stand auf.

»Wollt ihr's sehen?«

Klar wollten wir, das Bier war sowieso alle. Roger ging mit uns wieder zum Strand und etwa hundert Meter Richtung Hügel. Dort, im Schatten der Palmen, befand sich sein »Spezialprojekt«. Man konnte es schon von weitem sehen. Es handelte sich um einen ungefähr fünf Meter langen Baumstamm, der auf zwei anderen, kürzeren Stämmen ruhte. Das Holz war schwer bearbeitet worden, auf der unteren Seite war der Stamm auf gesamter Länge fast flach. Auf der oberen Seite war er bis zu zwei Dritteln in ähnlicher Weise abgeflacht. Nur ein kleiner, unberührter Teil samt Rinde war erhalten. An ihm konnte man den ursprünglichen, gewaltigen Umfang des Stamms erahnen. Das Ganze sah fast aus wie ...

»Sag mal, schnitzt du dir ein Surfboard, oder was?«

Wieder kam Max mir mit seiner Bemerkung zuvor. Er hatte recht! Es war ein Vollholzboard! Mister Oldschool wollte offensichtlich seinem ursprünglichen Namen alle Ehre machen. Sein Plan war anscheinend, nicht nur ohne Leash, sondern auch ohne Schaumkern, Glasfaser und Epoxid-Harz surfen zu gehen. Ich strich mit der Hand über den flachen Teil des Holzes. Es fühlte sich warm und trocken an.

»Ich habe schon viele Bretter gebaut«, erläuterte Roger. »Habt ihr das weiße Brett hinten bei mir gesehen? Das habe ich auch gebaut, ist an den Shapes[29] der frühen 70er orientiert. Aber aus Holz habe ich noch nie eins gemacht und ich weiß inzwischen auch, warum.«

Er kicherte, wir blickten ihn fragend an.

»Ich sag mal so. Ich bin zwar schon ziemlich weit gekommen, aber wenn ich das Baby hier weiterhin nur mit dem Beil bearbeite, dann werde ich wohl noch länger am Strand bleiben müssen. Vielleicht ist es dann kurz vor meiner Rente fertig.«

Er kicherte erneut.

Dass die Bearbeitung aufwändig war, konnte ich mir vorstellen. Das kleine Beil, das unter dem Baumstamm lag, wirkte im Vergleich zur Breite, Länge und zum Volumen des Holzes mickrig. Als würde man mit einem Schweizer Taschenmesser einen Tisch schnitzen. Das konnte dauern.

»Na ja, man sagt doch ›Der Weg ist das Ziel‹. In diesem Falle

---

[29] Surfbrettform

passt das für mich. Es macht mir einfach Spaß, alle paar Tage ein bisschen an dem Teil rumzuhaken und zu schnitzen. So langsam wird's ja auch was.«

»Und wo hast du das her?« Ich strich noch mal über das ungewöhnlich helle Holz und nahm die feine Maserung in Augenschein. »Das ist doch garantiert keine Kokospalme. Und andere Bäume habe ich hier noch nicht gesehen.«

»Nee, das wurde hier vor zwei Jahren angespült« bestätigte Roger meine Vermutung.

»So lange arbeite ich auch schon ungefähr dran. Ich glaube, das ist Balsaholz.«

Ich war fasziniert von dem halbfertigen Holzsurfbrett, von Roger, vom Strand. Von der ganzen Szene. Eigentlich fehlte jetzt nur noch …

»So Jungs. Ich denke, wir haben genug geplaudert. Ihr seid doch hier um zu surfen, oder?«

Genau! Wir gingen zurück zu Rogers Stranddomizil, um unsere Bretter zu holen. Die Sonne hatte während unserer Fahrt hierher auf die Boards geschienen und das Wachs zum Schmelzen gebracht. Ich musste nachwachsen. Während ich neben meinem Board kniete und das Wachs mit kreisenden Bewegungen auftrug, holte Roger das weiße Board ohne Leash, das er selber geshaped hatte, von der Rückwand. Ich betrachtete es unauffällig. Außer, dass der Shape ungewöhnlich, eben »Oldschool« war, war es sauber gearbeitet und gleichmäßig geschliffen. Ein dicker Stringer[30] lief durch die Mitte, das Tail hatte etwas Rocker, die Nose hob sich leicht, die Rails waren dicker und schienen nicht ganz so scharf, wie ich es gewohnt war. Es war ein schönes Brett, das man sich gut als Ausstellungsstück in einem Surfmuseum vorstellen

---

[30] Holzleiste in der Mitte eines Surfbretts, die Stabilität verleiht.

konnte. Nur verstaubte es hier nicht, sondern bewegte sich in indonesischen Wellen auf und ab.

»Sag mal Roger, warum surfst du eigentlich ohne Leash?«, fragte ich neugierig. »Ist das nicht supernervig, jedes Mal ewig schwimmen zu müssen, wenn man sein Brett verliert? Oder verlierst du deins nie?«

»Doch klar, von Zeit zu Zeit muss ich schon hinterherschwimmen. Aber nicht allzu oft«, sagte Roger lachend.

Er hielt inne, schien nach einer Antwort auf meine Frage zu suchen. Ohne Leash surfen – klar, das verlangte nach einer Erklärung.

»Ich habe irgendwann festgestellt, dass ich mit Leash anders surfe als ohne«, sagte er schließlich. »Als ich anfing zu surfen, gab es ja sowieso kaum welche. Und ich kann mich auch noch daran erinnern, dass die ersten Leute, die mit einem Gummiband am Board auftauchten, ausgelacht wurden. Aber kurze Zeit später hatten dann doch die meisten eine, es war halt einfacher. Und natürlich auch sicherer. Gerade als Anfänger verlierst du dein Board ja noch oft und wenn das dann durch die Gegend schießt – also da macht eine Leash wirklich Sinn.«

Ich hatte selber schon einmal ein Surfbrett eines anderen Surfers an den Kopf bekommen, ich wusste nur zu gut, wie gefährlich das war. So voller Anfänger, wie die meisten Spots heute waren, lägen ohne Leash ständig Schwerverletzte an den Stränden, so viel war sicher. Ich verstand trotzdem nicht ganz, was Roger meinte.

»Okay, die Leash ist auf jeden Fall ein Sicherheitsfaktor, aber inwiefern hat sie dein Surfen verändert?«, fragte ich.

Roger antwortete nicht gleich, er musste wieder überlegen. Das war eine Sache, die mir sofort an ihm auffiel: Er gab nicht vor, alles zu wissen, er konnte auch mal schweigen und nachdenken. Er versuchte stets, ehrlich und nach bestem Wissen zu antworten, das merkte man.

»Na ja, als ich mit Leash gesurft bin, habe ich ständig neue Sachen ausprobiert, bin radikaler gesurft«, sagte Roger schließlich. »Ich musste halt nicht mehr nach jedem versauten Manöver gleich zum Strand schwimmen. Da hat ja niemand Lust drauf. Ich auch nicht. Obwohl ich sonst wirklich gerne schwimme. Mir wachsen sogar langsam schon Schwimmhäute.« Er grinste, hob seine Hände und zeigte uns die Innenflächen. Seine Hände waren ungewöhnlich groß, die Handinnenflächen waren aufgequollen und schwielig – wahrscheinlich vom vielen Wasserkontakt und vom vielen Hantieren mit Surfbrett und Harpune. Roger senkte seine Hände. »Als später dann Surfbretter mit drei Finnen aufkamen, wurden meine Manöver noch mal aggressiver«, fuhr er fort. »Ich habe irgendwann nur noch Wellen zerhackt, Cutbacks reingezogen und Airs versucht. Das Brett ging dabei natürlich ständig flöten, aber das war ja wegen der Leash egal. ›Klick‹ hat es erst bei mir gemacht, als ich mir irgendwann einen älteren Film angeschaut habe, den mein Bruder von mir beim Surfen gemacht hatte. Da ist mir erst aufgefallen, wie sehr sich mein Surfstil in 15 Jahren verändert hatte. Die Harmonie, die Ruhe, die Geschmeidigkeit und irgendwie auch die Kraft waren aus meinem Surfstil verschwunden. Stattdessen war da nur noch angespannte Nervosität, Geschwindigkeit und Aggressivität. Das gefiel mir nicht. Ich bin dann bewusst immer öfter ohne Leash und mit nur einer Finne surfen gegangen. Heute surfe ich meistens so. Aber manchmal nehme ich auch ein modernes Brett, je nachdem, wie ich mich fühle.« Er hielt inne, ergänzte dann: »Aber meistens bin ich auf Harmonie aus. Hier am Strand sowieso.«

Die Welle, Oldschool Point, war gut. Sie war zwar nicht so lang wie Nembrala, sie war auch nicht besonders hohl. Aber sie lief sauber, und – sie war schön. Als ich tauchte, bemerkte ich, dass das Korallenriff, auf der die Welle brach, lebendig war. Psychedelische Farben und zahllose Fische in allerlei Größen, Formen und Musterungen bevölkerten den Unterwasser-Garten. Was für ein Unterschied das war zum toten, in zerbrochenen grauen Stücken daniederliegenden Korallenriff von Balangan! Die Welt unter Wasser, unterhalb der Wellen von Oldschool Point, war von so atemberaubender Schönheit, dass ich das eine oder andere Mal die Setwellen verpasste, weil ich ganz im Spiel der Fische und in den pulsierenden Bewegungen der Korallen versank.

Rein technisch gesehen war die Welle gut, sie war aber keineswegs episch oder Weltklasse. Zumindest wäre das sicher das vernichtende Urteil von Jake gewesen, dachte ich. Er würde wahrscheinlich enttäuscht sein. Ich war es nicht, ich empfand die ganze Szenerie, den Strand, Roger, die Welle, einfach nur als magisch. Die technischen Details der Welle fand ich demgegenüber nicht so wichtig. Hohlheit und Kraft, Schnelligkeit und Steilheit – Eigenschaften wie diese waren es, die heute bestimmte Wellen zu Pilgerorten für Adrenalinjunkies machten. Hinsichtlich all dieser Attribute war Oldschool Point nur mittelmäßig. Die Fotos hatten etwas anderes vermuten lassen. Ich fragte Roger und er bestätigte meine Vermutung, dass die Aufnahmen bei Ausnahmebedingungen entstanden sein mussten.

»Wenn ein richtig großer Swell aus südöstlicher Richtung kommt, dann findest du auf ganz Roti keinen besseren Spot als diesen hier«, erklärte er. »Aber diese Kombination ist ziemlich selten. Ich vermute mal, euer Kumpel muss an genauso einem Tag auf dem Hügel gestanden haben.«

Er schwieg kurz und plantschte, auf seinem Board sitzend, mit den Händen im Wasser.

»Aber, weißt du, ich bin auch nicht deswegen hierhergekommen, weil ich die steilste oder hohlste Welle der Welt surfen wollte. Ich wollte mit Freunden eine freundliche Welle surfen. Pass auf!«

Ein Set war im Anmarsch. Roger legte sich auf sein Board und paddelte weiter raus. Max und ich folgten ihm. Es war uns klar, dass wir unser eigenes Know-How, was das richtige Einschätzen von Wellen betraf, hier getrost vergessen konnten. Einfach Roger hinterher paddeln und so sicher eine der nächsten Setwellen erwischen, war angesagt.

Roger beschrieb paddelnd einen Bogen und wurde, ohne dass er das Tempo erhöhen oder sich sichtbar anstrengen musste, von der Welle erfasst und getragen. Der Take Off war mühelos, der Bottom Turn[31] weich, rund. Er bewegte sich in einem Wimpernschlag mit zwei schnellen Seitwärtsschritten weiter nach vorne auf sein Board, was die Geschwindigkeit der Fahrt erhöhte und im nächsten Augenblick wieder zurück. Alles sah leicht und spielerisch aus, wie ein Tanz auf dem Board. Da waren keine hektischen Bewegungen des Boards in der Welle, da war kein Kampf. So wie Roger surfte, machte es mehr den Eindruck, als male ein Künstler mit großzügigem weichem Pinselstrich auf die durchsichtige Wellenwand. Sogar die vielen kleinen Fische, die im senkrechten Wasser umherschwammen, schienen sich nicht gestört zu fühlen. Rogers Surfbrett huschte wie ein großer, aber nicht gefährlicher Meeresbewohner an ihnen vorbei.

Diesen Surfstil, bei dem der Surfer sich auf dem Board ständig hin- und herbewegt, hatte ich schon mal in alten Aufnahmen aus

[31] Erster Richtungswechsel am Fuße der Welle, nach dem man diese heruntergefahren ist.

den 70ern gesehen. Aber »Live« war es das erste Mal. Ich fühlte mich, als wäre ich in einer Zeitmaschine dreißig Jahre zurückgeflogen. Dieses Gefühl wurde noch durch Rogers »Boardshorts« verstärkt. Anstatt dieser trug er eine kurze Adidas Turnhose, die auch gut als Museumsstück hätte taugen können – wäre sie nicht so zerfleddert und ausgeblichen gewesen. Daddy Cool war wirklich ziemlich cool!

Am Abend nach unserer Surfsession mit Roger fuhren Max und ich total geflasht durch die Dämmerung zurück nach Nembrala. Daddy Cool hatte mich stark beeindruckt, ach was, ich war fasziniert von ihm. Als wir endlich im Hostel auf der Veranda saßen und die Tageserlebnisse Revue passieren ließen, merkte ich, dass Max ihn kritischer sah.

»Der Typ hat doch ernsthaft einen an der Klatsche!«, sagte er. »Wohnt allein am Strand, schnitzt sich ein Surfbrett – also ich will echt nicht wissen, was bei dem im Kopf abgeht!«

»Wieso, der macht doch genau das, wovon viele träumen«, widersprach ich energisch. »Nur, dass sich keiner traut. Mich eingeschlossen. Klar, extrem ist das schon, wie er lebt. Aber für eine gewisse Zeit könnte ich mir das auch vorstellen. Und außerdem: Hast du schon mal jemanden so surfen und schwimmen sehen?«

Max lenkte ein: »Stimmt schon, der Typ ist ein Fisch. Hab ihn nur einmal sein Board verlieren sehen, bei diesem Monster-Clean Up Set. Ich hab nur gedacht: Okay Mister Oldschool, Brett weg, vier Meter Welle, Game Over. Aber dann schwimmt der Typ ganz bis zum Strand, schnappt sich sein Brett und paddelt wieder raus, als wäre nichts passiert. Fisch eben. Aber einen an der Klatsche hat der trotzdem, dabei bleib ich.«

Wir waren uns immerhin darin einig, dass wir Daddy Cool noch einmal besuchen wollten und diesmal für länger. Er hatte uns eingeladen, ein, zwei Wochen mit ihm am Strand zu wohnen. Ich war sofort Feuer und Flamme, Max war zuerst etwas zurückhaltender. Letztlich konnte aber auch er sich der unwirklichen und aufregenden Abenteuer-Aura von Oldschool Point nicht entziehen. Am nächsten Tag kauften wir groß ein und verkündeten im Hostel, dass wir für einige Zeit die Küstenpiste erkunden wollten. Zwar konnte weder der Hostelbesitzer noch Wayan mit unserer Aussage etwas anfangen. Aber gegen die Zahlung einer ziemlich irrwitzigen Kaution waren sie bereit, uns die Motorräder für zwei Wochen zu überlassen. Um Sie zu beruhigen gab ich Ihnen außerdem eine Kopie meines Reisepasses, die ich immer für Notfälle dabeihabe.

Kapitel 10: Wellenphilosophie

Es war Abend, wir saßen ums Feuer. In zwei Gitterzangen, die außerhalb der Flammen in der Glut lagen, brutzelten zwei große Fische, die Roger vorhin mit der Harpune geschossen hatte. Roger, Max und ich waren den ganzen Tag auf dem Wasser gewesen. Wir hatten Welle um Welle abgeritten, wir hatten uns gegenseitig angefeuert, uns zugejubelt und uns Wellen geschenkt. Jetzt starrten wir glücklich und völlig erschöpft in die Flammen und warteten darauf, dass der Fisch fertig wurde. Tagsüber Surfen, abends am Feuer sitzen, gegrillten Fisch essen und ein paar Bier trinken – die letzten sieben Tage waren immer gleich verlaufen, aber mir wurde es nicht langweilig. Im Gegenteil. Ich genoss es aus vollen Zügen. Bei Max meinte ich heute eine leichte Unruhe und Verstimmtheit zu bemerken, auch auf dem Wasser war er nicht ganz so losgelöst gewesen wie die ersten Tage. Aber ich war happy. Auch die allabendlichen Gespräche mit Roger wurden mir nicht langweilig. Oft waren es eigentlich mehr Monologe. Ein wenig merkte man schon, dass er hier sehr einsam war und es genoss, dass ihm mal jemand zuhörte. Ich hörte ihm gerne zu. Er surfte nicht nur wie ein Halbgott, er hatte auch ziemlich originelle Ansichten und Gedanken. Kunststück, zum Denken hatte er hier mehr als genug Zeit gehabt. Roger war ein richtiger kleiner Surfphilosoph, wenn er erstmal einen Gedankenfaden zu fassen bekommen hatte, lies er ihn nicht mehr fallen, bis er ihm bis zu seinem Ende gefolgt war. Solche Fäden entdeckte er scheinbar aus dem Nichts heraus und unvermittelt, so wie jetzt.

»Wisst ihr«, Roger nahm ein Schluck von seinem Bier und schaute vom Feuer auf, »das Surfen hat eine ziemlich wellenmäßige Geschichte. Mal ist es damit hoch-, dann mal wieder runtergegangen, immer in einem fort.«

Er zeichnete mit der Hand eine Wellenbewegung in die Luft.

»Gesurft haben die Leute schon vor tausenden von Jahren, niemand weiß genau, seit wann. Als Kapitän Cook 1778 in Hawaii ankam, war Surfen dort nicht nur Freizeitspaß, sondern ein zentraler Bestandteil der Kultur. Die Häuptlinge haben durchs Surfen ihre Macht demonstriert, beim Surfbrettbau wurden religiöse Rituale abgehalten und so. Als Hawaii dann nach und nach kolonialisiert wurde, ging diese Kultur den Bach runter. Um 1900 war Surfen praktisch tot.«

Rogers Handwelle berührte den Boden. Dann löste sie sich von dort und gewann langsam an Höhe.

»Eine Handvoll Pioniere, Rettungsschwimmer und Freaks haben es dann wieder zum Leben erweckt. Aber erst Anfang der 60er begann der erste richtige Boom.«

Seine Hand schnellte in die Höhe.

»Dutzende von Surffilmen, eine eigene Musikrichtung und nicht zu vergessen: die ersten Kunststoffboards. Plötzlich gab's 'ne ganze Industrie, plötzlich fand jeder Surfen cool. Ende der 60er flachte diese Boomwelle dann abrupt ab.«

Roger ließ seine Hand sinken.

»In der Zeit setzten sich die kurzen Bretter gegen die Longboards durch. Die Surfer der Shortboard-Revolution waren plötzlich fahrtechnisch auf einem völlig neuem Level unterwegs. Aber mit der Flower-Power-Zeit kamen auch Drogen ins Spiel, das schadete dem öffentlichen Image des Surfens. Surfreisen gingen halt oft in Länder, in denen Drogen billig waren. Viele Surfer blieben auf Marihuana, LSD oder Heroin hängen. Was gut war: In der Zeit wurde sehr viel experimentiert mit neuen Boardshapes, es gab unzählige kleine Surfbrettschmieden und Shaper, die sich gegenseitig pushten. Auch die Leash wurde in der Zeit erfunden. Aber große öffentliche Aufmerksamkeit fand Surfen in der Phase nicht mehr. Es war deswegen auch längst nicht so viel Geld wie heute dabei zu holen. Es gab kaum Firmen und Marken, die in Events und Surfer investierten. Das änderte sich aber Anfang der 80er.«

Während er weiterredete, stellte Roger sein Bier ab, hob langsam seine Hände, stand auf, hob sie weiter, weiter, bis er sich fast strecken musste.

»Viele der Surfmarken, die heute in jedem Kaufhaus vertreten sind, wurden damals gegründet. Sie begannen, richtig viel Geld in den Sport zu pumpen. Die Preisgelder bei den Events stiegen rasant an, überall gab es plötzlich Kleidung zu kaufen, auf der »Surf« stand. Eben noch Nischensport, war Surfen auf einmal wieder Mainstream, alle wollten was von dem coolen Image abhaben. Auch die Leute, die nicht surften. Surfer sahen sich Wäldern von Kameras gegenüber. Eine Tsunamiwelle von Aufmerksamkeit und Kommerz.«

Roger ragte hoch über uns auf, er hatte beide Arme ausgestreckt, seine großen Hände berührten die Plane. Er hatte die Augen weit aufgerissen, sprach lauter und schneller, seine Stimme zitterte vor gespielter Erregung. Ich war fasziniert von seiner grandiosen Geschichtsstunde. Diese Showmaster-Qualitäten kannte ich noch nicht von ihm.

»Auf dieser fetten Welle reiten wir heute letztlich immer noch. Es kann aber keiner vorhersehen, ob das nicht auch wieder abflacht oder auf einmal alles zusammenbricht. Ich halte das sogar für ziemlich wahrscheinlich.«

Er warf seine Arme nach vorne über, hohl brach die Surf-Mainstream-Welle vor uns zusammen. Roger setzte sich hin.

Plötzlich wieder völlig ruhig und trocken ergänzte er: »Ich fände es auch gar nicht schlecht, wenn der Tsunami aufhört. Mir ist das schon lange alles zu oberflächlich und kommerziell geworden.«

Ich überlegte. In Deutschland war das Wellenreiten erst ab den 90er so richtig in Fahrt gekommen. Verwunderlich, dass es überhaupt dort Fuß fassen konnte und eine so große Fangemeinde hatte. Denn wie gesagt: Ernstzunehmende Surfspots mit regelmäßig laufenden, gut reitbaren Wellen, gibt es an Nord- und Ostsee nicht. Aber die meisten deutschen Surfer, die ich kannte, tingelten auch eher um die ganze Welt, als sich in friesischem Schlick zu wälzen.

»Auf jeden Fall«, sagte Roger, »ist das, was ihr in Kuta bestimmt gesehen habt, das Ergebnis einer längeren Entwicklung. Dass heute überall »Surf« draufgeschrieben wird, damit man es besser verkaufen kann – das ist schon irre. Das hätten sich die Surfpioniere in der ersten Hälfte des 20. Jahrhunderts nicht vorstellen können. Das waren oft Einzelgänger, Träumer und Ausnahmetalente.«

Wir saßen eine Zeitlang schweigend und hingen unseren Gedanken nach. Polynesien, Holzboards, Häuptlinge, Beach Boys, New School, Surfindustrie. Als Teil oder gar als Produkt einer historischen Welle, die schon seit hunderten, vielleicht tausenden von Jahren die Weltkugel umläuft, hatte ich mich selbst noch nie gesehen. Eine Welle der Surfkultur, die sich aufbaut, zusammenbricht, wieder aufbaut und immer so weiter und auf der ich heute reite – ein faszinierender Gedanke. Roger beendete die Stille.

»Ich habe mich schon oft gefragt, um was es beim Surfen überhaupt geht. Ich habe Bücher übers Surfen gelesen und mit Leuten darüber geredet. Was meint ihr, warum machen das Leute? Warum nehmen Sie ihre Lebenszeit, ihr Geld und tauschen es für ein paar Stunden, Tage oder Wochen in den Wellen ein? Ist doch eigentlich irre, oder?«

Max sah hier, anders als Roger, offenbar keinerlei Fragezeichen.

»Hey, es geht doch einfach um das Adrenalin, Alter«, rief er und gestikulierte dabei mit den Händen. »Wir sind doch alle auf der Suche nach dem Kick, oder nicht? Es gibt doch nichts Größeres, als 'ne richtig fette Welle abzureiten, nachdem man sich beim Take Off fast lang gemacht hat. Das Gefühl danach … also, ich habe ja schon unterschiedlichste Drogen genommen, aber bis jetzt ist das immer noch die beste!«

Roger nickte. Nach allem, was er von seinen frühen Tagen auf Bali erzählt hatte, war Adrenalin zeitweise sein zweiter Vorname gewesen. Vielleicht auch der erste. Uluwatu in den 70ern, mit zwei drei Leuten. Die Weltklasse-Spots von heute entdecken, alleine in 20-Fuß-Wellen surfen. Wahnsinn. Dagegen sah der ganze Big-Wave-Jet-Ski-Zirkus von heute irgendwie plastikmäßig aus.

»Und was meinst du?« Roger blickte mich fragend an.

»Hmm. Ich bin mir nicht sicher«, antwortete ich nachdenklich. »Adrenalin find ich auch geil. Aber ich kann es auch genießen, mit 'nem langen Board in kleineren Wellen zu sitzen und aufs Meer rauszugucken. Einfach nur gucken. Von Zeit zu Zeit ein Set – nichts großes, nichts, wo man aufpassen muss, dass man zerlegt wird, keine Angst, keine Atemnot, kein Schmerz. Eben auch kein Adrenalin, kein Kick. Aber Schönheit. Verbundenheit mit der Natur. Einklang mit sich selbst. Frieden.«

Die Worte waren so aus mir herausgeflossen, ich hatte keine Lust gehabt zu überprüfen, ob es zu pathetisch, zu gefühlvoll klang. Ich glaubte, dass Roger verstand, was ich meinte. Und bei Max war ich mir fast genauso sicher, dass er mit dieser Art von »Vibrations« nichts anfangen konnte. Na ja, Geschmäcker sind verschieden. Wenn alle auf die gleiche Art von Wellenreiten stehen würden, wäre das Wasser ja immer und überall voll. Aber weil dem nicht so war, hatte ich z. B. schon viele schöne Sessions in der Nordsee erlebt. Meistens mit sechs Millimeter Neopren am Körper. Kaltes Wasser und schlechtes Wetter dünnten meiner Erfahrung nach die Surferhorden zuverlässig aus. Streitigkeiten und Rivalitäten waren unter den wenigen Schlechtwettersurfern selten. Vom Strand aus betrachtet, erinnerten Sie mich oft an friedliche Seehundkolonien, wie sie dort im Wasser hockten und zum Horizont starrten. Das kalte Wasser beruhigte anscheinend irgendwie die heißen Surfergemüter, plötzlich waren alle ziemlich cool. Im wahrsten Sinne des Wortes. Vielleicht lag die spezielle Stimmung aber auch einfach daran, dass man mit den dicken Neos und mit den im Winter und Frühjahr obligatorischen Hauben ziemlich unförmig und lächerlich aussah. Wie auch immer. Wer mit Neoprenstiefeln, Handschuhen und Haube bei unter zehn Grad Wassertemperatur nicht cool ist, dem kann wirklich keiner mehr helfen.

»Adrenalin ist wie gesagt auch gut«, fuhr ich fort »aber für mich geht es beim Surfen eigentlich um was anderes. Der Kick ist mehr so ein Nebenprodukt.« Ich überlegte kurz und ergänzte dann: »Wenn ich mich zwischen Kick und Ruhe in der Natur entscheiden müsste, würde ich immer die Natur wählen. Ich muss auch nicht unbedingt vor anderen Leuten Wellen abreiten, um glücklich zu sein.«

»Wer muss das schon? Das machen doch nur Poser«, warf Max ein. Er war scheinbar etwas angefressen. Vielleicht, weil er sich angesprochen fühlte?

»Ach ja?«, ich hob die Brauen. »Dann sind aber ganz schön viele Poser unterwegs. Die ganze Surfindustrie funktioniert doch so. Wer reitet die größte Welle, wer springt höher, wer macht den irrsten Move? Das schreit doch alles nach Aufmerksamkeit, ist alles auf Wettbewerb ausgelegt.«

Max sah das überhaupt nicht so, das konnte ich an seinem Gesichtsausdruck ablesen. Oder verstand er vielleicht, was ich meinte, konnte aber nichts Schlimmes daran finden?

»Na und?«, sagte er mürrisch. »Nur wenn man sich vergleicht, wird man halt besser.« Ein irgendwie fieser, überheblicher Ausdruck trat in sein Gesicht. »Oder willst du mir jetzt gerade als Fortschritt verkaufen, dass du mit deinem Surfstil ganz schön in den 60ern stehen geblieben bist?«

»Das verstehe ich jetzt mal als Kompliment«, sagte ich betont gelassen.

Ich ärgerte mich tatsächlich nicht über Max' Bemerkung – wohl aber über die Art und Weise, wie er sie vorgebracht hatte.

War ich stehen geblieben? Die 60er standen für eine andere Art des Surfens. Damals ging es noch nicht darum, Wellen zu zerlegen, zu zerfetzen. Die radikalen Manöver wurden erst in den 90ern durch die New-School-Bewegung vorangetrieben und populär. Diesen Stil hatte Max verinnerlicht und tatsächlich besser drauf als ich. Ob das an seiner Herkunft als Eisbachsurfer lag? Auf Flusswellen kann man ja schlecht lange Wellenwände abreiten, die Manöver stehen hier mehr im Vordergrund. Max hatte seine Cutbacks und andere wellenfetzenden Manöver auf jeden Fall voll im Griff, das musste ich ihm lassen. Das hatte er auf dem Eisbach endlos geübt, jetzt übertrug er seine Flusswellentricks immer gekonnter auf den Ozean. Er war ein echter Newschooler. Mir aber war sein Surfstil zu aggressiv.

Der Surfstil der 50er und 60er war harmonischer, arbeitete mit der Welle, nicht gegen sie. Teilweise natürlich auch, weil die langen Boards dieser Zeit rein technisch keinen anderen Fahrstil erlaubten. Aber nicht nur. Meiner Überzeugung nach und nach allem, was ich über die Surfgeschichte wusste, hatten die Surfer damals noch eine andere Haltung gehabt gegenüber dem Surfen und dem Meer. Weniger Ego, weniger Kampf, mehr Harmonie und Teil sein von etwas Größerem. Und genau diese Haltung entsprach tatsächlich mehr meiner Idee vom Surfen: inmitten der Natur sein, mitten in den Wellen sein. Ein Geschenk würdigen, sich selber einordnen in ewige Rhythmen. Wellenreiten als Genuss, vielleicht als selbstvergessene Kunst. Nicht als Bühne des Ich. Nicht als Adrenalin-Supermarkt, den man gierig durchhetzt und möglichst viel in den eigenen Wagen packt. Ich hatte keine Lust, mit Max darüber zu diskutieren. Er würde es nicht verstehen. So gut kannte ich ihn bereits.

Aber Max hatte offenbar Bock auf Stress und lies nicht locker.

»Ihr beide seid mir so ein paar Soulsurfer«, sagte er bissig, musterte mich und Roger. »Vielleicht solltet ihr euch nicht nur Surfbretter, sondern auch gleich noch 'ne Zeitmaschine aus Holz bauen. Dann könntet ihr hübsch zurück in die 60er fliegen oder besser noch, gleich 3000 Jahre weiter. Da habt ihr dann Ukulelen-Musik, Aloha-Mädchen und fünf Meter lange Baumstämme, die ihr surfen könnt.«

Roger und ich schwiegen. Max' Stimmung passte mir nicht, machte etwas kaputt. Ich glaube Roger empfand es ähnlich. Da ich keine Lust verspürte, in Max' Aggro-Trip einzusteigen, wandte ich mich wieder an Roger.

»Und? Was ist Surfen für dich? Was ist deine Antwort?«

Jetzt war ich gespannt. Max offenbar nicht. Er stieß hörbar Luft aus, stand auf und verschwand in der Dunkelheit, die um das Feuer lauerte. Aber Roger beachtete ihn gar nicht. Er starrte weiter gedankenverloren in die Flammen. Hatte er meine Frage überhaupt mitgekriegt? Als er schließlich anfing zu sprechen, schien es mir, als sei ewige Zeit vergangen.

»Ich habe schon unterschiedliche Antworten von Leuten gehört und auch bei mir selbst habe ich unterschiedliche Antworten gefunden«, sagte Roger langsam wie zu sich selbst und ohne den Blick zu heben, »je nachdem, wie ich gerade drauf war, in was für einer Lebensphase. Es gab Zeiten, da habe ich gegen mich selbst und gegen die Welt gekämpft. Der Kampf ging dann auf dem Wasser weiter. Ich habe Wellen zerfetzt, aufgerissen und zerstört. Und wenn sie zurückgebissen und zurückgeschlagen haben, war mir das gerade recht, ich hatte den Streit ja angefangen. Ich bin immer größere Wellen gesurft und wäre beinahe dabei draufgegangen. Aber nur so konnte ich mich überhaupt noch spüren. Damals war für mich der Kick das Wesentliche beim Surfen. Und der Schmerz. Genau wie für Max.«

Er hielt inne. Wieder dauerte die Stille an. Etwas knackte und zersprang im Feuer, Funken stiegen auf.

»Wenn du mich heute surfen siehst«, fuhr Roger fort, »siehst du wahrscheinlich nicht mehr viel von dem Aggro-Surfer, der ich mal war. Weil ich mich geändert habe, weil mein Leben ein anderes ist. Die Frage ist nur: Hat sich mein Lebensstil aufs Surfen oder hat sich mein Surfstil auf mein Leben ausgewirkt?«

Er ließ den letzten Satz gerade so lange nachklingen, dass vor meinem inneren Auge Bilder aufblitzen konnten: Roger in der Welle, der Künstler bei der Arbeit, mit dem Surfbrett weiche, harmonische Linien zeichnend.

»Ich kann das wirklich nicht so genau sagen und das finde ich spannend. Für mich ist Surfen etwas, was mein ganzes Leben begleitet, etwas, das ein Gleichnis für mein Leben ist. Für mich hängen die Fragen nach dem Sinn des Lebens und nach dem Wesen des Surfens zusammen. Wenn man die eine Frage beantwortet, beantwortet man automatisch auch die andere. Da bin ich mir sicher.«

Das war mir jetzt alles einen bisschen *zu* philosophisch. Roger spürte wohl meine verbliebenen Fragezeichen. Er sah vom Feuer auf und sah mich an.

»Weißt du, als ich hierherkam, wollte ich einfach nur surfen. Und jetzt …«, er fing an zu grinsen, »surfe ich einfach. Nichts weiter. Einfach leben. Einfach surfen.«

Wir saßen länger schweigend da. Ich versank immer mehr in den züngelnden Flammen, roch den Duft des gegrillten Fisches, trank einen Schluck lauwarmes Bier. Einfach war das Leben hier am Strand. Mir gefiel es. Ich liebte den Traum, für immer hierzubleiben.

Unvermittelt erschien Max, er trat aus der Dunkelheit in den

Lichtkreis und setze sich wieder zu uns. »Ist der Fisch nicht längst durch? Riecht auf jeden Fall okay, oder?«, fragte er unwirsch.

Roger kniete sich neben das Feuer, nahm die Gitterzangen heraus und legte sie auf ein Palmenblatt, das dafür bereit lag. Er öffnete die Zangen mit Hilfe eines Messers und verteilte den Fisch auf drei Teller. Ein von außen tiefschwarzer Topf voll Reis hatte die ganze Zeit am Rande des Feuers vor sich hin geköchelt. Jetzt stellte Roger den Topf zwischen uns auf den Boden. Wir griffen einfach mit Händen hinein, holten uns Reis auf den Teller und stopften uns Reis und Fisch in den Mund. Das war besser hier als in jedem Restaurant. Der Fisch schmeckte hervorragend, sogar winzige Zitronen hatte Roger irgendwo im Palmenwald aufgetrieben. Genüsslich träufelte ich etwas Saft über meinen Fisch. Luxus Resort Oldschool Point.

Außer unseren Surfboards, Schlafsäcken und Zahnbürsten hatten wir nichts mitbringen müssen. Roger hatte noch zwei zusätzliche Moskitonetze an zwei Wäscheleinen gespannt, die diagonal von Palme zu Palme unter der Plane entlangliefen. Darunter hatte er Bastmatten auf den Boden gelegt, fertig. Einfach, aber genug. Ach ja, Bier hatten wir mitgebracht und einen Sack Reis. Ziemlich viel Bier, drei große Kartons, im Vergleich dazu war der Sack leicht zu transportieren gewesen.

Kauend fragte Roger: »Ich habe früher in den Goldminen in Australien gearbeitet. Habt ihr sowas schon mal gesehen?«

Mit vollen Backen schüttelten Max und ich die Köpfe.

»Müsst ihr euch mal anschauen, wenn ihr die Chance habt.«

Ich hob nur fragend die Brauen. Roger kaute, schluckte.

»Also einfach gesagt, buddelt und sprengt man sich dabei in den Boden hinein, bis man auf Gold stößt und holt es dann raus. Immer tiefer und tiefer. Meistens wird im Tagebau gearbeitet. In

Kalgoorlie, wo ich gearbeitet habe, gibt es eine Mine, die ist 360 Meter tief und 1,5 Kilometer breit. Das heißt: Mitten in der Landschaft stehst du plötzlich vor einem Loch, das so tief ist, dass du denkst, du kannst bis zur Erdmitte gucken. Oder ganz durch. Ich habe da als Ingenieur gearbeitet, war sozusagen für die Planung von Löchern und immer neuen Löchern verantwortlich. Das war richtig gutes Geld, ich hatte da ein Haus, zwei Autos und allen anderen möglichen Schnick-Schnack. Aber ich war unglücklich. Ich habe mich immer öfter gefragt, für was ich eigentlich arbeite. Mit 'ner Frau und Kindern hat's bei mir irgendwie nie richtig geklappt. Und surfen gehen konnte ich in Kalgoorlie auch nicht mehr. Vorher hatte ich in Perth gewohnt, auch schon während des Studiums. Die Stadt liegt direkt am Meer, ich war jeden Tag surfen. Aber damit war es mitten im Outback natürlich vorbei. Wenn ich mal frei hatte, bin ich sofort ans Meer gefahren, meistens an die Südküste. Aber ich surfte irgendwie anders. Ich war gestresst, richtig ausgehungert nach Wellen. Ich wollte Aktion, wollte Dampf ablassen, habe mir Welle um Welle geholt und die nur so zerfetzt. Cutback nach Cutback. Und wehe, jemand ist mir in die Quere gekommen oder reingedroppt. Da habe ich sofort kurzen Prozess gemacht.«

Ich konnte mir Roger zwar nicht als adrenalingesteuerten Aggro-Surfer vorstellen. Andererseits war er ein extremer Typ, soviel war klar. Jetzt und hier absolut ruhig, cool und ausgeglichen. Das andere Extrem wollte ich lieber nicht kennenlernen.

»Ich habe in der Zeit immer mehr darüber nachgedacht, was mit mir eigentlich los ist, was mit meinem Surfen passiert, was mit mir passiert. Eigentlich komme ich ja aus Margaret River, ich habe auch einen Bruder, der da noch lebt. Gerry hat mir das Surfen beigebracht. Wenn ich mit Gerry surfen war, war die erste

Regel immer: an den Strand setzen, die Wellen beobachten. Die Wellen jeden Tag neu verstehen, sich auf den Rhythmus des Meeres einstimmen. Dann rausgehen und gemeinsam eine schöne Session haben. Gemeinsam. Nicht Ego Trip. Das war Gerry immer wichtig, er ist ein sehr sozialer Typ.«

Roger stellte seinen Teller zur Seite, stand auf und verschwand in der Dunkelheit. Wahrscheinlich ging er Bier wegtragen. Ein paar Meter weiter war die offizielle Pinkelecke. Als er zurückkam, legte er ein Stück Holz aufs Feuer.

Er ließ sich wieder nieder und setzte seinen Monolog fort: »Ich bin dann nach und nach immer mehr dahinter gekommen, dass die Art meiner Arbeit und mein Surfstil im Wesen zusammenhingen.«

»Wie das?«, fragte ich interessiert.

»Wir Menschen sind sehr gut darin, die Welt um uns herum zu begreifen«, erläuterte Roger. »Wir zerlegen alles in handliche Stücke, die wir greifen und verändern und nach unserem Willen formen können. Im Stehen lassen, einfach mal in Ruhe *sein* lassen, sind wir dagegen schlecht.«

»Hast du mal ein Beispiel?«, fragte ich. Für mich sprach er in Rätseln.

»Klar. Zum Beispiel habe ich in der Goldmine den ganzen Tag nichts anderes gemacht, als mir auszudenken, wie man am besten ans Gold kommt. Jeder Quadratmeter der Landschaft wurde vermessen, um die Erde dann Kubikmeter für Kubikmeter mit Baggern abzuräumen. Irgendwann stießen wir dann auf Gold und das wurde dann Gramm für Gramm rausgeholt, gereinigt, gewogen, verpackt, verschickt und so weiter.«

Ich verstand immer noch nicht, worauf Roger hinauswollte, Max ging es offenbar ähnlich.

»Ja und? Wo ist das Problem?«, warf er ein. »Es ist zwar nicht so nett, die Landschaft zu verschandeln und Kängurus beim Hopsen zu stören. Aber irgendwo will halt eine Braut unbedingt einen Ring aus Gold. Und du hast ihn ihr beschafft. Ist doch okay.«

Roger nickte.

»Ich glaube, ich brauch ein Beispiel, das näher dran ist, damit ihr versteht, was ich meine.« Er überlegte, nahm einen Schluck Bier, überlegte weiter, warf die Stirn in Falten.

»Nehmt mal den Palmenwald hier«, sagte er schließlich und machte eine ausholende Bewegung. »Als ich damals einen Platz gesucht habe, um die Plane zu spannen, habe ich den Wald gar nicht mehr wahrgenommen. Ich bin hier rumgelaufen und habe nach vier möglichst geraden Palmen gesucht, die in einem Quadrat mit einer Seitenlänge von ungefähr fünf Metern zusammenstehen. So groß ist nämlich die Plane. Ich habe den Sand unter meinen Füßen nicht gespürt, ich habe keine Vögel gehört, ich habe das Rauschen des Windes in den Palmen nicht wahrgenommen, ich habe keine der Kokosnüsse gesehen, die hier überall herumliegen. Ich würde sagen: Ich habe den Wald nicht gesehen. Nur Quadrate mit einer Seitenlänge von fünf Metern.«

Hob Roger jetzt ab? Fünfmeter-Quadrate? Von was redete er da bloß? Konsumierte er doch nicht bloß nur Bier, sondern auch Marihuana? Oder hatte er aus Versehen irgendwelche psychedelischen Pilze geschluckt und war darauf hängengeblieben? Daddy Cool blickte uns an und sah zwei Fragezeichen. Er legte noch mal Holz nach und fuhr dann fort mit seinem Erklärungsversuch: »Noch ein anderes Beispiel. Nehmt mal unsere Begegnung am ersten Tag. Was haben wir in den ersten paar Minuten so geredet? Tom, weißt du's noch?«

Ich überlegte.

»Na ja, ich glaube, wir habe darüber geredet, wo wir herkommen, oder?«, sagte ich unschlüssig.

»Genau. Wieder so ein Versuch etwas zu fassen, handhabbar zu machen.«

»Wieso?«

»Was sagt es eigentlich aus, wo man herkommt? Es ist doch so: Wenn ihr zum Beispiel gesagt hättet, ihr wäret aus Schweden oder aus der Schweiz, dann wäre bei mir doch innerlich ein ganz anderer Film abgelaufen. Als Deutsche wart ihr gleich in der Schublade »Diszipliniert, harte Arbeiter, Mercedes, Ramstein, Nazis«. Und bei »Australier« laufen doch auch Filme ab, da hattet ihr sicher auch eure Vorstellungen und Bilder im Kopf. So schnell geht das. Obwohl man sich überhaupt nicht kennt, macht man sich ganz fix ein Bild vom Gegenüber. Und wenn man dann noch Alter und Beruf abfragt, dann glaubt man doch, den anderen schon ganz gut einschätzen und einordnen zu können. Keine Fragezeichen mehr, alles unter Kontrolle. Man hat ihn handhabbar gemacht.«

Max konnte mit Rogers Ausführungen gar nichts anfangen. Er war ein einziges großes Fragezeichen, der Inbegriff von Verständnislosigkeit, wippte ungeduldig mit den Füßen.

»Jaja, schon gut«, entfuhr es ihm. »Keiner will gern als potenzieller Nazi abgestempelt werden, dumm gelaufen, aber wo ist das Problem? Wir haben ja auch nicht wirklich erwartet, dass du den ganzen Tag mit einem Bumerang herumwirfst oder durch die Gegend hüpfst. Das sind halt so Vorurteile.«

Roger wollte seine Schubladen-Theorie, wie ich sie im Stillen getauft hatte, nicht so kampflos aufgeben.

»Das Problem ist, dass diese groben Versuche zu begreifen, oft den Blick verstellen. Wenn ich eine bestimmte Sache suche, werde ich sie auch finden – ob im Palmenwald oder bei einem Deutschen oder Australier. Aber dann sehe ich nur einen Teil. Den ganzen Wald oder die ganze Person lasse ich so gar nicht an mich heran, die haben gar keine Chance, von mir wahrgenommen zu werden. Weil ich nämlich denke, ich hätte es schon erfasst und ich kann zum nächsten übergehen. Ich gebe der eigenen, einzigartigen Wirklichkeit der Dinge der Natur, eines Menschen keine Chance, sich mir zu zeigen. Man könnte sagen: Ich verschließe geschickt die Augen.«

Max war raus, das sah ich an seinem stumpfen verschlossenen Blick. Er verstand nur Bahnhof. Er hatte es aufgegeben, den Sinn von Rogers Worten erfassen zu wollen. Auch ich konnte nur im Ansatz folgen. Zwar hatte er ja vielleicht grundsätzlich Recht, mit dem was er sagte. Aber wie sollte man sich denn sonst in der Welt orientieren, in ihr vorankommen, wenn man die Dinge nicht ein wenig einfacher machte, oder, wie Roger sich ausdrückte: »handhabbarer«? Man konnte doch nicht bei jedem Busfahrer, bei jeder Kassiererin stundenlang stehen bleiben und versuchen, hinter das Geheimnis ihrer Existenz zu kommen? Und den Wald als Wald wahrnehmen hörte sich ja auch ganz romantisch an, aber was, wenn man Feuerholz suchte, damit man nicht fror? Eines interessierte mich aber besonders.

»Und was hat das alles mit Surfen zu tun?«, fragte ich.

Roger lächelte.

»Wir Surfer begeben uns ans Meer und ins Meer. Wir suchen die Wellen und wir finden sie auch von Zeit zu Zeit. Wenn wir meinen, die richtige gefunden zu haben, dann stürzen wir uns ins Meer, um etwas mit der Welle zu machen. Wir wollen etwas vom Meer und von den Wellen, darum suchen wir sie. Darum sitzen wir jetzt auch letztlich hier.«

Klar, selbstverständlich. Worauf wollte er hinaus?

»Die Frage ist aber doch: Wie oft bemühen wir uns eigentlich, das Meer als Ganzes auf uns wirken zu lassen? Oder die Wellen? Wellen nicht nur zum Beispiel in »reitbare« und »nicht reitbare« einzuteilen? Oder in »große« und »kleine«, in »linke« und »rechte«, in »hohle« und »nicht hohle«? Wie oft lässt man sich ein auf ihre jedes Mal wieder einzigartige Form? Oder auf ihre immer wieder neue Energie? Diese Kraft, die sie in sich tragen und die sie freigeben, wenn sie auf ein Hindernis stoßen? Wie oft öffnen wir uns dafür, lassen uns davon berühren? Ich weiß, manchmal passiert das mehr oder weniger zufällig. Viele Menschen haben eine Faszination für das Meer und die Energie der Wellen. Wie für das Feuer. Man schaut hinein und begreift nicht, was man sieht. Das ist es, was einen fesselt, was einen fasziniert. Das Feuer ist genauso dynamisch, ist genauso pure Energie wie Wellen.«

Langsam meinte ich Roger besser zu verstehen. Surfen nicht nur als körperliche Beschäftigung, als Sport, sondern als innere Haltung – vielleicht sogar als Sichtweise auf die ganze Welt, als Lebensphilosophie? Roger wollte Meer und Wellen wahrnehmen in ihrem Sein und ihnen ihre Eigenart lassen. Er wollte die Natur und auch andere Menschen sehen und doch stehen lassen, sie nicht unnötig einteilen und einfangen. War das vielleicht am Ende das Geheimnis von Rogers absoluter Entspanntheit und Coolheit, dass er nicht nur den zerschneidenden, urteilenden Blick nach außen aufgegeben hatte, sondern auch den nach innen? Coolheit als Folge urteilsfreier Selbstwahrnehmung? Als Ergebnis des Stoppens aller Vergleiche von sich mit anderen? Ich kannte den ständigen Vergleich mit anderen Surfern gut. Wer surft höhere Wellen, wer fährt radikalere Turns, wer ist todesverachtender, lässiger, cooler? Letztlich litten die Freude am Surfen und die entspannte Selbstwahrnehmung darunter. Manchmal konnte ich vielleicht auf andere herabblicken, war obenauf. Aber früher oder später kam immer jemand, der noch besser, krasser, cooler war als ich. Roger hatte meiner Erfahrung nach recht: Wenn diese Art von Denkstil aufs Wasser getragen wird, ist man sehr oft der Verlierer und frustriert – obwohl es eigentlich nur darum geht, mit den Wellen zu spielen und eine gute Zeit zu haben. Doch war es überhaupt möglich, diesen Denkstil einzustellen? Müsste man dann nicht ganz aufhören zu denken? Als hätte Roger auf diesen Punkt meines Gedankengangs gewartet, setzte er wieder ein mit seinem Monolog: »Ich versuche jeden Tag, jedes Mal, wenn ich ins Wasser gehe, eine Haltung der Offenheit einzunehmen«, sagte er langsam und blickte mit großen Augen ins Feuer. »Ich will mich faszinieren lassen, ich will mich auf die Energie einlassen. Diese Energie ist so viel größer als ich. Ich werde sie niemals begreifen, niemals umfassen. Aber das will ich auch gar nicht. Ich will die Wellen nicht beherrschen. Ich weiß, ich könnte es selbst dann nicht, wenn ich wollte. Der Versuch wäre lächerlich. Ich will das Spiel der Wellen beobachten, auf mich wirken lassen, mich in ihren Rhythmus einfügen. Das ist für mich der perfekte Surfstil: Wenn ich so surfe, dass es für den Betrachter so aussieht, als wäre ich ein natürlicher Teil der Welle, als wäre ich Teil von ihrer Energie, von ihrem Spiel. Als spielte ich mit ihr und sie mit mir. Surfer zu sein, heißt für mich Teil einer größeren Realität zu sein. Einer Realität, die meine Existenz übersteigt. Die mein Verstehen übersteigt. Wellen und Meer waren vor mir da und werden nach mir da sein. Sie waren vor den Menschen da und werden nach den Menschen da sein. Der Mensch kann die Wellen nicht stoppen, genauso wenig, wie er den Wind stoppen kann. Er kann das Meer auch nicht in kleine Stücke schneiden und unter sich aufteilen, wie er das mit dem Land macht. Bei euch in Europa ist ja jeder Fleck Erde, jede Wiese und jeder Baum vermessen und aufgeteilt.

Überall sind Zäune, Grenzen, Markierungen, weil alles vor undenkbar langer Zeit von Menschen in Besitz genommen und bearbeitet wurde. In Australien ist das anders, da ist es wilder, da gibt es weniger Zäune. Und im Meer gibt es noch mal weniger Zäune und Grenzen. Jedenfalls keine, die man sehen könnte. Wellen und Meer haben eine Wildheit, die sich dem Menschen immer teilweise entziehen wird. Und das finde ich schön. Ich liebe diese Wildheit. Ich liebe die Freiheit von menschlichem Einfluss, Begriffen, Eingreifen. Meer, Wellen, Surfen – das ist für mich ultimative Freiheit.«

Ich blickte lange ins Feuer. Tief und immer tiefer ging es; ich hatte das Gefühl, langsam aber unaufhaltsam hineingezogen zu werden, hineinzustürzen. In dieses Feuer, das ich nicht begreifen konnte. Und auch gar nicht begreifen wollte. Pure Faszination, reine Beobachtung. Ich freute mich plötzlich darüber. Amen, dachte ich. Amen, Daddy Cool.

Kapitel 11: Känguru-Massaker I

Als wir in Perth landeten, war es Nacht. Dafür, dass das die Metropole der Westküste Australiens sein sollte, kam uns der Flughafen klein vor. Mit 1.3 Millionen Einwohnern war Perth aber auch eine ziemlich kleine Metropole. Was hatte Roger gesagt: Westaustralien sei noch wilder Westen, praktisch Outback. Wir suchten uns ein Taxi und ließen uns nach Northbridge bringen, ein Tipp von Daddy Cool. Er hatte uns Perth genau beschrieben, er hatte während seines Studiums drei Jahre in der Stadt gelebt. Sein Heimatort Margaret River war nur ein paar Autostunden entfernt, Rogers Bruder Gerry lebte immer noch dort. Unser Plan war, Gerry einen Besuch abzustatten und mit ihm die weltbekannten Spots der Gegend zu surfen. Dieselben Spots, an denen Gerry seinem kleinen Bruder vor vierzig Jahren das Surfen beigebracht hatte. Roger hatte Gerry von Roti aus angerufen und dieser ließ uns ausrichten, wir seien herzlich willkommen. Der weitere Plan, der an abendlichen Lagerfeuern mit Roger gereift war, sah vor, mit dem Auto durchs Outback und an der Südküste Australiens entlang bis an die Ostküste zu fahren. Roger musste nicht viel Überzeugungsarbeit leisten, Australien und australische Wellen standen sowohl bei Max, als auch bei mir auf einer persönlichen Reise-Wunsch-Liste. Warum also nicht jetzt sofort abhaken? Solch eine Gelegenheit würde so schnell nicht wieder kommen.

Rogers Beschreibungen waren verheißungsvoll gewesen: »In Magret River findet ihr einige der besten Wellen Australiens, vielleicht der Welt. Und im Outback und an der Südküste werdet ihr eine ganz neue Idee von Wildheit und Weite kriegen. Gerade ihr Europäer. Australien ist ein weites Land.«

Für Roger war es klar, dass wir ein Auto brauchten, um in »Down Under« zu reisen. Das sahen wir ein. Allerdings war weder in Max' noch in meinem Reisebudget so eine Ausgabe eingeplant. Wir entschlossen uns, zusammenzuschmeißen, was die finanzielle Belastung ertragbar machte. In den nächsten drei Tagen besuchten wir einige Autohändler, stöberten in Anzeigen und standen vor schwarzen Brettern von Hostels. Auf die Idee, sich für den Australien-Trip ein Auto zuzulegen, waren anscheinend viele Traveller gekommen. Es gab eine ziemliche Auswahl an Kombis, Minibussen, Campingbussen und sogar Jeeps, die kreuz und quer durch Australien gejagt worden waren und nun anderen Reisenden angeboten wurden. Fast alle Anzeigen beteuerten, dass der Besitzer nur unter Tränen seinen Blech-Liebling hergäbe und das auch nur, weil die Flugzeuggesellschaft ihn nicht im Handgepäck bis nach Hause transportieren wollte. Die Autos waren – glaubte man dem Anzeigentext – in einem Top-Zustand, eigentlich so gut wie neu und natürlich fast geschenkt. Wir verglichen in einigen Fällen Werbung mit Realität und waren entsetzt. So eine Masse an völlig durchgenudelten, Brems- und Stoßdämpferbefreiten Schrotthaufen hatten wir noch nie zu Gesicht bekommen. Zwar hatten wir schon bei den Autohändlern bemerkt, dass in Westaustralien offenbar eine andere Vorstellung von »neuwertig« vorherrschte. Wilder Westen eben. Die Autos sollten fahren und möglichst nicht mitten im Outback verrecken. Dazu musste der Lack nicht glänzen und mit Kunststoffstoßstangen konnte man keine Kängurus vertreiben. Also eher robust. Aber die Traveller-Autos sahen aus, als ob ganze Generationen von Reisenden Australien mehrmals damit umrundet hatten. Praktisch in diesem Falle, dass die Kilometeranzeige bei vielen Modellen nur fünfstellig war.

Schließlich wurden wir aber doch fündig und zwar bei einem Landsmann. Matthias war Kfz-Mechanikermeister und klärte uns mit deutscher Gründlichkeit über die vielen technischen Vorteile und wenigen Nachteile seiner »Lizzy« auf. So hatte er seinen gelben Toyota Hiace Minibus liebevoll getauft. Die Campingausstattung samt Bett und Kochnische musste er dabei gar nicht hervorheben, die Vorteile lagen auf der Hand. Besonders das Hochdach, das so hoch war, dass sogar ich im Auto aufrecht stehen konnte, machte Lizzy zu einer Rarität. Matthias war mit ihr ein halbes Jahr lang durch Australien gefahren. Genaugenommen war er nicht nur durch, sondern um Australien gefahren. Einmal ganz herum. Und immer auf dem Highway NO 1.

»War so ein Traum von mir«, erklärte er nach fast dreistündiger Vorführung inklusive Probefahrt bei einem Bier. Max und ich fühlten uns mindestens bereit für die Kfz-Gesellenprüfung. Bis vor drei Stunden hatte sich unser gesammeltes Autowissen mehr oder weniger auf das Fahren beschränkt. Höchstens tanken, Reifenwechsel und Kabelüberbrückung bei leerer Batterie hatten wir uns vorher zugetraut. Jetzt hatte uns Matthias über die genauen technischen Funktionsweisen von Motor, Lenkung, Bremsen, Kühler, Öl- und Kraftstofffilter, Fahrzeugelektrik sowie alle erdenklichen Wartungspunkte und potenziellen Problem- und Fehlerquellen haarklein ins Bild gesetzt. Dass wir Lizzy kaufen wollten, war uns recht schnell klargewesen. Über den Preis würden wir schon einig werden. Matthias mochte uns irgendwie und es war ihm anscheinend wichtig, seine Weggefährtin in kundige Hände zu übergeben. Wir handelten ihn schließlich auf 9500 australische Dollar herunter. Das waren bei damaligem Wechselkurs ungefähr 5700 Euro. Ursprünglich hatte er 11.500 Dollar haben wollen und auch das war schon ein fairer Preis gewesen. Das Auto war also wirklich fast geschenkt. Trotzdem waren Max und ich mit dem Kauf deutlich über die obere Grenze unseres vereinbarten Autokauf-Budgets gegangen. Aber wir waren sicher, einen guten Kauf gemacht zu haben. Nachdem wir mit Lizzy Australien dreimal umrundet hätten, würden wir sie einfach als »fast neuwertig« an irgendeinen Traveller weiterverkaufen. Für 11.500 Dollar.

Schon einen Tag, nachdem Lizzy in unseren Besitz übergegangen war, zuckelten wir mit ihr gemütlich auf dem Highway Richtung Süden. Anfangs sah Westaustralien einigermaßen so aus, wie wir uns Australien vorgestellt hatten. Zwar entdeckten wir auf der gesamten Strecke von Perth nach Margaret River kein einziges Känguru. Auch Outback, Ayers Rock und Didgeridoo spielende Aborigines kamen nicht in Sicht. Aber dafür war es heiß, die Sonne brannte unbarmherzig vom Himmel und die Landschaft war weit, trocken und wild. Das änderte sich, je mehr wir uns Margaret River näherten. Der Südwesten Australiens hatte mehr Vegetation, war viel grüner, als wir uns es vorgestellt hatten. Als die ersten Kühe – wie zu Hause in schwarz weiß gekleidet – auf den Weiden auftauchten, fühlte ich mich fast heimisch. Kurz vor Margaret River bekamen wir dann doch noch ein Känguru zu Gesicht. Es stand neben einer Gruppe Kühe und graste. Schräg. Margaret River war nicht nur für seine Wellen, sondern auch für seinen Wein bekannt. Die durch eine hügelige Landschaft führende Straße wurde auf immer längeren Abschnitten von Weinfeldern gesäumt. Kilometer um Kilometer. Außerdem fielen mir ziemlich viele Kreuze auf, die an der Seite am Straßenrand standen. Ich bezweifelte, dass hier betrunkene Kängurus gestorben waren.

Die Einheimischen, die wir nach dem Weg zu Gerrys Haus fragen, waren entspannt und freundlich. Ich meinte, einen besonders markanten und bodenständigen Charakter bei ihnen zu bemerken; vielleicht lag das daran, dass die meisten Menschen hier in der Landwirtschaft tätig waren. Rogers Bruder wohnte etwas außerhalb von Margaret River, im kleinen Ort Cowaramup. Wir kamen fast zeitgleich mit ihm vor seinem Haus an, er kam anscheinend gerade von der Arbeit. Der schmutzig graue Pick Up mit dem riesigen Tank auf der Ladefläche sah auf jeden Fall nicht nach Freizeitbeschäftigung aus.

Als wir ausstiegen, schritt Gerry uns mit langen Schritten entgegen und breitete die Arme aus. Muskulöse Arme, riesige Hände. Er war großgewachsen, noch ein Stück größer als Roger und deutlich stämmiger. Ich treffe nur selten Menschen, die mich mit ihrer Körpergröße und Masse beeindrucken. Gerry war so ein Mensch.

»Hi Jungs, ihr seid bestimmt Tom und Max, was? Roger hat euch genau beschrieben. Willkommen!«

Gerry schien genauso herzlich und offen wie sein Bruder. Trotz seines Alters, er musste Mitte fünfzig sein, wirkte er irgendwie kindlich und hatte den Schalk in den Augen. Cool. Das versprach lustig zu werden. Ich schüttelte ausgiebig seine Pranke, in der mir meine Hand plötzlich winzig vorkam. Dabei strömte mir ein strenger, ziemlich unangenehmer Geruch in die Nase. Unauffällig musterte ich seine graue Latzhose. Was waren das denn für braune Flecken? Ich musste mich zusammenreißen, um keine Miene zu verziehen. Flach atmen, nichts anmerken lassen.

»Richtig Kumpel, ich bin Tom und das ist Max. Echt nett von dir, dass du uns ein bisschen die Gegend zeigen willst.«

Gerry schüttelte auch Max die Hand.

»Kein Problem, mach ich gerne«, winkte Gerry ab. »Ihr müsst mir später unbedingt erzählen, wie es Roger geht. Wir sind beide nicht so die Telefonier-Helden. Ich hab ihn jetzt schon über ein Jahr nicht mehr gesehen. Und wie es am Spot aussieht, will ich auch wissen, wundert mich sowieso, dass den immer noch keiner entdeckt hat. Ach Jungs, schön, dass ihr da seid.« Gerry hielt inne, zog Luft durch seine gewaltige rote Nase.

»Aber jetzt muss ich erstmal duschen. Riecht ein bisschen nach Scheiße hier, findet ihr nicht?« Er blickte uns schelmisch grinsend an. Er ähnelte Roger wirklich sehr.

Ich war total überrumpelt, nach Max' Gesichtsausdruck zu urteilen, ging es ihm genauso.

»Äh«, sagte ich, »ja vielleicht, ein bisschen.«

»Vielleicht ein bisschen?«, Gerry tat erstaunt. »Also das würde mich wundern, Kumpel. Ich habe den Vormittag über ungefähr 30 Dixi-Klos leergepumpt, bestimmt 1500 Liter Scheiße und Pisse. Da geht auch mal was daneben. Wenn das nicht nach Scheiße stinkt, dann weiß ich wirklich nicht was auf der Welt nach Scheiße stinken könnte. Hat euch Roger nichts erzählt? Ich bin der Shitman von Margaret River.«

Max prustete los. Gerry schien seine Rolle als stinkender Outlaw zu genießen. Auf jeden Fall hatte er die schockierend direkte Präsentation dieses Teils seiner Persönlichkeit perfektioniert. Auch ich musste lachen.

»Erzähl ich euch gleich alles drinnen. Ich geh duschen, für euch habe ich schon mal ein Bier. Kein Bintang, sondern Fosters, alles klar?«

Alles klar. Geduscht roch Gerry nur noch ganz leicht, ich schaffte es, mich daran zu gewöhnen. Wie Roger war Gerry etwas freakig, aber definitiv nicht auf den Kopf gefallen. Sein Haus war ganz aus Holz, großzügig in der Raumaufteilung und für meine Begriffe fast luxuriös. Lichtdurchflutete Fenster, offener Kamin, mitten im riesigen Wohnzimmer ein Billardtisch. Offenbar lief das Shit-Business.

»Wisst ihr«, erklärte Gerry, »wenn ich auf den Weinberg fahre, um ein Klo leerzupumpen, schauen die Leute mich immer mitleidig an und sagen: »Hey Gerry, du hast wirklich einen Scheiß-Job.« Das finden die einerseits lustig, von wegen Wortspiel und so. Andererseits meinen die das auch ernst. Die glauben echt, dass ich eine arme Sau bin, die nichts Besseres kann. Ich lasse sie in ihrem Glauben.«

Er nahm einen Schluck Bier.

»Ich arbeite grundsätzlich nur vormittags. Nachmittags gehe ich surfen. Habe letztes Jahr 50 Dixi-Klos gekauft, die stehen jetzt überall in den Weinbergen. Das Haus ist auch gerade neu gebaut. Alles in allem nicht schlecht für einen Halbtagsjob.«

Understatement finde ich sympathisch. Scheiß auf sozialen Status – im wahrsten Sinne des Wortes! Aber Gerry musste um meine Sympathie ohnehin nicht bangen. Ich mochte ihn auf Anhieb, genauso wie seinen Bruder. Nachdem wir einen lustigfeuchten Abend verbracht hatten – Gerry bestand darauf, dass wir nicht im Bus, sondern in seinem Gästezimmer übernachteten – schliefen Max und ich erstmal aus. Als wir um kurz nach zehn aufwachten, war Gerry schon wieder von der Arbeit zurück, er hatte Kaffee gemacht und einige Brötchen auf den Tisch geworfen, er war gut gelaunt und voll Tatendrang.

»Morgen Jungs, na, Winterschlaf beendet? Nehmt euch 'nen Kaffee, schmiert euch 'nen Brötchen und dann los. Wir fahren nach Yallingup. Ich sage nur: Die Bären sind los.«

Gerrys Energie am frühen Morgen war etwas zu viel für mich. Max war anscheinend schon wacher.

»Die Bären? Gehen wir auf die Jagd, oder was?«, fragte er interessiert.

»Nee.« Gerry grinste ein spitzbübisches Roger-Lächeln. »Die drei Bären sind ein Surfspot hier in der Nähe. Papa Bär, Mama Bär und das Bärenjunge. Heute surfen wir Papa.«

»Aha.« Max fand Gerrys Ankündigung offenbar etwas mysteriös. Aber ich war mir sicher, bei Rogers großem Bruder in guten Händen zu sein. Schließlich war er es gewesen, der Roger das Surfen beigebracht hatte und er hatte ihn auch im Alter von grademal fünfzehn Jahren mit nach Indo genommen. Wahnsinn. So einen Bruder müsste man haben.

Wir fuhren mit Gerrys Pick Up. Nicht die rollende Fäkalie, sondern ein fast neuer, knallroter Toyota Pick Up. Bretter hinten rein, ein bereits vorhandener Spanngurt sicherte sie. Gerry war gerade losgefahren, als sein Mobiltelefon klingelte. Das Gespräch dauerte nur kurz, als es beendet war, wendete er den Wagen.

»Planänderung Jungs. Die drei Bären sind tot, ein Kumpel von mir hat gerade zwei Haie dort gesichtet. Wir fahren mal lieber nach Gracetown. South Point wird euch auch gefallen.«

Wie auch immer. Drei Bären, Gracetown, South Point – wir kannten uns sowieso nicht aus mit den Spots der Gegend. Wenn es um die Auswahl der optimalsten Surfbedingungen ging, hatte ich vollstes Vertrauen zu Gerry. Wir konnten uns also entspannt zurücklehnen und uns schon mal auf die Wellen freuen. Wenn Gerry nur nicht so geheizt wäre. Die Kreuze am Straßenrand waren plötzlich verständlich. Er fuhr mit halsbrecherischer Geschwindigkeit, selbst Max zuckte das ein oder andere Mal zusammen. Aber Gerry schien jedes Schlagloch persönlich zu kennen und fuhr trotz allem souverän. Schon nach kurzer Zeit kam das Meer in Sicht. Zunächst nur als Blau am Horizont, die Straße lief durch eine karge Landschaft schnurgerade darauf zu. Schließlich beschrieb die Straße eine lange Linkskurve, Gerry verließ den Asphalt, steuerte den Pick Up auf eine kleine Anhöhe und hielt an. Von hier aus hatte man einen guten Überblick über die unterschiedlichen Spots des Küstenabschnitts. Die Küste war felsig, nur wenige Meter neben dem Wagen ging es steil hinunter zum Meer. Linker Hand öffnete sich eine weite Bucht, Häuser schmiegten sich in einen sanften Küstenhang, das musste Gracetown sein.

»Seht ihr den Spot dahinten, an der Spitze des Points? «, fragte Gerry und zeigte nach links. »Das ist South Point, da gehen wir gleich raus.«

Ich nahm die Welle in Augenschein. Es war ein Lefthander, der vor der Spitze einer Gruppe von Felsen brach und dann in die Bucht hinein lief. Es sah fett aus. Weiter vorne lief noch eine kleinere Welle.

»Und wie heißt der kleinere Break davor?«, fragte ich und deutete hinunter.

»Das ist Huzzas, kann auch manchmal ganz gut sein, aber kein

Vergleich mit South Point.«

Max war aus dem Wagen gestiegen, um zu pinkeln. Als er fertig war, trat er näher an den Rand der Anhöhe, dahinter fiel das Gelände steil ab. Wie gebannt blickte er hinab. Irgendwas da unten schien seine Aufmerksamkeit zu fesseln. Nach einer kleinen Weile kam er zum Wagen zurück, stieg wieder ein und fragte:

»Hey Gerry, was ist denn das da unten für 'ne Welle?«

»Das ist heute außerhalb des grünen Bereichs. Das ist North Point. Fetter Righthander. Heute für euch etwas zu fett denke ich.«

»Zu Fett? Hör mal, hat Roger nicht erzählt, was für Wellen wir in Indo zusammen gesurft sind?«, protestierte Max.

Gerry hob die Hände zu einer abwehrenden Geste und grinste entschuldigend.

»Schon gut, schon gut, glaub ich ja alles. Ich will halt nur ein netter Touristenführer sein, der seine Gäste lebendig nach Hause bringt. Du kannst in den nächsten Tagen ja gerne hier rauspaddeln, wenn du magst. Aber für heute schlage ich vor, dass ihr euch erstmal an westaustralische Wellen gewöhnt. Und dafür ist South Point bestens geeignet.«

Er hatte natürlich Recht. South Point hatte es so in sich, dass auch Max vollauf zufrieden war. Die Wellen um Magret River waren nicht umsonst weltberühmt. Sie brachen mit brutaler Energie, warteten mit dicken Lippen und langen Waschgängen auf. Und mit harten Locals. Mit Gerry im Wasser wurden wir von allen sofort akzeptiert und freundlich gegrüßt. Ohne ihn wäre es höchstwahrscheinlich nicht so kuschelig geworden.

Am nächsten Tag musste Gerry ausnahmsweise etwas länger arbeiten. Es war gerade der Beginn der Traubenerntesaison in Margaret River, Gerrys Klos wurden überall gebraucht und Gerry musste pumpen, was das Zeug hielt. Max und ich entschieden uns, noch einmal nach Gracetown zu fahren, South Point hatte am Tag zuvor richtig Spaß gemacht. Als die Bucht in Sicht kam, fuhr Max zu der Stelle, an der wir gestern mit Gerry kurz angehalten hatten und stoppte den Wagen. Northpoint brach auch heute. Nicht ganz so groß wie gestern, aber nach dem spritzenden Weißwasser zu urteilen, hatte die Welle immer noch Power. Außerdem waren hier nur eine Handvoll Surfer im Wasser, während sich bei Huzzas und Southpoint mehrere Dutzend tummelten.

»Ich geh hier raus.« Max wollte Aktion, das merkte ich sofort. Unentschlossen schaute ich auf die Welle. Eigentlich hatte ich mich darauf gefreut, South Point zu surfen. Die Welle war ein Lefthander, North Point dagegen ein Righthander. Außerdem war mir nach Gerrys Äußerung von gestern klar, dass Northpoint härter werden würde. Das bewies schon die geringe Anzahl der Leute, die hier im Line Up saß. Aber schließlich: Was soll's, öfter mal was Neues.

»Okay, lass hier rausgehen.«, gab ich mich geschlagen. »Aber kein Kamikaze und sei nett zu den Locals. Ich glaube, die sind hier nicht so scharf auf Surftouristen.«

Die wenigen Typen, die bei ihren Autos standen und zu der Welle hinunterschauten, hatten uns bei unserer Ankunft sofort abgescheckt. Anscheinend waren wir durchgefallen, denn sie würdigten uns danach keines Blickes mehr, grüßten auch nicht. Das war schon mal ein schlechtes Zeichen. Mit der gelben Lizzy outeten wir uns als Touristen. Wir waren Surftouristen von wer weiß wo, die vielleicht Unordnung in ihren lokalen Line Up brachten. Ich wäre auch nicht begeistert an ihrer Stelle. Ich legte Max noch mal nahe, freundlich zu sein und sich bei der Wellenverteilung hinten anzustellen.

North Point hatte wirklich deutlich mehr Gewalt als South Point. Die Welle war schneller, der Take Off radikaler. Aber trotz der »Locals Only« Haltung der sechs Surfer, die sich im Wasser befanden, bekamen Max und ich unsere Wellen. Die letzten Monate hatten uns in Top-Form gebracht. Nur die Neoprenanzüge, die bei westaustralischen Wassertemperaturen nicht zu vermeiden waren, hemmten die Beweglichkeit. Der Neo war es aber auch, der Max vor Schlimmeren bewahrte. Ich hatte gerade eine Pause eingelegt und konnte die ganze Sache vom Land aus beobachten. Es war spektakulär. Max hatte den Take Off auf einer ziemlich großen Set Welle gestanden, als ihm der Typ reindropte[32]. Bei solchen Wellen ist das kein Kavaliersdelikt. Denn North Point war ein gefräßiges Biest, die Felsen, auf der die Welle brach, waren hungrig. Der Typ musste das wissen. Nach der Art und Weise zu urteilen, wie er sich im Line Up bewegte, war er gut integriert hier, das war sein Homespot, er wusste genau, was er tat.

Max hatte nur zwei Möglichkeiten: Entweder abbremsen und von der Welle gefressen werden oder seine Geschwindigkeit beibehalten und dem Typen hinten reinfahren. Ich glaube, es kam gar nicht mehr zu einer Entscheidung. Der Moment, in dem Max zögerte und einen Hauch Speed verlor, war schon zuviel: Die Welle verschlang ihn. Wellen haben keine Zähne. Sie haben nur Lippen. Aber Wellenlippen können schmerzhafter sein als der Biss eines Hundes. Auf jeden Fall haben sie unvergleichbar mehr Kraft. Die Lippe der fetten Welle erwischte Max voll, fegte ihn vom Brett und nahm ihn mit sich in die Tiefe. Max' fassungsloses Gesicht war das letzte, was ich für längere Zeit von ihm erblickte. Das nächste, was ich von ihm sah, war die eine Hälfte seines Bretts,

---

[32] Eine bereits auf einer Welle surfende Person hat immer Vorfahrt. Wer reindropt, bricht diese Vorfahrtsregel.

das an die Felsen angespült wurde. Kurze Zeit später kam ein prustender Max fast an derselben Stelle zum Vorschein. Ich reichte ihm die Hand und zog ihn über den Felsen nach oben.

»Hast du das gesehen?« Max war tollwütig. »Den Typen bringe ich um! Es hat mich voll über die Felsen gewaschen.«

Er drehte sich um. In Höhe der rechten Schulter fehlte ein Stück Neopren. Blutige Schrammen überzogen seinen Rücken. Ohne Neo hätte das richtig böse werden können.

»Ja, ich habs gesehen. Dem Typen muss man auf jeden Fall eine Ansage machen.«

»Ansage? Dem reiß ich den Kopf ab.« Max wandte sich zum Wasser und schrie aus vollem Hals los: »Hey du, Arschloch. Hey du! Motherfuckin Wanker!« Der angesprochene Vorfahrtssünder, der gerade wieder seelenruhig in den Line Up hinauspaddeln wollte, wandte den Kopf. »Ja du! Komm raus, ich will dich in den Arsch ficken, da stehst du doch bestimmt drauf!«

Bis eben hatte ich noch überlegt, wie man vernünftig mit einer Gruppe Locals über den Sinn von Vorfahrtsregeln beim Surfen diskutieren könnte. Aber das konnte ich wohl vergessen. Ich konnte Max verstehen, ich war auch sauer. Was der Typ gemacht hatte, war mindestens unter fahrlässiger Körperverletzung einzuordnen. Aber Gewalt mit Gewalt zu begegnen ist nur in absoluten Ausnahmefällen mein Stil. Allerdings erfüllte die Situation wichtige Voraussetzungen für eine solche Ausnahme.

Der Australier hatte Max Einladung gehört, er folgte ihr sofort. Vier seiner Kumpels wollten anscheinend auch auf unsere Party. Sie verließen ihren Platz im Line Up und paddelten in unsere Richtung. Das konnte ja heiter werden.

Als der Typ aus dem Wasser stieg, machte er einen Fehler. Er glaubte offenbar, dass Max durch das ungleiche Kampfverhältnis und seinen Local-Status etwas besänftigt sein würde. Irrtum. Selbst ich war überrascht, wie rasend Max reagierte. Gerade war der Typ aus dem Wasser auf die Felsen getreten. Er beugte sich runter, um seine Leash zu lösen, blickte dafür circa zwei Sekunden nach unten. Als er wieder aufblickte, sah er möglicherweise noch ganz kurz Max Faust. Danach sah er länger gar nichts mehr, die nun folgende Kampfszene spielte sich ohne ihn ab.

Drei der Surfer waren noch dabei, an Land zu paddeln, aber einer der Kumpel des niedergestreckten Surfers hatte Max' Attacke aus nächster Nähe mitgekriegt und ging sofort zum Angriff über. Er sprang aus dem Wasser und schlug mit dem naheliegendsten Gegenstand zu: seinem Surfbrett. Im Nu war das Surfbrett zerbrochen und der Typ durch einen Tritt von Max ins Wasser zurückgeflogen.

Aber jetzt wurde es langsam eng. Denn die drei anderen machten nicht den Eindruck, als würden sie sich nun hinsetzen und mit uns Friedenpfeife rauchen. Sie gingen auf Max los, kaum, dass sie aus dem Wasser waren. Das war dann auch endgültig der Startschuss für mich. Bis jetzt hatte ich dem ganzen völlig überrumpelt und ungläubig wie einem Naturschauspiel beigewohnt. Max hatte mit seinem plötzlichen und radikalen Gewaltausbruch sowohl mich, als auch die Aussies überrascht und eine Schneise in die gegnerische Front geschlagen. Aber jetzt brauchte er Hilfe. Gerade steckte er einen Schlag seitlich gegen die Stirn ein, der ihn ins Taumeln brachte. Hätte der Schlag gesessen, wäre für ihn Schluss gewesen, aber die Faust des Typen rutschte ab, so dass der Angreifer selber das Gleichgewicht verlor. Das gab Max Gelegenheit, selber einen Schlag anzubringen, der den Typen zurücktaumeln ließ. Die beiden anderen drängten nach, umringten Max, der wie tollwütig von einem zum anderen blickte, anscheinend unschlüssig, wer das nächste Opfer sein sollte. Mich nahm in dem Augenblick niemand wahr, vielleicht, weil ich bis jetzt nur passiv herumgestanden hatte. Fehler Nr. 2. Mit drei schnellen Schritten war ich heran und trat einem der Typen, der gerade Anstalten machte, sich auf Max zu stürzen, von hinten in die Kniekehle. Als er nach einknickte, schlug ich ihm mit einem von oben geführtem Faustschlag aufs Schlüsselbein. Ich hörte es knacken, der Typ schrie, jetzt stand es nur noch zwei gegen drei. Fast fair. Fast. Die Faust eines seiner Kollegen traf mich voll aufs Auge. Sternenexplosion. Orientierungslos. Schlag in den Magen. Luft weg. Kurz aus. Aus, aus, aus. An. Max am Boden zwei Typen auf ihm drauf, der Typ mit dem halben Surfbrett ohne Surfbrett in Anmarsch.

Das hätte noch eine Weile so weiter gehen können und es wäre wahrscheinlich nicht sehr schön geworden. Aber in diesem Moment hörte ich einen Mann brüllen:

»Chris, Mike runter von dem Typ. Verdammte Scheiße.« Und dann war Gerry da. Als äußerst praktisch erwies sich in diesem Moment, dass er nicht nur ungewöhnlich groß, sondern auch außerordentlich stark war. Dixie-Klos schleppen machte offenbar Muskeln. In einer flüssigen Bewegung wischte er die beiden Männer von Max herunter. Auch der Typ mit dem halben Surfbrett war durch Gerrys Erscheinen sofort besänftigt. Der andere schlief noch. Mein Schlüsselbein-Opfer lag wimmernd neben ihm.

Ende vom Lied: einmal sicher Krankenhaus (Schlüsselbein), einmal vielleicht (ich, Platzwunde über linkem Auge), einmal mindestens leichte Gehirnerschütterung (bewusstloser Vorfahrtssünder), dreimal schwere Prellung (Max, Stirn, Rippe, Kinn) und dann noch einige weitere Abschürfungen, Prellungen und blaue Flecke, die sich gleichmäßig auf die restliche Party verteilten.

Als ich auf den Beifahrersitz von Lizzy stieg, war ich halb blind, es blutete ziemlich stark. Max war noch voll drauf.

»Was für ein Massaker«, sagte er etwas zittrig. Ich war ganz seiner Meinung.

Was dann passierte, war nicht Max' Schuld. Wir hätten uns wahrscheinlich ersteinmal hinsetzen und runterkommen sollen, anstatt sofort loszufahren. Aber selbst der sonst tiefenentspannte Gerry hatte uns geraten, möglichst schnell vom Spot zu verschwinden. Es hatte sich ein ziemlicher Menschenauflauf gebildet und die Locals schienen uns nicht gerade wohlgesonnen. Zwar waren wir klar im Recht. Aber im Moment zählte das nicht.

Als das Känguru in meinem Gesichtsfeld auftauchte, war es schon direkt vor dem Wagen. Es war von links gekommen, wäre ich gefahren, ich hätte es sowieso nicht gesehen. Max hatte es gesehen und eine Vollbremsung hingelegt. Die Kollision war trotzdem schlimm, wir hätten genauso gut gegen einen Baum fahren können. Wieder gab es einen brutalen Schlag, wieder sah ich Sterne. Wieder kurz aus. Guter alter Anschnallgurt. Wer immer dich erfunden hat, hat schon ganze Städte von Menschen vom Tod ferngehalten. Als Gerry hinter uns bremste, saßen wir immer noch im Wagen, immer noch damit beschäftigt zu realisieren, was gerade passiert war. Er riss die Beifahrertür auf.

»Hey Jungs, mit euch alles in Ordnung?« Besorgt blickte er von mir zu Max. Ich nickte benommen. »Was war das denn?«, fragte ich schwach.

»Das«, Gerry blickte auf das halb auf der Straße, halb im Straßengraben liegende Tier, »das«, wiederholte er, »war ein Big White Boomer. Der verdammt noch mal riesigste Big White Boomer, den ich je gesehen habe.«

Ich konnte kaum glauben, dass das ein Känguru sein sollte,

was da gerade vor uns verendete. Kleiner Elefant, mittelgroßer Hengst oder großer Gorilla, ja, aber Känguru? Als Big White Boomer bezeichneten die Locals eine hauptsächlich im Südwesten Australiens vorkommendende, besonders große Känguruart. Ich schätzte es auf gut zwei Meter und es war stämmig wie Gerry. Sein riesiger, kugelrunder Bauch ragte grotesk in die Luft, sein langer, dicker Schwanz zuckte im Gleichtakt mit den Beinen noch einige Male, dann war es tot.

»Heute habt ihr es aber wirklich auf die Bewohner von Down Under abgesehen, was?«, kicherte Gerry etwas hysterisch. »Springt der Wagen noch an?« Ich glaubte nicht daran und hatte Recht. Gemeinsam mit Gerry schoben wir Lizzy an den Rand der Straße. Dann zerrten wir noch ein wenig am toten Känguru herum und beförderten es schließlich irgendwie in den Straßengraben. Es war so riesig, dass ich mich fast wunderte, wie wenig Lizzy auf den ersten Blick abbekommen hatte. Die Roobar hatte sie vor Schlimmeren bewahrt. Das dicke Stahlrohr war in der Mitte komplett eingedrückt und ragte ein Stück in die Front des Wagens. Der Kühlergrill war in kleine Stücke zerborsten, irgendetwas dahinter auch, es lief Flüssigkeit aus. Kein Benzin, wie Gerry feststellte, sondern Kühlerwasser. Schade eigentlich. Ein kleiner Waldbrand wäre zum Ausklang des Tages irgendwie passend gewesen. Wir stiegen in Gerrys Pick Up und verließen den Ort des Känguru-Massakers.

Meine Wunde war halb so schlimm. fünf Stiche und ein paar Tage ein geschwollenes Jochbein. Der Arzt meinte, ich müsste bei dem Unfall noch mal genau auf dieselbe Stelle geknallt sein, an der mich die Faust getroffen hatte. Auch Max war schnell wieder munter. Und die Locals, die uns eigentlich hatten fertig machen wollen, nahmen es sportlich. Sie hatten gezielt Stress gesucht und dabei eingesteckt. Ausgeteilt hatten sie auch, also Schwamm drüber. Eine Echte Wild-West-Aussie Nummer. Allerdings wurden mir die Northpoint-Locals nicht richtig sympathisch. Ein Kampf fünf gegen zwei – Feiglinge! Beim Friedensabkomm half sicher auch, dass wir uns als Schützlinge von Gerry entpuppten. Außerdem unterstrich Gerry noch einmal gegenüber Zack, so hieß der Surfer, der Max reingedroppt war, die Bedeutung von Vorfahrtsregeln auf dem Wasser. Die Worte, die er dabei gebrauchte, erweiterten mein Englisch um einige sehr bildhafte dreckige Flüche. Zack war beeindruckt, Max und ich auch. Auf jeden Fall paddelten wir in den nächsten Wochen nur noch mit besten Buddies im Line Up herum. Auch nicht schlecht.

Was wirklich schlimm war, war der Zustand von Lizzy. Zwei Tage nach dem Unfall fanden Max, Gerry und ich uns in der Werkstatt von Frank ein, einem Bekannten Gerrys. Gerry interessierte sich einerseits für Lizzys Schicksal, andererseits wollte er bei der Preisverhandlung ein gutes Wort für uns einlegen. Frank hatte Lizzy gestern in seine Werkstatt geschleppt, jetzt schwebte sie auf seiner Hebebühne. Als wir die Werkstatt betraten, stand Frank gerade unter dem Wagen und leuchtete von unten mit einer starken Taschenlampe in den Frontbereich. Jetzt machte er die Lampe aus, trat unter der Hebebühne hervor und kratzte sich ausgiebig am Kopf.

»Wieviel habt ihr für den Wagen noch mal gezahlt?«

Ich sagte es ihm.

»Hmm, das war er sicher wert. Vorher. Aber jetzt …«

Unruhig warteten Max und ich auf seine Diagnose. Krebs, Hüftschaden, notwendige Amputation? Wie standen Lizzys Chancen aufs Weiterleben?

»Ich würde mal sagen«, sagte er vorsichtig und zögernd, »ich würde mal sagen …«

Sag schon, stöhnte ich innerlich.

»Ich reparier euch den für die Hälfte.«

Wie jetzt, »für die Hälfte«?

Der Typ ergänzte: »Also ich meine für die Hälfte, von dem was du eben gesagt hast. 4500 Dollar.«

Er musste wohl scherzen?

»Bist du verrückt, Frank, was soll der Scheiß?« Auch Gerry konnte nicht glauben, was er gehört hatte.

»Komm runter Gerry!« Frank deutete zu Lizzy hinauf: »Das ist Worst case. Der Motor und die Motoraufhängung haben was abgekriegt. Ich habe mir das genau angeschaut. Folgendes …« Die Diagnose, die nun folgte, ließ keinen Zweifel daran, dass Frank uns bereits einen Freundschaftspreis gemacht hatte. Allein die Teile, die er austauschen musste, beliefen sich seiner Einschätzung nach auf mindestens 2800 Dollar. Dazu kamen die Arbeitsstunden inklusive aufwändigen Schweißarbeiten an Motoraufhängung und Karosserie. Gar nicht reden von den Blechen, die ausgebeult bzw. ausgetauscht und neu lackiert werden mussten. Eigentlich hatten wir es hier mit einem Totalschaden zu tun.

Wir saßen auf Gerrys Veranda und hatten schon einige Bier auf den Schreck getrunken. 4500 australische Dollar, das waren umgerechnet ungefähr 2700 Euro. Eine Menge Geld.

»Das sprengt definitiv mein Budget«, sagte Max deprimiert. Bei mir sah es ähnlich aus.

»Also«, fasste ich unsere bisherigen Überlegungen zusammen »entweder wir schlachten Lizzy aus und verkaufen die Teile. Die Campingausstattung ist schon was wert, allein dafür kriegen wir bestimmt an die tausend Dollar. Oder wir investieren noch mal in die Reparatur.«

Als Unfallwagen würde Lizzy weitaus weniger wert sein. Zwar hatte Frank versichert, dass das Fahrgestell nicht verzogen war. Aber auch so war der Schaden groß genug und würde sich – zumindest kosmetisch betrachtet – nie ganz beheben lassen. Jeder, der etwas von Autos verstand, würde anhand der Spaltmaße sofort sehen, dass hier etwas nicht stimmte.

»Investieren hört sich gut an, würde ich gerne mitmachen«, sagte Max. »Es ist nur so: Ich hatte eigentlich geplant, mindestens ein Jahr wegzubleiben. Wenn wir jetzt noch mal jeder so 2000 Dollar reinstecken müssen, kann ich das knicken.«

Auch in meine Reisekasse würde die Reparatur ein verheerendes Loch reißen. Lizzys Anschaffung war teuer und nicht geplant gewesen, ich hatte fest damit gerechnet, den Kaufpreis am Ende wieder reinzubekommen. Davon konnte jetzt keine Rede mehr sein. Ich war jetzt erst dreieinhalb Monate weg und schon schien ich über das Ende des Trips nachdenken zu müssen. Dass passte mir nicht. Gerry hatte unserem Gespräch gelauscht, sich aber zurückgehalten. Es war klar, dass die Entscheidung von uns kommen musste.

»Also, wenn ihr etwas knapp seid, Arbeit gibt's genug«, meldete er sich jetzt zu Wort. Fragend blickte ich ihn an. Max und ich im Scheißebusiness? Dixie-Klos in den Weinbergen der Umgebung leerpumpen?

»Nicht bei mir, sorry.« Gerry hob die Hände und lächelte bedauernd. »Wie gesagt: Halbtagsjob. Ich kann das gut und gerne alleine stemmen. Habe ich immer gemacht. Aber in den Weinbergen um Magret River werden gerade überall Leute für die Traubenernte gesucht. Wenn ihr morgen früh mitkommt, liefere ich euch ab, dann könnt ihr direkt anfangen.«

Ich überlegte. Arbeiten im Weinberg? Warum eigentlich nicht?

Das hörte sich für mich auf jeden Fall angenehmer und auch romantischer an, als Fäkalien zu entsorgen. Max und ich sahen uns an. Manchmal verstanden wir uns ohne Worte. Er war genauso froh wie ich über diesen Ausweg, da war ich sicher.

In einem Punkt irrte ich mich allerdings: Scheiße zu pumpen wäre definitiv der angenehmere Job gewesen. Es war zwar schön, draußen zwischen den Weinreben herumzulaufen. Die Natur war satt und grün, die Sonne strahlte vom Himmel. Aber es war verdammt harte Arbeit. Nicht umsonst taten sich die Weinbauern schwer, Leute für diesen Job zu finden. Viele der Arbeiter kamen extra aus Neuseeland angereist. So wie bei uns die Polen für die Spargelernte. Die »Kiwis« waren dafür bekannt, dass sie harte, schmutzige Arbeit nicht scheuten. Dieses Urteil der Australier über ihre Nachbarn wollte etwas heißen. Denn die Aussies langten selber ganz schön zu, hatten das Pionier-Gen, wie es Gerry ausdrückte. Aber es gab ein gewisses wirtschaftliches Gefälle zwischen den beiden Staaten, das zog. Die Bezahlung war schlecht, wir bekamen zehn Dollar die Stunde. Wir würden also ungefähr sechs Wochen Trauben pflücken müssen, um unsere Reisekasse wieder einigermaßen auf Vordermann zu bringen.

Während dieser Zeit ging es mit Max bergab. Es fing damit an, dass er immer öfter mit Zack und der Northpoint Gang rumhing. Einige der Jungs arbeiteten auch auf den Weinbergen. Das machte Sie in den Augen vieler Australier zu Verlierern. Auf jeden Fall lebten Sie am Rand der Gesellschaft, surften, machten Gelegenheitsjobs und kifften. Die meisten von ihnen lebten in ausgebauten Kleintransportern oder in Wohnwagen. Ich hatte es immer für selbstverständlich gehalten, das Surfen cool sei und dies von allen Menschen weltweit so gesehen würde. Hier lernte ich einen neuen Blickwinkel kennen. Die Australier surften schon seit Beginn des

20. Jahrhunderts, nicht erst seit den 90er, wie wir in Deutschland. Anders als in Deutschland konnte man hier Neos und sonstiges Surfequipment in jedem Supermarkt kaufen. Surfen war Mainstream. Es war neben Australian Rules Football, Rugby und Cricket eine der populärsten Sportarten, die Australier surften viel und auf unglaublich hohem Niveau. Aber sie betrachteten es als Freizeitaktivität, nicht als zentralen Lebenssinn. Mehr und mehr bekam ich mit, dass die meisten Aussies überhaupt nichts mit der Einstellung anfangen konnten, wie sie von Zack & Co. hochgehalten wurde: Surfen auf Platz 1, Arbeit zwei oder drei Plätze dahinter. Mister van Beeken, der Besitzer des Weinberges, auf dem wir arbeiteten, teilte diese kritische Haltung. Er war eigentlich Südafrikaner, war aber auf Grund »des Niedergangs des Landes«, so drückte er sich aus, ausgewandert. Ich bekam mehrmals mit, wie er ein paar der Fruitpicker-Surfer in die Mangel nahm.

»Ihr müsst euch schon entscheiden, Jungs: Wollt ihr arbeiten oder wollt ihr surfen? Bei mir gibt's das nicht, nur weil da draußen Wellen auftauchen, einfach die Arbeit liegen lassen. Wir sind hier nicht im Kindergarten!«, bellte er einmal zwei Kumpels von Zack an. Er schmiss die beiden tatsächlich ein paar Tage später raus, da sie seine Moralpredigten nicht ernst nahmen. Und das, obwohl er danach Probleme hatte, neue Leute zu finden.

Auf jeden Fall hing Max mit Zack & Co ab, soff den schönen Chardonay vom letzten Jahr, kiffte, surfte – und nahm seine Frauengeschichten wieder auf. Lizzy stand ja in der Werkstatt und wartete auf Ersatzteile aus Japan, deswegen wohnten wir zeitweise bei Gerry. Der Weinberg war nicht weit. Max und ich fuhren mit Gerrys Motorrad, das er uns für diesen Zweck zur Verfügung gestellt hatte, jeden Morgen hin. Vorausgesetzt, Max war gerade da. Oft übernachtete er nämlich bei einer seiner neuen Bekanntschaften. Ein paar Mal trudelte er mit gehöriger Verspätung auf dem Weinberg ein. Es hätte nicht viel gefehlt und Mr. Van Beeken hätte auch Max rausgeschmissen.

Wir gingen kaum noch gemeinsam surfen. Max hielt sich auch diesbezüglich an seine neuen Kumpels und ihren Homespot. Northpoint hatte es Max angetan. Ich schaute ihm ein paarmal zu, wie er dort die Wellen zerlegte. Aggressiv, zackig und ohne Gnade zerschlitzte er die Gesichter unschuldiger Wasserriesen. Er war richtig gut geworden, keine Frage. Und er surfte Northpoint auch an Tagen, an denen ich dort nicht mehr rausgegangen wäre. Ich brauchte dieses Spiel zwischen Adrenalinkick und Angst einfach nicht ständig. Genau genommen hatte ich sogar zunehmend das Gefühl, vollkommen darauf verzichten zu können. Für Max war Adrenalin dagegen anscheinend überlebenswichtig.

Seit Max und ich Roger Lebewohl gesagt hatten, hatte ich ziemlich viel über die Sachen nachgedacht, die Daddy Cool abends so am Feuer erzählt hatte. Zum Teil hatte ich das Gefühl, dass er Worte fand und aussprach, die schon lange in mir waren. Besonders das, was Roger über die offene Haltung beim Surfen, bei der Begegnung mit dem Meer und den Wellen gesagt hatte, klang in mir nach. Aber irgendwas fehlte. Irgendein Puzzleteil war hier noch nicht an seinem Platz, fand ich.

Als ich Max an einem besonders großen Tag in Northpoint von der Anhöhe aus beobachtete, wurde mir plötzlich alles klar. Mir wurde klar, was mir an Max' Haltung zum Surfen und an seinem Surfstil übel aufstieß und was ich bei Roger gesehen hatte: Es hatte mit Respekt zu tun. Daddy Cool hatte Respekt vor dem Meer und vor den Wellen. Er ließ sie als eigenständige Wirklichkeiten stehen, wollte sie nicht bezwingen und beherrschen. Im Gegenteil; er wollte sie verstehen und sich einfügen, ein Teil werden.

Auf der Anhöhe hatten sich ziemlich viele Menschen versammelt. Kameras mit langen Objektiven wurden ausgepackt. Northpoint war heute wirklich riesig. Die heranrollenden Setwellen bewegten sich langsam und schwerfällig wie große Tiere. Die vier Surfer, die sich nach draußen gewagt hatten, wirkten winzig neben ihnen. Wenn von Zeit zu Zeit einer den Take Off wagte, den Wellenberg hinunter und dann an der Wellenwand entlang schoss, ging ein Raunen durch die Menge. Als Max auf einem der rollenden Häuser die Geschwindigkeit verringerte, um in die Tube zu ziehen, hielt ich unwillkürlich die Luft an. Auch einige Aussies stöhnten. Bei solchen Wellen rauszupaddeln, war das eine. Aber dann auch noch mit ihnen zu spielen, sich absichtlich in die Nähe der brechenden Lippe zu begeben, war etwas völlig anderes.

Hatte Max Respekt vor diesen Wellen? Nahm er sie wahr, nahm er sie ernst? Oder waren sie für ihn nur Spielzeuge, die er benutzte, mit denen er sich Befriedigung verschaffte? Was trieb ihn dazu, da rauszugehen? Die Aufmerksamkeit der Menge hatte er. Es wurden jede Menge Photos geschossen, vielleicht landete das eine oder andere sogar irgendwo in einem Surfmag. Ich war mir ziemlich sicher, dass Max diese Aufmerksamkeit brauchte. Und zwar mehr und dringender, als er zugeben wollte. Trotz allem, was er abwertend über Poser gesagt hatte. Er brauchte große, gefährliche Wellen. Er brauchte den Vergleich mit anderen Surfern, er war abhängig davon, sich zu messen und gemessen zu werden. Selbst nach gängigen Magret-River-Kriterien waren das da unten riesige, furchteinflößende Wellenmonster. Nur wenige konnten und wollten sich mit ihnen anlegen. Und nicht einer da unten surfte sie mit so völliger Hingabe und Todesverachtung wie Max. Das wurde mir plötzlich klar: Nicht nur vor den Wellen fehlte Max der Respekt. Er konnte nur dadurch existieren, dass er sich und anderen immer wieder bewies, dass er die größten Wellen auf die krasseste Weise surfte. Das sprach Bände darüber, wie wenig er sich selber annehmen und stehen lassen konnte. Wäre er mit sich im Reinen, würde er diese ständige Bestätigung nicht brauchen. Ebenso wenig wie den Kick, der alles wegwischte, der den Kopf und die ganze eigene Existenz für einige Zeit auf »Null« stellte. Max' Haltung den Wellen gegenüber war sozusagen ein Spiegelbild seiner Haltung sich selbst gegenüber. Genauso aggressiv, voll Missachtung und respektlos, wie er mit den Wellen umging, ging er auch mit sich selbst um. Da war nichts Liebevolles, da war nur manipulieren, messen, vergleichen. In beide Richtungen. Jetzt machte plötzlich auch Sinn, was Roger über die innere Verbindung von Leben und Surfen gesagt hatte. In diesem Moment tat mir Max leid. Ich mochte ihn wirklich. Aber ich wusste auch, dass ich ihm nicht helfen konnte.

Kapitel 12: Linda

Ich war fast immer mit Gerry unterwegs, auch zum Surfen. Wir hielten uns meist an die Spots bei Margaret River. Wenn die Bedingungen gut waren, fuhren wir manchmal auch nach Gracetown und surften South Point. Dort war es, wo ich Linda zum ersten Mal sah.

In den letzten Jahren haben immer mehr Frauen angefangen zu surfen, aber in großen, härteren Wellen, sind Frauen im Line Up nach wie vor eine Rarität. Um Aufmerksamkeit müssen sich die Surfer-Girls nicht bemühen. Vor allem dann nicht, wenn, wie in Indonesien oder Sri Lanka, nur Boardshorts bzw. Bikini angesagt ist. Auch wenn wir irgendwann mit Raketen zum Mars fliegen, um dort das Wochenende zu verbringen, auch wenn wir irgendwann den Computer so nah an uns rangeholt haben, dass wir als Cyborgs durch die Wirklichkeit gleiten – manche Sachen funktionieren primitiv und werden immer primitiv funktionieren. Ich kann mir jedenfalls kaum vorstellen, dass der Anblick eines Frauenhinterns, der in zwei Meter Entfernung auf einem Surfbrett präsentiert an einem vorbeipaddelt, den Mensch-Cyborg kalt lassen wird. Lindas Hintern ließ mich nicht kalt.

Ich vermute schon länger, dass der Anblick von »Arsch frisst Bikini« von einigen Mädels gezielt eingesetzt wird, um die selektive Aufmerksamkeit des männlichen Line Ups zu manipulieren. Besser gesagt: kurzfristig zu zerstören. Um dann im richtigen Moment zuzuschlagen und die Set Welle zu holen. Wo kam die denn jetzt plötzlich her? In der Liebe und beim Surfen sind alle Mittel erlaubt.

Gott sei Dank war das Wasser in Südwestaustralien ziemlich kühl, hier trugen alle Neos. Lindas psychologische Kriegsführung war also nur im Ansatz wirksam, aber ich war trotzdem etwas abgelenkt. Das lag vielleicht auch daran, dass ich nun seit vier Monaten praktisch wie ein Surfmönch lebte. Gerry, der von dem vorbeipaddelnden Hintern begrüßt worden war und zurückgegrüßt hatte, bemerkte meine Faszination.

»Wo guckst du denn hin, Kumpel?«

»Ich? Nirgendwo, Nirgendwo. Schönes Wetter heute, nicht wahr?«

Gerry lachte.

»Ja, sehr schönes Wetter. Da geht die Sonne auf, was?«

Wir schwiegen eine Weile und saßen einfach nur so auf unseren Boards. Ich blickte rüber nach Northpoint. Wahrscheinlich saß Max da drüben im Line Up. Ich hatte Zacks Pick Up am Spot stehen sehen. Es tat mir ein bisschen leid, dass wir uns in den letzten Wochen so voneinander entfernt hatten. Aber ich war auch froh, meine Ruhe zu haben. Gerrys Einstellung zum Surfen war mir näher: relaxen und genießen nicht um jeden Preis Adrenalin provozieren. Surfbuddies, die gemeinsam Wellen surfen, aber auch mal eine durchlassen. Oder jemand anderem eine schenken, so wie man sie ja auch selbst von der Natur als Geschenk bekommen hat. Ob Gerry diese Einstellung an Roger weitergegeben hatte oder ob das Soulsurfer-Gen einfach in der Familie lag, wusste ich nicht. Es war mir auch egal. Wichtig war, dass die Vibes zwischen uns stimmten. Genau wie ich war sich auch Gerry nicht zu schade, sich auch mal näher zum Strand zu positionieren und die kleineren Wellen zu reiten, die die anderen Surfer vorne im Line Up durchgelassen hatten. So wie jetzt gerade. Kein Stress, kein Kampf, einfach Spiel und Naturgenuss. Harmonie. Wie um meine Gedanken und Stimmung kitschig zu unterstreichen, sprang in diesem Moment ein Delphin circa fünfzig Meter vor uns aus einer sich aufbauenden Welle. Die Natur ist manchmal so verschwenderisch schön, dass ich es schwer ertragen kann. Jetzt noch ein Sonnenuntergang und die Kitschpostkarte wäre perfekt. Aber auch so war der Augenblick wert, festgehalten zu werden. Und dann surfte Linda an mir vorbei.

Auch von vorne sah sie gut aus. Ihr Surfstil war kraftvoll und geschmeidig. Mit großer Lässigkeit und Selbstverständlichkeit zog sie einen perfekten Bottom Turn in den Vorgarten der Welle, um dann wieder zur Lippe hinaufzufahren, einen Cutback hinzulegen und wieder von vorn. Nicht zu nervös, nicht zu hart, nicht zu zackig. Eine einzige, flüssige Bewegung. Schön. Gerry und ich beeilten uns, weiter raus nach rechts, aus ihrem Fahrweg zu paddeln. Als sie uns von links im Grün der Welle entgegenschoss, jubelte Gerry ihr zu. Ich sah sie lachen und die Hand hochheben, dann waren wir über die Wellenschulter und sie schon hinter uns vorbei.

»Schöne Welle, Linda«, sagte Gerry, als die Surferin auf dem Weg zurück in den Line Up an uns vorbeikam. Sie lächelte, hörte auf zu paddeln und setzte sich auf ihr Board.

»Danke Gerry.«

Klar, man kannte sich. Hätte ich mir ja denken können. So viele alteingesessene Locals gab es in Margaret River auch wieder nicht.

»Bisschen Soulsurfing hier hinten Jungs?« Sie blickte erst Gerry und dann mich an. »Oder«, sie grinste schelmisch, »ist es da draußen zu groß für euch?«

Sie und Gerry lachten über den Witz. Gerry war einer der wenigen, der auch dann noch rauspaddelte, wenn die Fotografen ihre Stative am Strand aufbauten und schon die eine oder andere Filmkamera zu sehen war. Jedenfalls, wenn ihm gerade der Sinn danach stand. Dass wusste Linda sicher. Nachdem das Lachen abgeklungen war, setzte Gerry eine kummervolle Miene auf.

»Ja, stimmt Linda«, sagte er scheinbar ernst, »ist heute ein bisschen zu groß. Weißt du – ich bringe gerade dem Jungen hier das Surfen bei. Er kommt aus Deutschland, verstehst du?«

Gerry benutzte nicht das Wort »Guy«, was im Deutschen wohl am ehesten mit »Typ« zu übersetzten ist. Er sagte tatsächlich »Boy«. Witz Nr. 2, diesmal auf meine Kosten.

»Wirklich? Na, dann viel Erfolg.« Linda grinste breit, wobei zwei Reihen perfekter weißer Zähne zum Vorschein kamen. Dann runzelte sie leicht die Stirn und musterte mich neugierig.

»Aus Deutschland kommst du? Wo zum Teufel surft ihr Typen eigentlich in Deutschland?«

Die alte Frage, auf die es keine gut klingende Antwort gibt. Ich hatte gerade keine Lust auf Erklärungen a lá Wattenmeer und stieg in die allgemeine Blödelstimmung ein.

»Eigentlich gibt es Deutschland keine surfbaren Wellen«, erwiderte ich und bemühte mich dabei ebenfalls, ernst zu bleiben, »aber die deutsche Regierung hat vor drei Jahren beschlossen, dass das nicht hinnehmbar ist. Deswegen haben deutsche Ingenieure jetzt im Auftrag der Regierung neuartige Wellenturbinen konstruiert und in der Nordsee versenkt. Seit letztem Jahr gibt es deswegen an der Nordsee jeden Tag mindestens 15 Fuß Barrels. Die ASP World Tour macht ab diesem Jahr ihren ersten Stop in Hamburg.«

Gerry und Linda schauten mich ungläubig und mit großen Augen an. Ich schaffte es aber nicht lange, ernst zu bleiben und wir hatten wieder was zu lachen. Ich fand meine improvisierte Antwort gar nicht so schlecht. Sie baute auf dem Umstand auf, dass die Fähigkeiten deutscher Ingenieure weltbekannt waren. Und technisch machbar wäre eine künstliche Wellenerzeugung bestimmt? Ich war kein Techniker und hatte von solchen Sachen keine Ahnung. Aber im Vergleich zu anderen Vorhaben des deutschen Ingenieurwesens fand ich mein Szenario sogar noch ziemlich bescheiden. Zum Beispiel existierte, wie ich mal gehört hatte, in Nazideutschland zeitweise der ernstgemeinte Plan, eine Staumauer an der Meerenge von Gibraltar zu errichten, um »Lebensraum« im auf diese Weise trockengelegten Mittelmeer zu schaffen. Turbinen zur Barrelerzeugung in der Nordsee? Ein Klacks.

Das zweite Mal sah ich Linda im »Tonys«, einer beliebten Bar in Magret River. Vielmehr sah sie mich. Ich stand gerade an der Theke und hatte ein Bier bestellt, da tippte mir jemand von hinten auf die Schulter. Als ich mich umdrehte, stand sie mit einem Glas in der Hand da und lächelte mich an.

»Hey, da ist ja der deutsche Barrelsurfer. Bist du ganz alleine hier?«

»Im Moment schon, aber Gerry wollte gleich noch kommen.«

»Unzertrennlich ihr beide was? Ich habe gehört, du wohnst sogar bei ihm?«

»Ja, solange mein Wagen in der Werkstatt ist. Der hat 'nen Känguru geschupst.«

»So, so?«

Mein Bier kam, Linda stellte sich neben mich an die Theke und wir stießen an.

»Was hat dich eigentlich hierher verschlagen?«, fragte Linda neugierig. »Oder bist du nur auf der Durchreise? Machst du 'nen großen Surftrip um die Welt, oder was?«

Wir hatten bei unserem ersten Zusammentreffen schließlich doch noch gemeinsam vorne im Line Up von South Point gesessen. Nicht, dass ich das Gefühl gehabt hatte, mich beweisen oder Linda beeindrucken zu müssen. Aber ein bisschen wurmte mich der Verdacht natürlich schon, dass ich nicht surfen konnte. Ein Verdacht, der bei deutschen Surfern einfach nahe liegt. Ich hatte ihn ausgeräumt, gründlich, wie ich meinte.

»Sozusagen, ich bin schon seit vier Monaten unterwegs. Erst Indien, dann Sri Lanka, zuletzt Indonesien und jetzt eben hier. Ich weiß noch nicht genau, wo es als nächstes hingeht, wahrscheinlich an die Ostküste.«

Linda hob fragend die Augenbrauen.

»Indo und Sri Lanka, okay – aber was macht Indien in der Reihe? Warst du da auch zum Surfen?«

Ich überlegte, wie ich meine Sinnsuche in kurze, nicht zu verworren klingende Worte fassen konnte. Frauen mochten meiner Erfahrung nach keine Männer mit zu vielen Fragezeichen in ihrem

Kopf.

»Indien hat mich schon länger interessiert«, sagte ich schließlich zögerlich. »Ich bin vorher noch nie dort gewesen. Surfen wollte ich da eigentlich nicht, sondern Kultur und Menschen kennenlernen, sehen, wie die da ticken. Ich war nur ganz kurz Surfen, das war aber mehr zufällig, in Goa.« Ich hielt inne, trank einen Schluck.«

Linda musterte mich wortlos, sie schien weitere Erklärungen zu erwarten.

»Indien hat sich auch auf jeden Fall gelohnt«, fuhr ich fort. »Ich habe viel für mich mitgenommen. Ich wollte dort halt mal richtig runterkommen vom Alltagsstress zu Hause und ein paar Fragen klären.«

»Und, hast du sie geklärt?«

Kein: »Wie ist Indien denn so?« oder »Wo warst du denn surfen?« Linda interessierte sich für meine Sinnsuche? Ich war zunehmend verunsichert.

»Teilweise schon, ich bin auf jeden Fall näher rangekommen«, sagte ich ausweichend.

Linda wartete. Ich ruderte innerlich auf der Suche nach einer gut klingenden Antwort umher. Ich hatte Linda vom ersten Augenblick heiß gefunden. Jetzt stand sie vor mir, musterte mich mit ihren hellblauen Augen und mir wurde bewusst, dass ich sie *richtig* heiß fand. Ich wollte sie nicht verschrecken. Scheiß drauf, ich wollte sie *doch* beeindrucken. Deswegen rangen Wahrheit und Selbstdarstellung einen heftigen Kampf. Als sinnsuchender Softie wollte ich irgendwie nicht vor ihr dastehen. Andererseits: Fragen existenzieller Art gehörten nicht erst seit gestern zu mir. Und ich war langsam zu alt, um mich ständig zu verstecken. Also Scheiß drauf.

»Wenn du´s genau wissen willst, ich habe mir Gedanken darüber gemacht, wie das wäre, alles hinzuschmeißen und irgendwo am Strand zu leben. Einfach leben, einfach surfen sozusagen.«

Daddy Cools Phrase schien es mir am besten auf den Punkt zu bringen. Vielleicht sollte er die Worte irgendwo eintragen lassen, um später mal Urheberrecht darauf anmelden zu können.

Linda sagte immer noch nichts, wartete, schaute mich an, als wollte sie in mich reingucken. War das so eine Masche von ihr, um die Männer nervös zu machen? Bei mir klappte das ganz gut, ich fühlte den Blick ihrer blauen Augen förmlich auf meiner Seele.

»Ich habe auf meiner Reise ein paar Typen getroffen, die so ein Leben durchziehen«, fuhr ich fort, da sie ja anscheinend immer noch nicht genug gehört hatte. »Nicht nur in Indien, auch in Indo. Das hat mich beeindruckt. Ich weiß zwar nicht, ob das auf die Dauer was für mich wäre. Aber ich glaube inzwischen, dass meine Idee nicht völliger Quatsch war. Ich glaube inzwischen aber auch, dass so ein Leben nicht halb so romantisch ist, wie ich mir das vorgestellt habe. Man muss schon genau wissen, warum man das macht. Man muss einen Plan, eine Vision haben. Und Disziplin, um dranzubleiben. Sonst stürzt man ab, geht kaputt.«

So, jetzt wusste ich wirklich nicht mehr, was ich sagen sollte. Ich fand, Linda könnte ruhig mal einen Kommentar abgeben, sonst wusste ich ja gar nicht, ob sie mich nicht bereits als Spinner abgestempelt hatte. Was ich für wahrscheinlich hielt. Wie gesagt, die meisten Australier schienen mir äußerst bodenständig zu sein, Surfromanzen waren nicht ihr Ding. Ich nahm einen langen Schluck von meinem Bier. Endlich brach Linda ihr Schweigen.

»Interessante Fragen«, sagte sie ernst, aber auch irgendwie träumerisch. »Ich war auch schon mal in Indien, weißt du? Ich war vor drei Jahren für drei Monate dort. Damals ging es mir nicht so gut. Ich war die meiste Zeit in einem Yoga-Ashram in Madurai, das ist ganz im Süden von Indien. Für mich war das eine Reise nach innen zu mir, die ich nie vergessen werde.«

Treffer. Für die nächsten drei Stunden hatten wir keinen Mangel an Gesprächsstoff. Wir spielten uns unsere in Indien und anderswo gewonnenen Lebenseinsichten so begeistert zu, dass der irgendwann auftauchende Gerry nur kurz »Hallo« sagte und kurz danach ziemlich schnell und ziemlich diskret wieder verschwand.

Als Linda und ich uns zum Abschied umarmten, fühlte ich mich ihr nahe. Ich bildete mir ein, anhand der Länge der Umarmung und ihrer Intensität ermessen zu können, dass ihr das genauso ging. Der Körperkontakt schien lange zu dauern, mehr zu versprechen, bereits in die Zukunft zu weisen. Aber in solche Situationen interpretiere ich mit Vorliebe Sachen hinein. Eben doch sinnsuchender Softie.

Als ich nach Hause kam, saßen Max und Gerry auf der Veranda und tranken zur Abwechslung mal Wein.

»Ah, Casanova, willkommen zurück«, begrüßte mich Gerry etwas aufgekratzt.

»Wieso Casanova? Seit wann steht Tom auf Frauen?«

Max war in Form. Bissig, angetrunken, auf Streit aus. Er nervte. Besonders in meiner jetzigen Gefühlslage. Ich setze mich zu den beiden, ohne zu antworten. Gerry bemerkte meine Verstimmung sofort.

»Er war mit ner heißen Surflady im Tonys«, gab er Max in veränderter Tonlage die fällige Erklärung.

»Echt? Tom? Hätte ich gar nicht von dir gedacht.« Er grinste mich herausfordernd an. »Ich dachte, du nimmst nur Bücher mit ins Bett?«

»Ja, ja.« Ich verspürte keinerlei Lust, auf die Frotzeleien einzugehen. Gerry erlöste mich, wechselte das Thema:

»Ich habe vorhin übrigens mit Frank gesprochen, ihr könnt die Karre nächste Woche abholen. Ist fast fertig. Und das beste ist, es wird wohl weniger kosten, als Frank zuerst geglaubt hat. Er hat zufällig das gleiche Modell auf dem Schrott gefunden und ein paar Teile geholt. Das macht es für euch billiger.«

Lizzy aus dem Krankenhaus raus? Max und ich waren sofort versöhnt. Wie zwei Eltern, die sich um ihren erkrankten Schützling sorgen. Wir löcherten Gerry mit Detailfragen, wir hatten selber in den letzten Wochen nur selten in der Werkstatt vorbeigeschaut. Vielleicht, weil wir jeden Gedanken an Lizzy verdrängt hatten? Auf jeden Fall waren wir auch ohne Lizzy ohne Probleme von A nach B gekommen.

»Das müsst ihr Frank fragen, keine Ahnung«, winkte Gerry ab. »Aber wenn Frank sagt, dass alles wieder okay ist, ist alles okay. Davon könnt ihr ausgehen. Wenn ihrs genau wissen wollt, dann besucht ihn morgen einfach in seiner Werkstatt.«

Nach einer kurzen Pause fügte er hinzu: »Habt ihr eigentlich schon weitere Pläne geschmiedet? Nicht, dass ich euch rausschmeißen will oder so, aber hattet ihr nicht mal was gesagt von wegen Outback, surfen an der Südküste und so?«

Ich war mir sicher, dass Gerry uns nicht rausschmeißen wollte. Er war mindestens so gastfreundlich wie sein Bruder. Wir hatten uns in den letzten Wochen mehrmals mit Essenseinladungen revanchiert und uns auch im Haushalt und im Garten nützlich gemacht. In dieser Hinsicht war auch Max, dessen momentaner Lebensstil einige Verfallserscheinungen mit sich brachte, immer äußerst korrekt. Gute Kinderstube eben. Zwar ließ sich Max manchmal tagelang nicht blicken, pennte bei einem seiner neuen

Kumpels oder irgendeiner Frau. Ich sah ihn dann nur auf Arbeit. Aber alles in allem waren wir drei zu einer lockeren Wohngemeinschaft zusammengewachsen. Wobei Gerry und ich den Kern bildeten und Max der Mond war, der uns umkreiste. Gerry hatte keine Frau und keine Kinder, war wie Roger ein einsamer Wolf. Trotzdem genoss er es sichtlich, in Gesellschaft zu sein, über Gott und die Welt zu reden, einen zu heben oder einfach rumzublödeln. Er interessierte sich offenbar einfach für unseren Trip und unsere Pläne.

Er sprach damit jedoch ein Thema an, über das ich in den letzten Wochen von Zeit zu Zeit immer mal wieder kurz nachgedacht, welches ich aber meist erfolgreich verdrängt hatte. Der weitere Reiseplan war für mich längst nicht mehr klar. Denn so wie Max jetzt drauf war, konnte ich mir eine Weiterreise mit ihm nicht vorstellen. Er hatte in den drei Monaten, in denen wir jetzt zusammen reisten, immer mal wieder krasse Phasen gehabt, sich danach aber auch immer wieder gefangen. Nach den Pilzeskapaden in Dreamland hatte er seinen Drogenkonsum etwas heruntergefahren, auch seine an Rogers Strand aufflammende Anti-Soulsurfer-Haltung, die ja auch mich miteinschloss, war wieder abgeklungen. Im nüchternem und nur aufs Surfen fokussierten Zustand war er stets ein sehr angenehmer Reisepartner gewesen. In den letzten Wochen hatte ich ihn aber fast ausschließlich als nervig, leicht reizbar und teilweise aggressiv erlebt. Ob das nun am schlechten Einfluss von Zack und seiner Clique lag, oder nicht – ich fand, Max generierte zu einem richtigen Arschloch. Aus meiner Sicht gebar er sich zunehmend oberflächlich, wirkte einfach nur stumpf und war in seiner Art zum Teil verletzend. Ich ärgerte mich, dass er es regelmäßig schaffte, mich mit seinen Worten zu treffen, so wie eben gerade. Ich hatte das Gefühl, einfach keinen Zugang mehr zu ihm zu finden. Schlimmer noch: Ich verspürte gar keine Lust mehr, mich mit ihm abzugeben und mich von seiner schlechten Stimmung beeinflussen zu lassen. Ich hatte auch keinerlei Lust, nachzuforschen, ob dahinter noch irgendwo der »alte Max«, mit dem ich so viele gute Reiseerlebnisse teilte, verborgen war.

Die Gedanken über den weiteren Verlauf der Reise und mein Verhältnis zu Max beschäftigten mich in den nächsten Tagen ziemlich. Ich kam aber zu keinem richtigen Ergebnis. Zum Teil auch deswegen, weil es mir in Margaret River und mit Gerry so gut gefiel, dass ich mich gut mit dem Gedanken anfreunden konnte, noch einige Wochen oder vielleicht Monate hier zu bleiben. Vielleicht war ich auch einfach etwas reisemüde. Oder war es Linda, die mich nicht loslies?

Zwei Tage nach unserem abendlichen Gespräch auf der Veranda statteten Max und ich Frank einen Besuch ab und begutachteten Lizzy. Die Unfallspuren waren verschwunden. Frank hatte schon eine neue Roobar angebracht, er hatte die Motorhaube ausgebeult und neu lackiert. Nur am Motor bastelte er im Moment noch etwas herum. Bloß noch Feineinstellung, wie er versicherte. Lizzy stand vor uns wie die zu blech gewordene Aufforderung, das australische Outback zu entdecken. Die grenzenlose Weite, die ungezähmte Wildheit, die Daddy Cool beschrieben hatte, waren irgendwo da draußen. Max und ich sprachen nicht darüber. Das Thema würde spätestens nächste Woche auf den Tisch kommen. Vielleicht würden wir zur Feier des Tages und um Lizzy gebührend einzuweihen, ja mal wieder zusammen surfen gehen?

Ich dachte oft an Linda, war aber unschlüssig. Höchstwahrscheinlich würde ich schon bald weg sein aus Margaret River, sollte ich mich trotzdem an sie ranschmeißen? Ich kann auch in solchen Sachen meinen Kopf nur schwer abschalten. Hätte ich auf mein Gefühl gehört, dann hätte ich Linda gleich am Tag nach unserem Treffen im Tonys angerufen. Gerry hatte beiläufig und mit einem Augenzwinkern erwähnt, dass er ihre Nummer habe. Aber so verstrichen einige Tage, in denen mein Kopf bewölkt war, ich nicht wusste, wo die Reise hingehen sollte. Die Reise überhaupt, die Sache mit Max und die Sache mit Linda. Schließlich fasste ich mir doch ein Herz und bat Gerry um die Nummer. Ich war ziemlich nervös, aber Linda gab sich am Telefon so kumpelhaft-lustig wie vielleicht nur australische Frauen sein können. »Ah, der Barrelsurfer. Na, Kumpel, was geht?«

Am Freitag trafen wir uns wieder im Tonys, wieder redeten wir über Indien und übers Surfen. Schon beim ersten Treffen waren wir schnell bei sehr persönlichen Gesprächsthemen gelandet, diesmal war es nicht anders. Linda erzählte mir von ihrer Familie, ihren Geschwistern und schließlich auch von ihrer gerade verflossenen Beziehung. Ich war etwas geschockt, als ich hörte, dass sie die letzten drei Jahre mit Zack, dem Aggro Surfer von Northpoint zusammen gewesen war.

»Ich habe da so ein Muster«, erklärte sie, als sie von mir hatte, unter welchen Umständen ich Zack kennengelernt hatte. »Ich verliebe mich oft in stressige Typen, in Typen, die mir nicht gut tun. Vor Zack hatte ich einen Freund, der war total sensibel, ganz anders als Zack. Aber das war mir wiederrum zu harmonisch, da habe ich selber irgendwann angefangen, Stress zu machen. Ich weiß auch nicht.«

Die Mustersache kannte ich. Ich selber hatte zum Beispiel die Erfahrung gemacht, dass gerade innerlich zerrissene und emotional kühle Frauen eine Faszination auf mich ausübten. Linda konnte ich in dieser Hinsicht noch nicht ganz einordnen. Feuer hatte sie, ohne Frage. Ob ich mich an ihr verbrennen würde? Ich wusste es nicht und es war mir im Moment auch egal. Ich fand es schön, mit ihr zu reden, genoss ihrer Gegenwart. Sie hatte schon einige Höhen und Tiefen im Leben mitgemacht, einige Tiefschläge eingesteckt und Träume begraben müssen. Aber sie war immer wieder aufgestanden. Ich meinte, viele Parallelen zwischen uns feststellen zu können. Und ich verspürte zunehmend den Wunsch, in ihren Augen zu versinken. Einfach vor Problemen und Fragen wegschwimmen, hinein in dieses Blau. Wir tranken ziemlich viel und blieben, bis der Laden um halb zwei schloss. Morgen war zwar Samstag, aber nächtelang durchfeiern war in Margaret River nicht drin. Der Ort war mit 4000 Einwohnern mehr Dorf als Stadt, Clubs gab es keine. Also kauften wir dem Barkeeper schnell noch eine Flasche Wein ab und baten ihn um Pappbecher. Dann gingen wir hundert Meter weiter in einen Park und setzten uns dort auf eine Bank. Der Mond schien. Lindas Augen auch. Und mir wurde es langsam unheimlich. Das war wieder ziemlich kitschig-romantisch. Die Natur wollte mir Linda anscheinend unbedingt in phänomenaler Weise präsentieren. Ich nahm noch einen Schluck Wein. Seis drum. Eigentlich hatte ich nichts dagegen.

Ich stellte die Weinflasche auf den Boden und rückte näher an sie heran. Auch wenn australische Frauen sich kumpelhaft und ultra-emanzipiert geben – ich fand es etwas zu viel verlangt, dass sie auch noch den ersten Schritt tun sollten. Ich legte meinen Arm um Linda und stupste meine Nase in ihr Haar. Sie roch, nein, duftete, wie nur eine Frau duften konnte, die man zum ersten Mal über diesen Sinneskanal wahrnimmt. Linda ließ es geschehen. Sie wendete nicht den Kopf, sie schmiegte sich nicht an mich. Sie saß einfach da. Ziemlich steif, wie es mir vorkam. War sie schon so betrunken? Oder war ich etwas zu kuschelig für ihren Geschmack? Trotz der durch den Alkoholdunst torkelnd aufsteigenden Zweifel hielt ich sie ein paar Augenblicke so und genoss. Dann löste ich mich und rückte etwas von ihr ab. Wir tranken weiter. Wir schwiegen. Irgendwann fing ich an, übers Surfen zu sprechen, aber es war nur, damit irgendwelche Worte die Stille zwischen uns zudeckten.

Nächster Tag. Mit einigermaßen klarem Kopf kam mir die Entwicklung des Treffens mit Linda nicht gerade berauschend vor. Hatte sie mich abblitzen lassen? Oder war sie einfach zu betrunken oder überrumpelt gewesen, um auf meinen Annährungsversuch einzugehen? Existierte in Australien eine von Deutschland abweichende Definition von »Date«, von dem ich das Verhaltensskript nicht kannte? Oder hatte sie unser Treffen gestern einfach nur als Treffen unter Kumpels aufgefasst?

Ich war etwas in Fahrt gekommen, darum rief ich sie am Nachmittag an und fragte, ob wir uns auf einen Kaffee treffen wollten. Sie sagte zwar ja, ich hatte aber nach dem zweiten Kaffee und der dritten längeren Gesprächspause das Gefühl, dass Linda nicht ganz bei der Sache war. Dieses Treffen konnte wohl ganz klar als Date kategorisiert werden. Einen Kumpel muss man nicht nach wenigen Stunden vor lauter Sehnsucht wiedertreffen. Vor allem nicht zum Kaffee. Diesen Interpretationsrahmen einmal vorausgesetzt, verhieß Lindas Verhalten nichts Gutes. Normalerweise sollte man in solchen Situationen zu 100 % von der Person und der Kommunikation fasziniert sein. Alles um sich herum vergessen. Am besten die ganze Welt. Mir ging es so mit ihr. Ich hatte das Gefühl, dass meine Faszination umso mehr stieg, als ich bei ihr Desinteresse wahrnahm. Verdammt. Bloß nicht schon wieder eine kalte Muster-Frau in die ich mich verliebte.

In den nächsten Tagen verfolgte ich die beliebte Strategie, Linda Raum zu geben und mich rar zu machen. Es war also zu spät.

Ich war angefixt, dachte ständig an sie und brauchte sogar schon »Strategien«. Ich fragte mich, ob ich nur halb so interessiert gewesen wäre, wenn sie sich beim Kaffee nett und aufmerksam verhalten hätte. Ich befürchtete: nein. Verdammt, verdammt.

Ablenkung musste her und sie kam. Als ich am Donnerstagabend mit Max auf dem Rücksitz des Motorrads von der Arbeit kam, reparierte Gerry gerade eines seiner Surfbretter im Garten. Epoxidharz ist ziemlich ekelig, viele Leute sind dagegen allergisch. Das Zeug klebt wie Hölle und riecht auch nicht gerade angenehm. Gerry hatte mit Glasfasermatten und Harz eine offene Stelle vorne an der Nose seines Boards geflickt. Kein Surfunfall, er war einfach auf glitschigen Steinen ausgerutscht. Gott sei Dank nach dem Surfen, sonst wäre die Session versaut gewesen. Gerry begutachtete noch einmal sein Werk, streifte dann die Handschuhe, die vom Harz ganz feucht waren, ab und wandte sich uns zu.

»Hi, Jungs! Na, habt ihr bald ganz Margaret River abgeerntet? Scheiß Job, was?« Er wieherte. »Übrigens, das hätte ich beinahe vergessen: Ich hoffe, ihr habt am Wochenende noch nichts vor?«

Ich schüttelte den Kopf.

»Nein, wieso?«, fragte Max.

»Es ist Fullmoon Party, das ist eine der geilsten Feiern jedes Jahr. Alle werden da sein, der gesamte Wein des Vorjahres wird an einem Abend ausgesoffen. Ist am Strand von Gracetown. Am besten wir trampen hin. Zurück fahren kann garantiert keiner.«

Max und ich hatten schon von der Party gehört, uns auch schon darüber unterhalten. Wir waren aber nicht sicher gewesen, ob wir uns zum Kreis der gern gesehenen Gäste zählen durften. Die Party schien uns eine Veranstaltung des engsten Kreises der Locals von Margaret River zu sein. Wir waren jetzt zwar schon länger hier, aber es gab viele Surftouristen hier – vor denen die

Locals auch gerne mal ihre Ruhe hatten. Aber wenn Gerry uns zur Party mitbrachte, war es auf jeden Fall okay.

»Passt, dann können wir auch auf Lizzys Auferstehung anstoßen, wir holen sie morgen ab«, sagte ich. Mit Lizzys Heimkehr würde unweigerlich auch die Frage nach dem weiteren Verlauf der Reise aktuell werden. Das Auto lief, das Loch in der Reisekasse war nach sechs Wochen Arbeit in den Weinbergen gestopft. Gerry hatte nicht noch mal nachgefragt wegen unserer weiteren Pläne. Guter alter Gerry. Wahrscheinlich würde er auch nichts sagen, wenn wir noch ein paar Jahre bei ihm wohnen würden. Aber Jahre würden es wohl nicht werden. Trotz der Sache mit Linda spürte ich, dass meine Tage hier gezählt waren. Es lag etwas in der Luft.

Die Party wurde ziemlich wild, Gerry, Max und ich waren in Handumdrehen schwer betrunken. Der Wein stand ja auch gleich kistenweise herum. Die Flaschen waren allesamt ohne Etikett, aber hier in der Gegend gab es nur edle Tropfen. Die meisten Partybesucher hatten etwas zu Essen mitgebracht. Es standen drei lange Klapptische im Sand, auf dem die Sachen abgestellt wurden, jeder konnte sich bedienen. Einen DJ gab es nicht, aber jemand hatte seinen fetten Jeep auf den Strand gefahren und die Anlage voll aufgedreht. Pink Floyds Album »Dark Side oft the Moon« lief an dem Abend bestimmt dreimal komplett durch, bevor das irgendjemanden auffiel und was anderes eingelegt wurde. Mich störte die Wiederholung nicht. Die pompös-dramatische Musik passte gut zu meiner Gefühlslage und, wie ich fand, auch hervorragend zur Szenerie. Ein riesiges Feuer brannte, der Mond strahlte fast surreal grell auf den weißen Sand, so dass der Strand auch jenseits des Feuers hell erleuchtet war. Frank war auch da, wir stießen mit ihm auf Lizzys gelungene Reparatur an. Soweit ich es mitbekam, waren Max und ich die einzigen Partybesucher, die nicht aus Margaret River stammten. Welche Ehre! Ich sichtete auch Zack und seine Crew, aber meine Augen suchten eigentlich nur Linda. Wenig später sah ich sie mit Gerry am Feuer stehen.

Linda wich mir zwar nicht gerade aus, sie schien meine Anwesenheit aber nicht halb so zu genießen, wie es mit dem Wein der Fall war. Sie hatte schon ziemlich einen in der Krone. Wir redeten ein paar Belanglosigkeiten, tranken, schwiegen, tranken, schwiegen und plötzlich war sie weg. Das passierte zweimal an dem Abend, dann hatte ich genug. Ich setzte mich zu Gerry und Frank, die einen Lobster über dem Feuer brieten und ich hörte mir ihre Geschichten von Surftrips an: Indo in den 70ern, irgendwelche einsamen Inseln auf den Philippinen, sogar in Indien waren sie schon gesurft, allerdings an Spots, die ich nicht kannte. Irgendwie war ich nicht recht bei der Sache, dachte immer wieder an Linda. Bis Gerry mir zuerst ein Stück Lobster und dann einen Joint reichte. Der Lobster schmeckte phänomenal, bei der Tüte zögerte ich, nahm sie aber dann doch, um auf andere Gedanken zu kommen. Um mal für einen Augenblick die Waschmaschine im Kopf auszuschalten.

Ich weiß nicht, ob es nur der Joint war, der mich umhaute. Vielleicht war es auch die Kombination aus Wein, THC, Nikotin und Unmengen von Lobster. Es ging mir nicht gut, die Waschmaschine war noch an, jetzt sogar auf Schleudergang. Nur deswegen ging ich in die Dünen. Ich dachte, vielleicht könnte ich mich dort mal kurz hinlegen. Die Idee hatten andere vor mir gehabt. Als ich die beiden plötzlich zwei Meter vor mir im Sand liegen sah, erschrak ich mich ziemlich. Als erstes erkannte ich Max. Nicht an seinem nackten Hintern, der im Mondlicht leuchtete. Sondern an den Narben auf der Schulter. Die Reefcuts von unserer Northpoint-Prügelei waren nicht gut verheilt. Groß, weiß und ziemlich hässlich waren sie ein eindeutiges Erkennungsmerkmal. Linda schien sich allerdings nicht daran zu stören. Im ersten Moment konnte ich ihr Gesicht zwar nicht sehen, aber als Max sich langsam und irgendwie teilnahmslos zu mir umdrehte, schaute sie kurz an seinem Hals vorbei. Im Mondlicht konnte ich ihre blauen Augen nur ahnen, aber das reichte. Scheiße. Stichflamme im Herz, sogar die Waschmaschine kam kurz zum Stillstand. Ich drehte mich um, stolperte zurück durch die Dünen, verließ den Strand, ging die Straße entlang, verließ Gracetown, ging die Straße entlang, entlang, entlang. Irgendwann kam ich in Cowaramup an. Es wurde schon hell. Gerry hatte immer einen Ersatzschlüssel unter der Veranda. Ich schloss auf und fiel ins Bett.

Am nächsten Morgen hatte ich einen Kater und eine Wut auf Max. Ich glaubte nicht mal, dass er wusste, mit wem er da herumgemacht hatte. Bösartigkeit wollte ich ihm nicht unterstellen. Oder wusste er doch was? Er musste doch gesehen haben, dass ich mich mit Linda bei der Party unterhielt? Aber was hieß das schon? Wir hatten nicht Händchen gehalten, geschweige denn geknutscht. Weit, weit entfernt davon. Eigentlich nicht mal in Sichtweite davon. Auch im Tonys war Max nicht gewesen, als ich mich dort mit Linda getroffen hatte. Margaret River war zwar klein. Aber so klein, dass Max und ich hier jeden kannten bzw. bei allen bekannt waren, auch wieder nicht. Von daher war Max' Ahnungslosigkeit nicht unwahrscheinlich.

Trotzdem war ich wütend, verletzt und enttäuscht. Ich hatte Linda in ziemlich kurzer Zeit auf einen ziemlichen hohen Sockel hochgehoben, Max hatte sie für mich runtergeholt. Ich war bei solchen Sachen, wenn es zu Beziehung und Sex kam, langsam und altmodisch. Vielleicht etwas *zu* langsam und etwas *zu* altmodisch in Lindas Augen? Vielleicht hatte sie schneller mehr wollen und ich hatte es nicht geliefert? So wie Max zuverlässig lieferte? Nein, diese These war auch mit verkatertem Kopf keine Sekunde haltbar. Ich musste wohl der harten Tatsache ins Auge schauen, dass sie einfach nicht auf mich stand, es bei ihr nicht gefunkt hatte. Sie unterhielt sich gerne mit mir, fand mich ganz nett und Schluss. Das würde auch erklären, warum sie sich zurückgezogen hatte. Sie wollte mir keine Hoffnungen machen. Ich wusste es nicht, war verwirrt. Auch wenn mir bewusst war, dass ich mich wiedermal in etwas reingesteigert hatte – ich hatte echte Gefühle für sie gehabt und hatte sie irgendwie immer noch. Für Max war das garantiert nur eine Frauengeschichte von vielen. Von wie vielen, wollte ich gar nicht wissen. War ihr das egal?

Max kam erst gegen Mittag nach Hause. Er sah scheiße aus, als hätte er überhaupt nicht geschlafen. Ich saß noch beim Frühstück oder Brunch. Gerry, der kurz nach mir nach Hause gekommen war, war aus Gewohnheit früh aufgestanden und hatte Brötchen geholt. Jetzt war er aber doch noch mal ins Bett gegangen. Er hatte es gestern ganz schön krachen lassen. Max grüßte, setzte sich dann wie selbstverständlich dazu und nahm sich ein Brötchen. Die Wut von gestern Abend stieg wieder in mir hoch. Langsam, langsam, nicht ungerecht werden. Er wohnte schließlich hier und dass er gerade nicht höflich »bitte« und »Danke« sagte, war in seinem Zustand entschuldbar.

»Na, bis jetzt gefeiert, oder was?«, fragte ich möglichst desinteressiert.

»Jupp.« Max biss ins Brötchen und kaute langsam. Ich fand, er sah in diesem Moment aus wie eine Kuh. Treudoof und stumpf. »Ich hab mit Frank bis eben grad am Strand gesessen. War noch total viel Lobster da«, sagte er und legte das Brötchen weg. »Eigentlich habe ich gar keinen Hunger. Frank ist echt in Ordnung. Echt nette Leute hier in Margaret River, geiler Ort, geile Party.«

Bla, Bla, uninteressant. Ich wollt eigentlich nur eins wissen.

»Sag mal, wer war eigentlich die Kleine, mit der du in der Düne rumgemacht hast. Ich wäre ja beinahe über euch gestolpert.«

Max hob erstaunt die Brauen: »Ach du warst das? Hab ich nur halb mitgekriegt, ich war so voll. Die Lady? Keine Ahnung, die habe ich auf der Party kennengelernt, wieso?«

Ich musste mich ziemlich anstrengen, ruhig zu bleiben.

»Weißt du noch letzte Woche, als du mich damit aufgezogen hast, dass ich mich im Tonys mit 'ner Frau getroffen habe? Das war sie.«

Max war baff und für einen Moment sprachlos. Das kam selten vor. Immerhin.

»Bin ich dir jetzt irgendwie von links reingefahren?«, fragte er schließlich, scheinbar plötzlich etwas nüchterner und wacher. »Ich erinnere mich, dass ich euch gestern zusammen gesehen habe.« Er legte die Stirn in Falten, ergänzte dann: »Sah für mich aber nicht danach aus, als würde da was laufen.«

»Da ist auch nichts gelaufen«, sagte ich unwirsch. »Wir haben uns halt ein paar Mal getroffen und unterhalten und ich fand sie sehr nett.«

Wir schwiegen uns eine Weile an.

»Also, normalerweise würde ich jetzt sagen, dumm gelaufen«, sagte Max schließlich langsam und zögerlich. »Ist ja ihre Entscheidung, mit wem sie in die Kiste hüpft. Aber ich weiß, dass du da ein bisschen anders tickst. Also …«, er holte tief Luft, »tut mir echt leid, wenn die ganze Sache für dich ein Scheißgefühl hinterlässt, das war nicht meine Absicht. Ich habe nicht geahnt, dass das die heiße Surflady ist, mit der du dich getroffen hast. Ehrlich nicht. Hätte ich das gewusst, hätte ich die Finger von ihr gelassen, das kannst du mir glauben.«

Er schaute mich mit seinen blauen Augen an, wie er wahrscheinlich auch Linda angeschaut hatte: große Augen, treue Augen, gefühlvolle Augen, die kein Wässerchen trüben konnten. Ich glaubte ihm. Auch wenn Max von Zeit zu Zeit und manchmal auch für länger ausrastete und die Sau rauslassen musste. Er war im Grunde kein schlechter Kerl, ein gewisses Vertrauen hatte ich nach wie vor zu ihm.

»Was mich an der Sache stört ist, dass die Frau – wie heißt die noch mal?«

Schmerz, Stich. »Linda«, sagte ich.

»Ach ja. Also, auf jeden Fall, diese Linda wusste doch, dass wir uns kennen. Sie hat nämlich so eine Bemerkung gemacht: 'Ah, du wohnst also auch bei Gerry'. Wollte die dir eins auswischen? Das wäre ja eine Megascheißaktion! Oder war ihr das total egal und wollte die bloß vögeln? Das war bei mir nämlich das Motiv.«

»Aha, brauchst du seit neuestem ein Motiv dafür?«, fragte ich bissig.

Max ging nicht auf meinen kleinen Seitenhieb ein, er hatte offenbar begriffen, dass er mich mit der Aktion verletzt hatte. Auch wenn er vielleicht nicht mal genau verstand, was zwischen mir und Linda gelaufen war. Sich ein paar Mal mit einer Frau zu treffen war aus Max Sicht völlig belanglos. So was wie »Treffen, nur um zu Reden« kannte er wahrscheinlich gar nicht. Denn wenn es nicht spätestens beim zweiten Treffen von der verbalen in eine andere Ebene hoch- bzw. auf eine Matratze niederging, war ein drittes Treffen unwahrscheinlich. Tja, Max war halt Max, ich würde ihn nicht ändern. Vielleicht war es auch ganz gut so. Wenn alle so ticken würden wie ich, wäre die Menschheit vielleicht irgendwann ausgestorben, dachte ich voll Selbstmitleid. Zusammenreißen! Da wir sowieso schon unangenehme Themen besprachen, könnten wir ich gleich mit einem anderen weitermachen.

»Ist eh ganz gut, dass wir reden«, sagte ich. »Lizzy ist ja jetzt wieder startklar, wir müssen uns mal entscheiden, wie der weitere Trip aussehen soll. Und ganz ehrlich: Du hast dich ja komplett rausgezogen die letzten Wochen. So wie es jetzt ist, wie du gerade drauf bist, habe ich ehrlich gesagt keinen Bock darauf, mit dir weiterzureisen.«

Max blickte stumm zu Boden. War das jetzt zu hart? Aber es war ja wahr: er *hatte* sich rausgezogen, er *war* übel drauf und ich hatte so auf eine gemeinsame Weiterreise *keine* Lust.

»Ja, stimmt schon, ich habe viel mit Zack und den anderen Jungs rumgehangen«, sagte Max schließlich ungewöhnlich kleinlaut und betreten, immer noch den Fußboden musternd. »Aber ob du´s glaubst oder nicht«, er blickte auf und sah mir in die Augen, »ich habe von denen wirklich die Nase voll.«

»Aha, echt?«, fragte ich überrascht.

»Ja, echt. Weißt du, die surfen zwar auch ab und zu und auch nicht schlecht. Aber bei denen stehen eigentlich ganz andere Sachen im Vordergrund. Das ist mir in den letzten Wochen immer wieder aufgefallen und das hat mich gestört. Auch wenn es vielleicht von außen nicht den Eindruck gemacht hat. Aber ich war teilweise echt angekotzt. Ist ja nicht so, dass ich wie »Daddy Cool« drauf sein will – der Typ war mir dann doch etwas zu hart. Aber weißt du, was ich jetzt gerade, in diesem Moment denke?«

»Nö, was denn?« Jetzt war ich mal gespannt. Dass Max sich übers Surfen und seinen Lebensstil Gedanken machte, war neu.

»Ich denke: Wenn mir jetzt und hier jemand eine Knarre an den Kopf halten würde und ich mich entscheiden müsste zwischen

Zacks Leben und dem vom Daddy Cool, ich würde nach Indo an den Strand gehen.«

Jetzt war ich baff.

»Das ist mir in den letzten Wochen klargeworden«, sagte Max nachdenklich. »Ich hab eigentlich nie so richtig verstanden, was du damals in Bali zu mir gesagt hast, von wegen Drogen, die die Sinneskanäle verstopfen und so. Jetzt habe ich das aber live bei Zack und seinen Kumpels gesehen und auch bei mir gemerkt. Irgendwann ist man so zu, dass man sich das Surfen auch schenken kann. Man kriegt eh nichts mit. Und diese schlechten Vibes im Wasser machen auf Dauer auch keinen Spaß. Von wegen wer ist der härtere Local, wer hat den längsten Schwanz und so.«

Max verstummte, legte die Stirn in Falten und grübelte vor sich hin. Ich wartete ab. So viele tiefsinnige Gedanken auf einmal hatte ich noch nie von ihm gehört. Vielleicht kam ja noch mehr. Max saß da, dachte offenbar angestrengt nach und zerkrümelte dabei ein Stück vom Brötchen zwischen den Fingern. Flocken rieselten und wuchsen zu einem kleinen Häuflein. Ich musste unwillkürlich an eine Sanduhr denken, die Max und meine gemeinsame Zeit maß.

»Ich war echt ein Arschloch die letzten Wochen, tut mir leid«, sagte er nach einer langen Pause. »Die Sache mit der Frau passt aus deiner Sicht bestimmt genau ins Bild. Wenn du nicht mit mir weitereisen willst, kann ich das verstehen. Ich bin dir trotzdem dankbar, dass du mich damals in Sri Lanka gefragt hast, ob ich mit will nach Indo. Das war bis jetzt schon der Trip meines Lebens.«

Ich war immer noch baff. So emotional, so ehrlich, so nachdenklich hatte ich Max noch nie erlebt. Ich hatte zwar geahnt oder gewusst, dass unter der oft oberflächlichen, lässigen Fassade noch etwas anderes existierte. Aber er zeigte es mir nun zum ersten Mal.

Ich erinnerte mich plötzlich auch wieder, warum ich Max in Sri Lanka gefragt hatte, ob er mit mir nach Indonesien reisen wollte. Es war seine Begeisterung gewesen, seine jungenhafte Freude am Surfen, sein Hunger, neue, größere, unbekannte Wellen zu surfen. Das hatten wir dann auch zusammen gemacht. Und das hatten wir gemeinsam: den Hunger, die innere Unruhe. Letztlich machte uns beide eine radikale innere Unzufriedenheit, eine innere Zerrissenheit aus. Max ging damit nur völlig anders um als ich. Während ich mich zurückzog, las und nachdachte, ging Max raus, schmiss sich in Partys, Drogen und Frauen. Er war hungrig wie ich, aber er stillte seinen Hunger anders. Oder würden wir auf der weiteren Reise am Ende doch noch Appetit auf die gleichen Dinge entwickeln?

Kapitel 13: Känguru-Massaker II

»Kalgoorlie? Das kommt mir irgendwie bekannt vor«, sagte Max nachdenklich.

Er blickte von der Karte auf und mich von der Seite an, ich steuerte gerade Lizzy. Ich überlegte, auch bei mir im Kopf klingelte es irgendwo. Plötzlich machte es Klick.

»Hey, warte mal!«, sagte ich. »Das ist doch diese Goldgräberstadt, in der Roger gearbeitet hat, oder?«

Das war es. Das war der Ort, wo Daddy Cool gelebt und als Ingenieur gearbeitet hatte. Ich erinnerte mich an seine Beschreibung des riesigen Tagebaus, in dem Gold gefördert wurde. Wie hatte der gleich geheißen? Super Pit? Das wollte ich mir unbedingt ansehen. Allerdings lag Kalgoorlie völlig abseits unserer Route. Wir waren bisher dem berühmten Highway NO. 1 gefolgt, den Lizzy schon mit Matthias erkundet hatte. Der Highway folgte der Küstenlinie, Kalgoorlie lag dagegen ein gutes Stück im Inland. Aber – wenn wir keine Zeit hatten, wer dann?

Als wir am extra dafür eingerichteten Aussichtspunkt des Tagebaus standen, konnte ich es kaum glauben. Das hier war kein ungewöhnlich rundes Tal und auch kein riesiger Vulkankrater. Dieses Loch hatten Menschen Baggerschaufel für Baggerschaufel und Lastwagenladung für Lastwagenladung ausgebuddelt. Wenn auch mit den größten Baggern und Lastwagen, die ich je gesehen hatte.

»Was für ein Aufwand hier betrieben wird, um an das Gold zu kommen, das in der Erde versteckt liegt. Wahnsinn«, sagte ich beeindruckt.

»Wieso Wahnsinn?« Max runzelt die Stirn. »Ist doch logisch, Gold ist halt irre wertvoll. Klar, dass man alles dransetzt, es da rauszuholen.«

Klar, Max hatte Recht – aber irgendwie reichte mir diese auf der Hand liegende Erklärung nicht aus. Wir schwiegen eine Weile und schauten in die Tiefe. Die riesigen Bagger und Kipplader sahen aus wie Spielzeuge, das Loch war so weit jenseits von allen Erfahrungswerten, dass es mir schwer fiel, das Gesehene einzuordnen. Wie würde man einem Außerirdischen erklären, was die Menschen hier machten, fragte ich mich plötzlich. Wäre der Bewohner aus der fernen Galaxie womöglich zufrieden mit der Antwort, dass Gold »halt irre wertvoll« sei? Ich selbst war nicht zufrieden. Immer noch gebannt in die Tiefe blickend, sagte ich:

»Warum ist Gold eigentlich so wertvoll? Soweit ich weiß, wird der Großteil zu Schmuck verarbeitet. Da wird also ein riesiger technische Aufwand betrieben, es werden unzählige Arbeitsstunden investiert, damit Menschen sich mittels Goldschmuck schöner, reicher, wichtiger fühlen. Konkreter Nutzen: Fehlanzeige. Verbesserte Lebensumstände: Fehlanzeige. Ist ja nicht so, dass die hier irgendeinen Rohstoff abbauen, den Menschen unbedingt für ihr Leben brauchen würden. Mit Gold kann man nicht heizen und in Handys oder so wird es auch nicht benötigt. Reiner Luxus also. Dafür finde ich den Aufwand schon irre.«

Max lachte laut auf.

»Oh Mann! Irgendwie habe ich deine philosophischen Anfälle in den letzten Wochen richtig vermisst. Scheint schlimmer geworden zu sein, du hörst dich fast schon an wie Daddy Cool.« Er meinte es nicht böse. Er schien sich einfach ehrlich zu amüsieren, knuffte mir freundschaftlich mit der Faust auf den Oberarm. Seit unserer Aussprache stimmten die Schwingungen wieder zwischen uns. Als wäre nie etwas gewesen.

»Aber mal im Ernst, warum machst du dir überhaupt so viele Gedanken darüber? Gold ist halt Gold und Menschen wollen es sich um den Hals hängen. Liegt doch auf der Hand.«

Jetzt reizte es mich doch ein wenig, Max' Fragelosigkeit mit ein paar Fragezeichen zu versehen. Auch, wenn ich noch gar nicht genau wusste, wo ich hinwollte, entgegnete ich im Brustton der Überzeugung:

»Ich finde die Goldmine auch deswegen interessant, weil es Parallelen gibt zum Wellenreiten.«

Max schaute mich zweifelnd an, schaute in die Mine, wieder zu mir.

»Häh? Goldmine, surfen? Check ich nicht.«

Ich hatte das aus dem Bauch heraus gesagt, es kam mir in dem Moment schlüssig vor, jetzt versuchte ich aus dem Stehgreif Argumente um meine gewagte These zu herumzubauen, damit sie nicht ins Wanken kam und stürzte.

»Gold hängt man sich um den Hals, man will damit glänzen, gut aussehen, sich gesellschaftlichen Status erkaufen. Ist es beim Surfen nicht genauso? Surfer zu sein, surfen zu können, verleiht sozialen Status, ist cool. Das ist doch auch der Hauptgrund, warum es in den letzten Jahren im Wasser immer voller geworden ist. Die Leute sind hungrig nach Anerkennung. Man will jemand sein – nur halt nicht mit Gold, sondern mit einem Surfbrett unter dem Arm. Oder mit Klamotten, auf denen »Surf« steht.«

Max schaute mich immer noch zweifelnd an, jetzt kam ich richtig in Fahrt: »Überleg mal. In der Werbung und in den Medien sind Wellenreiter doch überall präsent. Und wie werden sie dargestellt? Es sind furchtlose, coole, unkonventionelle Typen, richtig »wilde Jungs« eben. Ich kann schon verstehen, dass viele Leute diese Charaktereigenschaften haben wollen und glauben, wenn sie ein Surfbrett kaufen, kommt das gleich mit.«

Max war nicht überzeugt. Wenn ich ehrlich war, hundert Prozent schlüssig fand ich meinen Vergleich selber nicht. Es war eine spontane Eingebung gewesen, unter dem Eindruck des gewaltigen Tagebaus entstanden und ausgesprochen. Vielleicht dachte ich in letzter Zeit wirklich zu viel nach und sah jetzt schon Parallelen und Zusammenhänge, wo in Wirklichkeit gar keine waren? Während wir in die Mine hinabschauten und die riesigen Lastwagen beobachteten, die am Rande der Mine in einer endlosen Kurve hinabfuhren und dann wieder heraufkrochen, dachte ich weiter nach über die Sache.

Tatsächlich gab es einen Zusammenhang zwischen Surfen und sozialem Status. Dieser Zusammenhang war in Deutschland aber wesentlich krasser ausgeprägt als in Australien. Irgendwie logisch. Während hier Surfen schon lange Mainstream war, war es in Deutschland immer noch eine Nischensportart, die von wenigen betrieben wurde. Surfen war zu Hause – anders als in Australien – keine beliebige Sportart, es war eine Lebensart und ein Statement. Als deutscher Wellenreiter muss man viel Zeit und Geld für Reisen investieren. Denn für Menschen, die nicht am Meer aufgewachsen sind, ist es ein langer Lernprozess, das Meer und die Wellen zu verstehen. Von dem Zeitaufwand für die Beherrschung des Wellenreitens selber gar nicht zu reden. Deutsche Wellenreiter waren also automatisch Luxussurfer: sie hatten ein Hobby, welches sich selbst viele Bundesbürger im reichen Deutschland nicht leisten konnten.

Eine weitere Parallele: Genauso wie beim Gold spielte beim Surfen auch die Qualität der Sache selbst eine Rolle. Gold wird von Menschen schon seit ewig langer Zeit als schön empfunden und auch das Surfen hat eine ganz eigene Faszination. Eine Welle anzupaddeln, merken, dass man getragen wird, aufzustehen, auf der Welle entlanggleiten – das ist einfach schön, ist aufregend, macht Spaß. Und wenn es größer wird, kommt der Kick, kommt das Adrenalin hinzu. Aber der unglaubliche Boom des Surfens in den letzten Jahren ließ sich nicht alleine durch diese Qualitäten des Surfens erklären. Da war ich sicher. Genauso wenig konnte man die unglaubliche Begehrtheit von Gold durch seine Schönheit erklären. Die Erklärungslücke ließ sich auch nicht mit dem Verweis auf gewisse Materialeigenschaften von Gold schließen, das es für die Industrie und besonders für die Zahntechnik interessant machte.

Wie ich es drehte und wendete: sowohl beim Gold, als auch beim Surfen schien es so zu sein, dass die Menschheit sich entschlossen hatte, einen bestimmten Wert hineinzuinterpretieren. Und diesen künstlich erzeugten Wert wollten alle haben. Gold war begehrt, Surfen und Surfer zu sein war begehrt. Der Sport und seine Athleten bekamen extrem viel öffentliche Aufmerksamkeit. Fast genauso begehrt waren alle Kleidungsstücke, auf denen »Surf« draufstand. Die Marken versprachen dem Käufer, dass er für sein Geld etwas vom coolen Image abbekommen würde. Und um die jeweilige Marke mit möglichst viel Coolheit anzureichern, bezahlten die Werbeverantwortlichen ihren Aushänge-Surfern Millionen. Seltsam, wie einfach Werbung funktioniert, seltsam, wie einfach Menschen funktionieren.

Ich musste an Roger denken. Sein Ideal vom Surfen kam ohne diese vom Menschen hineingelegten Werte aus. Sozialer Status spielte bei ihm keine Rolle. Er wollte nicht gesehen, nicht fotografiert, nicht gefilmt werden beim Surfen. Er machte das allein und ganz für sich. Er wollte auch nicht mit einem Surfbrett und Boardshorts am Strand auf- und ablaufen und bewundert werden. Daddy Cool konzentrierte sich voll und ganz auf die ureigenen Qualitäten des Surfens und des Meeres. Ich fragte mich, wie viele Surfer diese Qualitäten jemals bewusst wahrgenommen hatten. Wie viele hatten sich auf die Energie des Meeres wirklich eingelassen, sich der Größe seiner Naturgewalt untergeordnet, sich eingeordnet in den ewigen Wellenrhythmus? Ich vermutete, dass es nicht viele waren. Zumindest waren solche Surfer heute in der Minderheit. Oder täuschte ich mich? Ich konnte mir aber einfach nicht vorstellen, dass Surfer, die im Wasser und am Land durch ein besonders großes Ego, durch eine große Klappe und durch aggressives Verhalten auffielen, je auf solche Gedanken gekommen wären.

Plötzlich fiel mir noch etwas auf: Gold und Wellen waren beides heutzutage knappe Ressourcen. Knappe Ressourcen werden vom Menschen immer hart umkämpft. Menschenleben zählen plötzlich nichts mehr, wenn es um Gold, Diamanten, Öl oder so etwas geht. Und wie verhielten sich die Wellenreiter heutzutage im Wasser? Der Kampf um die Wellen an den überfüllten Spots und der Wettstreit darum, wer der coolste auf dem Wasser war, hatten die Surfer hart und unerbittlich gemacht. Gegrüßt wurde selten, geschimpft, reingedroppt und um sich geschlagen häufig. So viel nach außen gerichtete Aggressivität und so viel Stress! In so einer Geisteshaltung und inneren Gemütsverfassung auf das Meer zu hören, seine Energien auf sich wirken zu lassen, hielt ich fast für unmöglich. Die Freiheit und Wildheit, von der Roger gesprochen hatte, waren von den meisten Spots verschwunden. Jedenfalls die Wildheit der Natur. Was sich jetzt dort abspielte, war aus meiner Sicht eine Fortsetzung eines ungezügelten, grenzenlos egoistischen Kapitalismus. Aggressive Konkurrenz untereinander, ohne Rücksicht auf Verluste. Vielleicht war das auch in Wirklichkeit der Grund, warum Wellenreiten heute so gehypt wurde: Weil es kaum einen Sport gab, wo man so aggressiv gegen den Gegner kämpfen, mit ihm um knappe Ressourcen ringen musste. Surfen als Metapher der kapitalistischen Leistungsgesellschaft?

Wir hatten den Bundestaat South Australia hinter uns gelassen, seit ein paar Stunden befanden wir uns in New South Wales. Die Landschaft war abwechslungsreicher geworden. Sie war hügelig und gab schon einen Vorgeschmack auf die Berge der Ostküste. Die endlosen Weiten West- und Südaustraliens lagen endgültig hinter uns. Die Bar stand direkt am Highway, ein einsames Holzgebäude, schon von weit her zu sehen. Ich konnte der Versuchung eines kühlen Biers einfach nicht widerstehen, lenkte Lizzy von der Straße und hielt. Max, der kurz eingenickt war, wachte auf und gähnte. Gegen ein Bier hatte er nichts einzuwenden. Von innen erinnerte die Bar mit ihrer ewig langen Holztheke und dem großen Spiegel dahinter an einen Westernsalon. Und der Typ, der kurz nach uns hereinkam und sich neben uns an die Theke stellte, erfüllte alle Kriterien eines Klischee-Outback-Bewohners: breitkrempiger Hut, Sonnenbrille, Vollbart, Lederweste, Wüstentarnhose und hohe Militärstiefel. Aber er schien okay zu sein, prostete uns zu.

»Na Jungs, zur Ostküste unterwegs?«, fragte er. »Ich hab die Surfbretter bei euch im Auto gesehen. Dann müsst ihr euch aber sputen, wenn ihr die Show nicht verpassen wollt, was?«

Max und ich schauten wohl etwas verständnislos, denn der Typ ergänzte:

»Sagt nicht, ihr habt das nicht mitgekriegt? Kann ja wohl nicht sein, oder?«

Ich wusste zwar nicht, von was der Mann da redete, aber mitgekriegt hatten wir in den letzten Wochen tatsächlich nichts. Wir waren von Kalgoorlie aus wieder Richtung Süden gefahren. Zurück auf dem Highway NO. 1 ging es Richtung Osten. Wir näherten uns den einsamen Stränden und Riffen Südaustraliens. An einer Stelle, an der der Highway in direkter Nähe der Küste verlief, hatte Gerry ein Kreuz auf unserer Karte eingezeichnet.

»Die Karte später verbrennen, alles klar?« hatte er augenzwinkert zu mir gesagt. Gerry und Roger hatten den Spot auf einem ihrer Surftrips entdeckt, genauso, wie sie Oldschool Point entdeckt hatten. Nur in diesem Fall nicht mit dem Motorrad, sondern mit einem Jeep. Lizzy hatte auf dem holprigen Weg, der irgendwo im Nirgendwo vom Highway abging, ganz schön zu kämpfen. Hätten wir nicht gewusst, dass an seinem Ende laut Gerry eine phänomenale Welle brach, wir wären umgekehrt. Aber Gerry neigte normalerweise nicht zu Übertreibungen, eher das Gegenteil. Also hatten wir uns vorsichtshalber darauf eingestellt, länger an dem Spot zu bleiben. Lizzys Trinkwassertanks waren voll, genauso wie die Gasflaschen und der Kühlschrank. Und das war gut so. Denn als wir den Spot nach zwei Wochen verließen, hatten wir die Vorräte bis zur letzten Nudel aufgebraucht. Phänomenal war definitiv nicht übertrieben gewesen. Und das traf nicht nur auf die Welle, sondern auch auf die gesamte Szenerie am Spot zu. Wir hatten mit Lizzy am Rande einer felsigen Steilküste gestanden und in eine von schroffen Felsen eingerahmte Bucht geblickt. Die Wellen liefen geordnet und sauber herein. Zwar war es eine ziemliche Kletterpartie nach unten, aber die lohnte sich. Perfekte Linke und Rechte, die Max und ich brüderlich teilten. Niemand sonst tauchte auf. Und jetzt waren wir also zurück in der Zivilisation und hatten offenbar eine Informationslücke.

Im nächsten Ort fanden wir glücklicherweise ein Internetcafé, wir gingen auf eine australische Seite für Wetter- Wind- und Wellenvorhersagen. Der Typ aus der Bar hatte recht gehabt. Keine Ahnung, warum er hier, praktisch noch mitten im Outback, die Wellen checkte. Aber die Daten waren eindeutig. Es kam ein riesiger Swell auf die Ostküste von Australien zu. Die volle Kraft würde er im Bereich der Goldcoast um Byron Bay entfachen. Als wir die Kommentare von anderen Surfern unten auf der Seite anklickten, verschwanden letzte Zweifel. Alle waren sich einig. Das war ein Monster-Swell, das waren Jahrhundertbedingungen. Wir rannten fast zum Auto zurück und fuhren los. Nächster Stop: Byron Bay. Das waren noch ungefähr 1000 Meilen. Wir mussten uns beeilen, wenn wir den Swell nicht verpassen wollten!

In der Dämmerung verwandelte sich der Highway plötzlich in eine Horror-Show. Wie in From Dusk Till Dawn: Die Zombies waren los. Diese Zombies waren zwar klein und süß und sahen aus wie Kängurus. Sie hatten aber einige Gemeinsamkeiten mit den Gestalten aus Tarantinos Film. Zum Beispiel hatten sie anscheinend keine Angst zu sterben, schienen fast erpicht darauf. Die Tiere standen am Rande der Straße herum und blickten scheinbar desinteressiert ins Scheinwerferlicht. Es waren hunderte, nein, tausende. Die Reihe ihrer Körper hörte nicht mehr auf. Von Zeit zu Zeit hopste eines direkt vor uns auf die Straße, ohne auf herannahende Autos zu achten. Diese Känguru-Kamikaze-Party lief offenbar schon länger. Denn die Straße sah aus wie eine kilometerlange Fleischertheke. »Stück Känguru gefällig? Bitte, suchen Sie sich eines aus!« Wir hätten nur anhalten und einpacken brauchen. Allerdings war von den meisten Tieren nicht mehr viel übrig, die riesigen Lkws, denen wir von Zeit zu Zeit begegneten, wirkten wie Fleischwölfe. Na ja, Känguru-Hackfleisch ist ja auch nicht schlecht. Ich wollte Max gerade vorschlagen, anzuhalten und sich die Sache mit dem Superswell noch einmal zu überlegen, als es knallte. Max machte eine Vollbremsung, aber natürlich war es längst zu spät. Wir hatten das Känguru voll erwischt, es war irgendwo zur Seite ins Dunkel geschleudert worden. Wir sparten es uns, es zwischen den anderen Leichen zu suchen.

»Meinst du nicht, wir sollten besser anhalten?«, fragte ich mit klopfenden Herzen. »Das ist doch Wahnsinn. Die Teile hier sind zwar nicht annährend so groß wie in Margaret River. Für uns und Lizzy also wahrscheinlich erstmal kein Problem. Aber ich will hier auch nicht zum Känguru-Massenmörder werden.«

»Ach, komm schon. Das kann ja nicht ewig so weitergehen mit den Viechern.« Max stierte nach draußen, wo etwas Bewegung in die Känguru-Meute gekommen war. »Vielleicht ist hier irgendwo in der Nähe ein Nest oder so.«

Er war heiß auf den Swell und nicht zu bremsen, das merkte ich.

»Und wenn das doch so weiter geht?«, gab ich halbherzig zu

bedenken. »Wir können doch nicht alle hundert Meter ein Känguru umnageln, stell dir mal vor, das fliegt nicht zur Seite, sondern voll auf die Windschutzscheibe.«

Aber letztlich war auch ich heiß darauf, an die Ostküste zum berühmten Byron Bay zu kommen. Also weiter. Max fuhr langsam und konzentriert. Schon nach wenigen Kilometern erwischten wir Känguru Nr. 2, das ebenso plötzlich wie Nr. 1 aus der wartenden Zuschauermenge heraus direkt vor uns auf die Straße sprang. Diesmal wurde das Tier nicht weggeschleudert. Stattdessen gab es einen gewaltigen Schlag unter uns, als wir es überfuhren. Lizzy machte einen kleinen Hopser, als wären wir über einen großen Felsbrocken gefahren.

»Max, das geht so nicht. Lass uns anhalten und ein paar Stunden schlafen. Vielleicht verziehen sich die Viecher im Morgengrauen ja. Auf jeden Fall können wir sie dann wenigstens sehen. Dann kriegen wir halt nicht den ganzen Swell ab, aber für ein zwei Sessions reicht es auf jeden Fall.«

»Komm schon«, bettelte Max, »noch ein Versuch. Versprochen, wenn wir noch eins umnieten, sehe ich es ein, dann halten wir an. Aber ich bin echt heiß darauf, die volle Ladung Wellen abzuholen, okay?«

Okay. Eigentlich wollte ich ja auch weiter, nur meine Vernunft versuchte sich mir in den Weg zu stellen. Erfolglos, denn ich ließ mich gerne von Max überreden. Wahrscheinlich hatte er sowieso Recht. Es schienen langsam weniger Tiere zu werden, wahrscheinlich war das nur ein lokales Phänomen, das sich gleich von selbst erledigen würde. Wahrscheinlich … diesmal war es kein kleines, süßes Känguru und es hüpfte auch nicht. Es stand mitten in einer Kurve auf der Straße und schaute ins Scheinwerferlicht. Es war vielleicht kein Big White Boomer, aber es kam nahe dran.

Vielleicht war es gerade zu Besuch aus Western Australia bei seinen mickrigen Verwandten? Max bremste, Lizzy schlingerte, auf der Känguru-Matschepampe griffen ihre Reifen nicht richtig. Das Känguru kam näher, bzw. näherten wir uns dem Tier mit immer noch hoher Geschwindigkeit. Und das Känguru blieb einfach stehen und schaute uns stumpf entgegen. Der Fehler, den Max jetzt machte, war verzeihlich. Ich weiß nicht, wie ich in der Situation reagiert hätte. Der nicht verzeihliche Fehler war schon vorher von uns beiden gemacht worden. Es war die Entscheidung, weiterzufahren, anstatt anzuhalten und die Känguru-Sintflut schlafend abklingen zu lassen. Als Max nur wenige Meter vor dem Tier das Lenkrad herumriss, war ich mir sicher, dass wir es trotzdem erwischen würden. Aber tatsächlich verfehlten wir es haarscharf. Hätten wir es nur erwischt! Denn plötzlich hatten wir ein viel größeres Problem. Der Baum am Seitenrand der Straße, der nun in Lizzys gleißendes Scheinwerferlicht getaucht wurde, bereits gefährlich nahe war, war größer und massiver als das dickste Känguru. Er würde sicher nicht nachgeben. Erneut riss Max das Lenkrad herum. Lizzys Hinterräder brachen aus, langsam, ganz langsam schwang das Heck herum, herum, herum. Bis es uns überholte und mit brutaler Wucht seitlich gegen den Baum krachte. Wir wurden herumgeschleudert, ich hatte das Gefühl, das ich selbst mit meinem Körper den Baum gerammt hatte, so unvermittelt kamen wir zum Stehen.

»Also Jungs, tut mir echt leid, aber das Auto könnt ihr meiner Meinung nach vergessen«, sagte der Mechaniker und schüttelte mitleidig mit dem Kopf.

Wir waren immer noch völlig geschockt. Wir hatten zwar Glück gehabt, waren unverletzt geblieben. Aber es war knapp gewesen. Verdammt knapp. Was der Mechaniker uns gerade zu verklickern versuchte, nahm ich nur durch einen Schleier war. Lizzy kaputt. Na und? Hauptsache, wir leben. Oder? Moment mal, was redete der Typ da?

» … ist total verzogen. Das ganze Fahrgestell ist betroffen. Bevor man das repariert, wäre es theoretisch einfacher, das ganze Heck abzutrennen und ein neues dran zu setzen.«

Er lachte über seine eigene, abstruse Idee. Arschloch. Na ja, er war halt Handwerker und sagte, was Sache war. Max war scheinbar schon etwas fitter als ich. Er trat ein paar Schritte zurück und ging hinter Lizzys Heck in die Knie. Der Mechaniker tat es ihm gleich.

»Schau«, erklärte er, »du kannst das sogar mit bloßem Auge sehen. Der Baum ist kurz vor der Hinterachse reingeknallt. Der Blechschaden ist schlimm, aber nicht entscheidend. Entscheidend ist, dass sich durch die Gewalt des Aufpralls das Fahrgestell verzogen hat. Und das nicht zu knapp. Siehst du, dass die Räder nicht mehr fluchten? Zwar habt ihr Frontantrieb und der Motor und die Räder vorne sind auch noch in Ordnung. Aber wenn ihr so losfahren würdet, würdet ihr immer nur im Kreis fahren.«

Max stand auf. Er hatte wohl genug gesehen. Ich blickte ihn fragend an.

»Und, was meinst du?«

Max zögerte nur kurz.

»Also, ich verstehe ja nicht viel von Autos. Aber dass Lizzy im Arsch ist, kann sogar ich sehen. Von oben muss sie ja fast schon Bananenform haben.«

Scheiße, das war es dann wohl.

Unser Glück war, dass der Mechaniker zufällig einen anderen Toyota Hiace auf dem Hof stehen hatte. Allerdings war dieser blank, verfügte also nicht über einen Campingausbau. Wohl hauptsächlich auf Grund der Perspektive, Lizzys Campingausrüstung in das andere Auto einbauen zu können, bot uns der Typ 1000 Dollar. Wir nahmen das Geld. Lizzy war nur noch Schrott. Glück hatten wir nicht mit ihr gehabt. Aber immerhin lebten wir noch.

Nach Byron Bay kamen wir per Bus und zwar zwei Tage später. Wir hatten den Swell schließlich doch verpasst. Plötzlich heimatlos und tief deprimiert von der neuen Situation, mieteten wir uns in der Arts Factory ein, dies war ein bekannter Treff für Traveller. Wir waren an einem absoluten Nullpunkt angekommen. Auto kaputt, viel Geld verbrannt und auf Surfen hatten wir gerade auch keine Lust mehr. Ich weiß noch genau, wie ich von weitem das große schwarze Brett vor dem Eingang der Arts Factory sah. Ich war eigentlich gerade zu hoffnungs- und antriebslos, um zu schauen, was für billige fahrbare Untersätze oder noch schlimmer, was für Jobs angeboten wurden. Aber schließlich gab ich mir einen Ruck. »Mal gucken, vielleicht ergibt sich ja was.«, dachte ich und schritt auf das über und über mit Zetteln beklebte Brett zu. Wie das Schicksal es wollte, ergab sich etwas ganz großes.

Kapitel 14: Drachenboot

»Und Jungs, habt ihr Segelerfahrung?«

Dave, der Kapitän der »Dragon« benutzte tatsächlich das Wort »Sailing Experience«. Dabei war die Dragon ein Motorboot. Aus Holz zwar und schnittig, aber kein Segelboot.

»Äh, also ich war schon mal Windsurfen«, witzelte Max.

Oh Mann, Max. Dave sah nicht so aus, als ob er oft lachte. Und das hier war praktisch ein Vorstellungsgespräch. Aber Dave nahm es locker.

»Windsurfen, ja?«, er grinste schief. »Also du, Tom, hast mir ja schon am Telefon gesagt, dass ihr handwerklich was drauf habt. Ich brauche auf jeden Fall Leute, die zupacken können, das ist das Wichtigste. Wie man steuert und mit der Bordtechnik umgeht, zeig ich euch, das ist nicht schwer.«

Steuern, mit der Bordtechnik umgehen? Auf dem Zettel am schwarzen Brett hatte »Deckhands needed« gestanden. Das hatte ich mal frei mit »Leichtmatrosen gesucht« übersetzt. Ich war eher von Kartoffelschälen, Deck wischen und kleinen Reparaturen ausgegangen. Der Trip als solches, die Reiseroute hatte bei Max und mir den Ausschlag gegeben. Von Australien nach Malaysia mit einer Yacht! Die australische Ostküste von Brisbane aus hoch, die gesamte Nordküste entlang bis nach Darwin, vorbei an Timor, Indonesien, Singapur. Dass hörte sich nach einem Abenteuer an. Und zu allem Überfluss bekamen wir auch noch Geld dafür. *Falls* Dave sich für uns entschied. Dave erzählte uns später, es hätten sich nur Spinner und Waschlappen gemeldet. Deswegen hätte er uns genommen. Versöhnlich ergänzte er noch, dass er uns gleich angesehen habe, dass wir Jungs nicht von der ersten Welle von Bord gewaschen werden würden. Aus dem Mund von Dave war das fast schon ein unerhörtes Kompliment. Mit Lob ging er äußerst sparsam um. Auf jeden Fall gingen wir zwei Tage nach unserem Gespräch an Bord. Die Zeit drängte, das Boot sollte spätestens in fünf Wochen in Malaysia sein und es waren noch einige Dinge zu organisieren für die weite Reise.

Das Schiff war von einem malaiischen Geschäftsmann in Brisbane für einen Spottpreis gekauft worden, es sollte in Malaysia als Touristenattraktion in der Umgebung der Perhentian Islands cruisen. Mr. Ibrahim zeigte sich nur ein paar Mal an Bord des Schiffes. Er wuselte herum, schüttelte mir und Max fahrig die Hand und besprach die Details der Reise mit Dave. Ich konnte verstehen, dass er den Aufwand und die Kosten der Schiffsüberführung auf sich nahm. Die Dragon war ein schönes Schiff. Sie war im Stil einer chinesischen Dschunke gebaut, wie gesagt ganz aus Holz, mit einer Kapitänskabine und einer Kabine für die Mannschaft. Es gab eine Küche, zwei Toiletten und sogar eine Dusche. Die Brücke des Schiffes war großzügig, sie lag direkt über dem Motorenraum, in der Schiffsmitte. Im hinteren Bereich war eine große überdachte Fläche, wo man auf Kissen herumlungern konnte. Alles in allem für meine Begriffe eine Luxusyacht.

Von Brisbane bis zu dem kleinen Ort Besut in Malaysia waren es ungefähr 4000 Seemeilen. Dave schätzte, dass wir für die Strecke mindestens vier Wochen brauchen würden. Wenn nichts dazwischenkam und wir zügig vorankamen. Hier ergab sich schon das erste Problem: Das Schiff war schon älter und schluckte ziemlich viel Diesel, wieviel genau, weiß ich nicht mehr. Ich weiß nur noch, dass eine der ersten Aktionen von Max und mir darin bestand, leere Ölfässer auf beiden Seiten der Reling im vorderen Bereich des Schiffes zu vertauen. Zwölf Fässer insgesamt. Die Fässer würden vor dem Auslaufen mit Diesel befüllt werden.

»Damit wir nicht an jedem dämlichen Hafen anhalten und tanken müssen«, erklärte Dave.

Als nächstes vertauten wir einen Austauschmotor auf einer Holzplatte an der Schiffspitze, die den Bug überragte. Den Motor hatte Mr. Ibrahim vom vorherigen Eigner dazubekommen, Dave meinte, es könnte nicht schaden, ihn für alle Fälle mitzunehmen.

Während wir Fässer verschnürten, war eine Gruppe von Handwerkern damit beschäftigt, neueste Technik auf der Brücke zu installieren. Das Schiff war die letzten 15 Jahre hauptsächlich in der Moreton Bay vor Brisbane gecruist, dazu hatte es keine modernen Geräte gebraucht. Der vorherige Eigner war auch der bisherige Kapitän, er kannte die Gegend in- und auswendig. Aber jetzt sollte das Schiff hochseetüchtig gemacht werden, dazu war das Technikaufgebot notwendig. Eingebaut wurden: ein Sonargerät zur Tiefenmessung und zur Erfassung von Hindernissen unter Wasser, ein Radar zum Erfassen von Schiffen und Hindernissen über Wasser sowie ein mit GPS ausgestattetes Navigationsgerät. Das Navi enthielt die elektronischen Schiffskarten, an Hand welcher die Routenplanung erfolgen würde. Alle Funktionen, die man vom Autonavi kennt, waren vorhanden: Anzeige der Geschwindigkeit, zurückgelegte Seemeilen, einzuschlagenden Kurs sowie verbleibende Zeit bis zum Bestimmungsort. Am Abend saßen wir mit Dave in der Küche und schmökerten in der Bedienungsanleitung des neuen Navigationsgerätes.

»Was ist das denn für ein Scheiß?«, murrte Dave völlig entnervt. »Ich weiß ja nicht, wer das ins Englische übersetzt hat, aber dem Typen würde ich ganz gerne meine Meinung sagen.«

Mir war das seltsam holprige Englisch der Übersetzung auch schon aufgefallen. Hoffentlich hatte der chinesische Hersteller mehr Sorgfalt bei der Konstruktion walten lassen. Die deutsche Version der Anleitung fand ich im Gegensatz zur englischen durchaus verständlich. Das sagte ich Dave auch.

»Alles klar«, er grinste, »dann bist du hiermit zum ersten Steuermann befördert.«

Cool, drei Tage an Board und schon Offizier! Das ist etwas, das mir in Australien, aber auch in Asien aufgefallen ist. Die Leute fragen nicht, ob du einen Schein hast, der belegt, dass du etwas kannst. Sie lassen dich einfach machen. Geht's gut, darfst du weiterarbeiten, geht's in die Hose, fliegst du raus. Ganz einfach. Im Falle des Navigationsgerätes reichte sogar meine Aussage, dass ich mir zutraute, die Anleitung zu entschlüsseln. Das klappte ziemlich gut, die Programmierung des ersten Teils der Route von Brisbane bis nach Cairns war kein Problem. Dave war happy, ich auch. Nicht so gut klappte es mit meiner Seetauglichkeit. Ich wurde seekrank und zwar kaum, dass wir losgefahren waren. Was mich beruhigte, war, dass auch Dave von dem irren Geschaukel der Dragon angegriffen schien.

»Scheiß Schiff, nicht für Hochseefahrten ausgelegt, nimmt jede Welle mit«, fluchte er.

Das Gefühl hatte ich auch. Ein Gefühl, das sich zusehends in der Bauchgegend ausbreitete und langsam, aber sicher von meinen Eingeweiden Besitz ergriff. Der Bug der Dragon krachte in die kurzen, sich vor uns aufbäumenden Wellen, als wollte er sie zertrümmern. Das klappte zwar bis jetzt, aber die Erschütterungen ließen das gesamt Schiff erbeben. Mir war schlecht. Dave hatte Kopfschmerzen und war übel drauf. Nur Max schien das alles nichts auszumachen. Die erste Nacht wurde schlimm. Der Wellengang wurde höher, das Geschaukel und die Erschütterungen heftiger. Zu allem Überfluss machte sich auf der Brücke auch noch ein alles durchdringender Dieselgeruch breit, denn unten im Motorenraum leckte es an verschiedenen Stellen.

»Sagt mal Jungs, ihr habt nicht zufällig was zu kiffen dabei, oder?«

Ich traute meinen Sinnen nicht mehr. Hatten die Wellen, der Maschinenlärm und die Dieseldämpfe mich schon ins Delirium befördert, oder hatte Dave gerade nach Dope gefragt?

»Hallo, jemand zu Hause, Tom, Max? Habt ihr Marihuana dabei, Cannabis, Shit, oder wie immer das bei euch zu Hause heißt?«

»Äh, klar, warte mal.« Max stand auf und kämpfte sich schwankend und an allem, was er zu fassen bekam, festhaltend nach unten vor, in die Kajüte. Natürlich. Ich hatte schon geahnt, dass er regelmäßig heimlich einen durchzog. Er war auffallend still gewesen in den letzten Tagen. Max tauchte wieder auf, er zeigte Dave eine kleine, durchsichtige Plastiktüte, in der ich eine beachtliche Menge grüner Pollen erkennen konnte. Daves Stimmung hellte Zusehens auf.

»Oh yeah, Kumpel! Wenn du mir jetzt noch daraus eine Tüte baust, sind wir für immer beste Freunde. Ich kaue das Zeug ungern pur.«

Das ließ sich Max nicht zweimal sagen. Kiffen auf Anordnung des Kapitäns! Zu Befehl! Tatsächlich stellte sich raus, dass Marihuana in der Seefahrt manchmal medizinisch angeraten ist. Dave kiffte nämlich nur sehr selten, jetzt gerade wollte er damit seine Kopfschmerzen und die aufkommende Übelkeit heilen.

»Bei so einem Scheißwetter und Seegang wie jetzt«, führte er aus, »gibt es nichts Besseres, als die gute alte Mary Jane. Das betäubt nämlich den Gleichgewichtssinn ganz leicht, müsst ihr wissen. Ich weiß gar nicht, wie oft ich schon gekotzt hätte ohne die Gute.«

Damit nahm er einen langen Zug von dem Joint, den Max gebaut und ihm gereicht hatte. Ich schlug den Joint aus. Ich vertrage das Zeug nicht so gut, kriege davon leicht mal Visionen, die auch unangenehm werden können. Mein letzter Trip, der Max' weißen Hintern in den Dünen von Gracetown beinhaltete, hatte auch keinen allzu guten Nachgeschmack hinterlassen. Mir ging es also weiter ziemlich schlecht, während sich Dave und Max offenbar zunehmend besser fühlten und sogar anfingen, sich angeregt zu unterhalten. Ich bekam noch mit, dass Max eine CD von Van Morrison einlegte, zu Klängen von »Brown eyed Girl« schlief ich ein.

Gleich zu Beginn hatte Dave uns in Schichten eingeteilt, damit wir Tag und Nacht durchfahren konnten. Ich verschlief meine erste Schicht, als ich aufwachte, stand Max am Steuer. Es war schon hell, das Meer war spiegelglatt. Als hätte der Kampf zwischen den Wellen und dem Boot nie stattgefunden. Das hat mich immer am Meer fasziniert, seine unterschiedlichen Gesichter. Heute ist es ein brüllendes Monster, das dich herumschleudert und mit dir macht, was es will. Morgen ist es ein zahmes Kätzchen, das sich schnurrend um deine Beine wickelt. Das Geschnurre hörte in den nächsten sieben Tage nicht mehr auf. Die Dragon machte gute Fahrt, langsam krochen wir die Ostküste hoch. Es ging an Cairns und am Great Barrier Reef vorbei, immer weiter nach Norden. Ich programmierte die weitere Route ein, Max und ich entleerten die Dieseltonnen eine nach der anderen mittels eines speziellen Schlauchs in den Tank. Von Zeit zu Zeit hielten wir an einem Hafen an, um zu tanken. Wasser und Nahrungsmittel ergänzten wir bei solchen Gelegenheiten auch.

Die einzigen besonderen Vorkommnisse waren die ständig verstopften Toiletten. Aus Langeweile nahmen Max und ich eine nach der anderen komplett auseinander, überprüften Dichtungsringe und Verschlüsse. Die Dinger funktionierten mit Unterdruck, als wir die Dichtringe in der Pumpe etwas mit Vaseline eingefettet hatten, wurde es besser. Der ständige Motorenlärm und die Dieselausdünstungen setzten Max und mir zu. Wir hatten oft Kopfschmerzen. Von Zeit zu Zeit öffnete Dave die Luke zum Motorenraum, die sich in der Bootsführerkabine befand. Er stieg hinunter, überprüfte die Motoren und fluchte. Es trat viel Diesel aus, die Motoren waren ziemlich durch. Aber Dave hatte einige Tricks drauf, schraubte hier und da und die Dragon lief brav weiter.

Dave war zwar ziemlich ruppig im Umgang, manchmal konnte

er ein richtiger Arsch sein. Aber im Grunde war er in Ordnung, er hatte schon viel erlebt und seine Narben davongetragen. Nicht nur im übertragenen Sinne. Nachdem er mir einige Geschichten aus seinen jüngeren Tagen erzählt hatte, meinte ich ihn besser verstehen zu können. Wir standen gerade mal wieder mit einer Angel an der Reeling und versuchten, einen der dicken Thunfische zu erwischen, die sich von Zeit zu Zeit im Wasser zeigten. Meist hatten wir keinen Erfolg, vom Angeln hatte Dave genauso wenig Ahnung wie Max und ich. Aber es half etwas gegen die Langeweile.

»Ich war früher mal Kampftaucher. War auch in Vietnam. Wir waren jung und dumm damals, dachten wir wären unsterblich«, sagte Dave und blickte sinnend aufs Meer. »Ich war in so 'ner Spezialeinheit, in der wir ohne Geräte tauchen mussten. Wir haben uns hingesetzt, eine halbe Stunde hyperventiliert und dann ab ins Wasser. Ich konnte damals ewig lange unten bleiben, teilweise bis zu 20 Minuten. Das Tauchen ohne Geräte hatte den Vorteil, dass keiner mitbekam, wenn wir uns an ein Boot oder so heranmachten. Ich habe Sprengstoff an auf Anker liegenden Schiffen angebracht, Sabotage und andere Sachen, von denen ich nicht so gern erzähle.«

Er hob sein T-Shirt hoch. Quer über seiner Brust lief eine ca. 30 Zentimeter lange, rot-schwulstige Narbe.

»Ich war nicht so oft im Nahkampf, Gott sei Dank. Habe nur das hier als Erinnerung zurückbehalten. Kumpels von mir hatten nicht so viel Glück wie ich. Und der Typ, der mich mit seinem Bajonett gestreichelt hat, ist auch nie mehr glücklich geworden.«

Ich war beeindruckt. Ich hatte noch nie mit einem echten Vietnam-Veteranen gesprochen. Aber Dave wollte keine weiteren Kriegsgeschichten auspacken.

»Ich versuche, da nicht dran zu denken, weißt du«, blockte er meine Fragen ab. »Kommt mir heute eh alles wie ein irrer Traum vor. Manchmal, wenn ich so über den Ozean schipper, kann ich es gar nicht fassen, wie friedlich alles ist. Das war auf jeden Fall die beste Entscheidung in meinem Leben, mit diesen Bootsüberführungen anzufangen. Du glaubst ja gar nicht, wie viele reiche Leute es gibt, die gut dafür bezahlen, wenn man ihr Boot von A nach B bringt. Ich hätte am Anfang jedenfalls nicht geglaubt, dass ich davon dauerhaft leben kann. Geht aber ganz gut.«

Dave war ständig dabei, irgendein Boot zu überführen. Er lebte auf dem Wasser. Auch zu Hause in Melbourne hatte er kein Haus, keine Wohnung, keinen Wohnwagen, sondern ein Segelschiff, das ihm als Unterkunft diente.

»Wenn mir Melbourne mal auf die Nerven geht, verschwinde ich einfach, weißt du?«, erklärte Dave. »Ich segel nach Tasmanien rüber oder sonst wohin. Auf dem Meer komme ich runter, hier ist Platz. Und es sind keine Menschen da, man kann machen, was man will.«

Das war mir auch schon aufgefallen. Diese Freiheit, diese Wildheit. Wo fand man sowas heute noch? Zumindest in Deutschland war die ganze Natur verplant, verteilt und zugebaut. Ich hatte das Gefühl, dass die Menschen immer mehr zu minderbemittelten Anhängseln glänzender Maschinen und perfekter Computer wurden. Die gesellschaftlichen Abläufe erschienen mir heute unübersichtlich und anonym, ich hatte oft das Gefühl, in einem totalitären technokratischen System zu leben. Sozusagen Matrix ohne Stöpsel im Kopf. Alles musste technisch kontrolliert und überwacht werden. Und am Ende blieb nur wenig echtes Leben über. Jedenfalls wenig Leben, das sich für mich noch als echt, frei und wild anfühlte.

Surfen war für mich immer eine Flucht gewesen aus diesem

System. Ein letzter Ort der Freiheit und Wildheit, ein letzter Ort, wo andere Regeln galten als im menschengemachten System: die Regeln der Natur. Die Kräfte des Meeres und der Wellen zu verstehen, hatte mich Jahre gekostet. Und doch hatte ich nur einen Bruchteil verstanden, das war mir klar. Als Surfer wurde man regelmäßig daran erinnert, wie klein und unbedeutend man war. Denn immer wieder schlug die Natur unvermittelt zurück, durchkreuzte Vorstellungen und Pläne, lehrte Demut. Ich weiß nicht, wie oft ich vom Weißwasser wieder ans Land gespuckt wurde, ohne es in den Line Up geschafft zu haben. Ich weiß nicht, wie oft ich, von mehreren Setwellen gnadenlos unter Wasser gehalten und umhergewirbelt, halb ertrunken auf den Strand sank und mir schwor, nie wieder da raus zu gehen.

Auch jetzt, mit dem Boot irgendwo auf dem Meer, waren wir den Naturgewalten ausgeliefert. Wenn wir überleben wollten, mussten wir die Gesetze der Natur verstehen und uns in ihr ewiges Spiel einordnen. Wir mussten respektvoll mit ihr umgehen, durften nicht den Fehler machen, sie zu unterschätzen. Dann konnte es sehr schnell aus sein. Das war das Risiko, die eigene Verantwortung jedes Skippers. Andererseits bekamen wir dafür ein Maximum an Freiheit zurück. Max und ich steuerten die Dragon durch australische Gewässer, ohne dass irgendjemand einen Führerschein von uns sehen wollte – es war auch niemand da, der hätte fragen können. Das Meer war wüst und leer, nur ganz selten sahen wir in der Ferne ein anderes Schiff. Kein Vergleich zum Straßenverkehr in Deutschland, wo man ständig auf der Hut sein muss.

An Bord der Dragon gab es einige Aufgaben und auch knifflige Probleme, die gelöst werden mussten. Ich genoss es, mich in die Schiffsarbeit reinzufuchsen und die ständig anfallenden kleineren und größeren Wartungsarbeiten und Reparaturen selbstständig zu erledigen. Dave hatte ein Buch dabei, er nannte es die »Motoryacht Bibel«. Es war ein fetter Schinken, in dem von Navigation, Bordelektrik bis hin zu Motorenwartung alle Themen abgedeckt waren, die für Bootsführer interessant sein könnten. Ich verschlang das Buch, schaute ständig hinein und informierte mich über die jeweiligen Technikprobleme, die gerade aktuell waren. Ich bin ganz gut darin, mir Sachen selber beizubringen. Da sich während der Fahrt immer mehr herausstellte, wie marode die Dragon war, hatte ich genügend Gelegenheit, auf dem Schiff herumzulaufen und mich auszuprobieren. Ich kroch in die Eingeweide des Schiffes, um Fehler in der Bordelektrik aufzuspüren und um alte und brüchige Kabel auszutauschen. Wenn wir vor Anker lagen, tauchte ich unter das Schiff, um Schiffschraube und Ruder von Muscheln zu befreien, die sich dort über die Jahre und Jahrzehnte festgesetzt hatten. Ich entwickelte mich zu einem Experten im Umgang mit dem Navigationsgerät und bei der Routenplanung. Dave war froh, dass ich mich darum kümmerte und beschränkte sich auf die grobe Überprüfung der Strecke, die ich in den Computer eingegeben hatte.

Max drückte sich zwar nicht direkt vor den Arbeiten an Bord, aber er war dafür nicht zu begeistern. Er genoss es dagegen, am Steuer des Bootes zu stehen, einen Joint zu rauchen und laut Musik zu hören. Das war mir wiederum oft zu langweilig. Ich tauschte mit Max Steuerschichten gegen Reparaturarbeiten. Seit der Nacht, in der Dave und Max »aus medizinischen Zwecken« zusammen gekifft hatten, taten sie dies regelmäßig. Ich sagte nichts dazu, ich war damit durch, Max' Drogenkonsum zu kommentieren. Auch wenn mir THC im Straßenverkehr bzw. am Steuer nicht ganz geheuer ist – hier draußen konnte Max keinen Schaden anrichten. Um ein anderes Schiff zu suchen und zu rammen, hätte er sich schon richtig ins Zeug legen müssen. Außerdem schien mir die Stimmung auf dem Meer irgendwie ganz gut dazu zu passen, stoned zu sein.

Je länger ich Max kannte, desto mehr dämmerte es mir, dass auch Surfen für ihn wahrscheinlich nichts weiter war als eine Droge; ein Werkzeug, um sich selbst nicht zu spüren. Einen gewissen Pegel musste er ständig aufrechterhalten – sei es mittels Marihuana, Alkohol oder Frauen. Oder eben mittels Wellen. Was mir Angst machte, war, dass ich den Eindruck hatte, dass Max teilweise den Pegel ziemlich schnell erhöhen musste, um noch eine Wirkung zu spüren. Beim Surfen fiel mir das besonders auf. Immer größere, immer krassere Wellen. Immer mehr Risiko. Immer weniger den Rhythmus der Natur spüren, immer mehr auf Adrenalinwellen surfen. Vom inneren Wesen her waren wir uns ähnlich. Wir hielten es beide nicht gut mit uns selber aus, wollten von uns weg, warfen uns mit Begeisterung in Sachen und Aktivitäten hinein. Vielleicht war der Unterschied zwischen uns, dass ich eine Scheu hatte vor selbstzerstörerischen Aktionen und Max nicht? Seine Schmerzresistenz, die ich gleich zu Anfang bei ihm festgestellt hatte, war wirkliche keine positive Eigenschaft. Er hatte zu wenig Respekt vor sich selbst. Er ging über die Befindlichkeiten und Signale seines Körpers hinweg, er manipulierte mit Drogen seinen Geist und seine Emotionen, wie es ihm gefiel. Das schien zwar schon lange gut zu gehen, aber auf Dauer? Vielleicht übertrieb er es irgendwann mal mit der Dosis oder geriet an die falsche Droge? Ich hatte einfach keine Lust mehr, mir Gedanken darüber zu machen. Er war schließlich erwachsen. Und ich war nicht sein Erziehungsberechtigter, hatte es satt, mich wie ein spießiger Spaßverderber zu fühlen, der mit erhobenem Zeigefinger seine Weisheiten kundtut. Vielleicht war ich ja auf dem Holzweg und am Ende stellte sich raus, dass Max mit seiner radikalen Art mehr Erlebnisse, geilere Kicks, unterm Strich einfach mehr ausgeschüttete Glückshormone aufzuweisen hatte? Ich war mir manchmal nicht sicher. Seine Frauengeschichten hatten insgeheim des öfteren einen gewissen Neid bei mir geweckt, auch für seine Surfakrobatik und die riesigen Barrels, die er in seiner besten Zeit in Northpoint bestritten hatte, zollte ich ihm Respekt. Brauchte ich das alles wirklich nicht oder traute ich mich in Wirklichkeit einfach nicht, »das Tier« in mir rauszulassen, das Max frei herumstreunen ließ? War ich vielleicht in Wirklichkeit nur verklemmt und ein Angsthase? Solche Fragen und Zweifel hielten aber nicht lang bei mir an. Denn eine Sache hatte ich kapiert: Zwar hatten Max und ich ähnliche Wesenszüge. Wir lebten diese aber in vielen Belangen völlig konträr aus. Wo er sich ins Getümmel warf, zog ich mich zurück, wo er die Lautstärke hochdrehte, achtete ich auf die leisen Klänge. Vielleicht verstanden wir uns deswegen teilweise so gut. Wie Ying und Yang, wie Feuer und Wasser. Jeder Mensch wird bis zu einem gewissen Grad in äußerliche Lebensumstände, Formen des Körpers und der Seele hineingeboren. Man kann viel verändern, an sich arbeiten, sich etwas an- oder abgewöhnen. Aber manche Dinge sind fix. Und das ist auch okay so. Letztlich ist jeder von uns nicht nur Teil der Natur, sondern selbst ein lebendiges Stück Natur. Ich sah immer mehr einen Sinn darin, das Wesen der mich umgebenden Natur zu respektieren. Gleichzeitig begann ich, mein eigenes Wesen gelassener und liebevoller wahrzunehmen. Selbst wenn ich manchmal ein verkopfter, introvertierter Bedenkenträger war.

Beim Surfen hatte mich Max' Kamikaze-Einstellung oft genervt, weil es die Qualität meines eigenen Erlebens einschränkte.

Aber hier auf dem Boot war es mir mehr und mehr egal, was er machte. Wenn er den ganzen Tag bekifft sein wollte, bitte. Ich widmete mich der Arbeit am Boot und fand darin meine Erfüllung. Jeder sucht sich halt etwas anderes.

Als wir die nordöstliche Spitze von Australien umfahren hatten und in den Golf von Carpentaria einfuhren, war auch dieser anfangs ein zahmes Kätzchen. Aber Dave war schon lange Kapitän, er wusste, dass das Kätzchen sich in kürzester Zeit in einen Tiger verwandeln konnte. Er hatte mit zunehmender Unruhe dem Wetterbericht gelauscht, die Seekarte gecheckt und die Stirn in Falten geworfen. Jetzt schlug er Alarm: »Alle Mann in die Takelage! Geht einmal durchs komplette Boot und stellt sicher, dass keine Teile herumliegen, die sich selbstständig machen können. Und dann zurrt noch mal die Dieselfässer und den Motor vorne schön fest, wir kriegen schwere See.«

Noch während wir vorne am Motor herumhantierten, bemerkten wir dunkle Wolken in Fahrtrichtung. Der Tiger war los.

Ich würde gerne behaupten, dass ich keine Angst hatte, dass ich mir nicht beinahe in die Hosen gemacht und mich nicht mindestens dreimal übergeben habe. Aber es ist wie es ist. Auf dem Surfbrett machen mir Wellen nichts aus. Im Gegenteil. Ich fühle mich in meinem Element. Aber auf der Dragon hin- und hergeworfen zu werden, war nicht mein Ding. Das Schiff wurde brutal verprügelt, gegen Wellenwände geworfen, um im nächsten Augenblick ins Leere zu fallen. Ich musste kotzen. Max auch. Dave stand mit einer Tüte im Mundwinkel seinen Mann, machte sich aber Sorgen. Der Motor am Bug hatte sich durch die ständigen Erschütterungen nur ein wenig aus den Tauen gelöst, aber das reichte. Wie ein riesiger Hammer schlug er im Takt der Wellen auf die Spitze des Schiffes ein. Bummm. Bummm. Bummm.

»Das Teil haut uns noch den ganzen Bug kaputt«, kommentierte Dave, halb schreiend über das Chaos hinweg, das offensichtliche. Max und ich hingen groggy in den Seilen und nahmen es zur Kenntnis. Auf der Brücke befanden wir uns nur, damit wir von Zeit zu Zeit zum Fenster taumeln und den Kopf heraushalten konnten. Der Motor hatte bereits die Holzplatte an der Spitze des Schiffes zerstört, die gesamte Platte sah aus, als würde sie demnächst nachgeben. Im blödesten Fall würde der Motor dann vorne vor dem Bug rumbaumeln. Was er dort für Schaden anrichten könnte, wollte ich mir gar nicht ausmalen.

»Sinken werden wir deswegen wahrscheinlich nicht gleich«, schrie Dave, »aber Mr. Ibrahim wird einen Nervenzusammenbruch kriegen, wenn wir mit eingeschlagener Fresse nach Hause kommen. Wer hat eigentlich die bescheuerte Idee gehabt, das Teil gerade da vorne zu vertäuen?«

Ich wusste es nicht mehr. Aber es hatte ja auch niemand damit gerechnet, dass das Boot so anfällig für schwere See war. Und, dass wir in einen Todessturm geraten würden.

Dave grübelte vor sich hin, wägte das Risiko ab, während er das Steuer mit beiden Händen fest umschlossen hielt. Selbst der Joint war ausgegangen.

»Okay, Spezialaktion. Wer meldet sich freiwillig?«, rief er, anscheinend war er zu einer Entscheidung gelangt.

Ich war völlig fertig, Max auch. Spezialaktion? Freiwillig? Das hörte sich aus dem Mund eines Ex-Vietnam Veterans nicht gut an.

»Was wird das denn genau für eine Aktion, Dave?«, fragte ich, Gefahr witternd.

»Ist doch klar«, antwortete er, »der Motor muss weg. Das könnt ihr unter euch ausmachen, wer das macht, ist mir es egal. Auf jeden Fall muss der Motor weg.«

Dass der Motor weg musste, war wohl richtig. Hätte ich ihn wegzaubern können, hätte ich das schon getan. Aber jetzt nach vorn und an den Tauen raumschnibbeln? Der vordere Teil des Schiffes wurde von Wellen überspült, die Spitze der Dragon verschwand immer wieder in einem Wellenberg. Und zu allem Überfluss sprang der Motor herum wie ein tollwütiger Mustang. Alleine das hätte schon als Grund ausgereicht, sich ihm tunlichst nicht zu nähern. Aber, es war wie es war: Das Ding musste weg. Ich stand auf. Wenn es keinen anderen Ausweg gibt, dann halt Zähne zusammenbeißen und durch.

»Ah, wir haben einen Gewinner.« Dave hätte wahrscheinlich in die Hände geklatscht, hätte er das Steuerrad nicht fest umklammert halten müssen.

»Also gut! Tom: Schwimmweste an! Max, schnapp dir das Tau da und bind das deinem Kollegen um die Hüfte. Mit Palstek, wir wollen ihn ja nicht lynchen. Du gehst dann schön vorsichtig raus und Max lässt Seil nach. Führ das über den Holzgriff da, sonst kannst du ihn im Fall der Fälle niemals halten.«

Mir kam die Aktion mit dem Seil zwar etwas sinnbefreit vor, aber ich sagte nichts. Wenn ich tatsächlich über Bord gehen würde, wie wollten sie mich wieder reinholen? Dave war ans Steuer gebunden und bei dem Wellengang würde ich meiner Einschätzung nach da draußen trotz Rettungsweste mehr unter als auf dem Wasser sein. Nicht nachdenken, machen. Ich ging zur Kajütentür.

»Jungs, war schön mit euch. Max, du kannst meine Surfbretter haben.« Ich trat hinaus.

Um es kurz zu machen: Ich starb nicht. Ich wurde von Wellen um- und überspült, aber ich war schnell vorne beim Motor und schnitt die Taue durch. Er hing sowieso schon halb über die Reling und plumpste sofort nach unten. Diese Aktion war also erfolgreich. Aber der ganze Golf von Carpentaria war ein einziges Desaster. Der Sturm lies nicht nach, ich verlor jegliches Zeitgefühl. Manchmal dämmerte ich ein, manchmal schleppte ich mich zum Fenster, in den wenigen fitten Momenten übernahm ich von Dave das Steuer. Sobald die Küste in Sicht kam, suchte Dave nach einer Stelle zum Anlegen, die halbwegs von Wind und Wellen geschützt war. Einen Hafen gab es in der Nähe nicht, aber wir fanden eine Bucht, die durch eine vorgelagerte Insel von den Wellen geschützt war. Dort versteckten wir uns für die nächsten drei Tage. Wir genossen die Ruhe, das Ende des Geschaukels, des Lärms, der Anspannung.

Es waren keine anderen Schiffe da, auch am Ufer waren nirgendswo Spuren menschlichen Lebens zu sehen. Aber wir waren nicht allein. Einige riesige Salzwasserkrokodile trieben im ruhigen Wasser in der Nähe unseres Bootes umher. Sie schienen uns nicht einen Augenblick aus ihren kleinen bösartigen Augen zu lassen. Als ich am dritten Tag in einer Art Bordkoller ankündigte, ich würde gleich das Paddelboot zu Wasser lassen, zum Ufer rudern, mich durch die Büsche schlagen und bis nach Darwin laufen, lachte Dave nur.

»Wenn dich die Kroks nicht holen, dann holen dich die Schlangen, verstehst du?« Er zeigte hinüber zum Ufer. »Von den 1000 giftigsten Schlangen der Welt warten 999 da drüben auf dich.«

Ich war etwas besänftigt. Vor Schlangen, Kakerlaken, Ratten und anderem Getier hatte ich Respekt. Statt zu fliehen oder durchzudrehen vertrieben wir uns die Zeit mit Brettspielen und Kochexperimenten. Von meiner selbstkreierten »Pfannenpizza« bekamen wir alle wahnsinnige Bauchschmerzen, Blähungen und Durchfall. Der Teig war wohl in der Pfanne nicht ganz aufgegangen. Wir waren froh, als der Wind und die Wellen sich beruhigten und die Fahrt nach Darwin weitergehen konnte.

Darwin empfand ich als völlig unscheinbar und langweilig. Irgendwie hatte ich gedacht, dass sich etwas besonderes hinter dem bekannten Namen verbarg. Dem war nicht so. Aber Max und ich fanden es trotzdem einfach nur großartig, festen Boden unter den Füßen zu haben. Wir liefen herum und genossen es, dass nichts wackelte oder vom Untergang bedroht war. Als wir nach unserer Stadtexkursion wieder an Bord der Dragon kamen, saß Dave in der Küche. Er war gerade dabei ein Gewehr (ein Gewehr?) zu säubern. Es lag noch eine Pistole auf dem Tisch. Kein Westerncolt, sondern irgendetwas mit einem einschiebbaren Magazin, so genau kenne ich mich da nicht aus.

»Hi Dave, na, greifen die Komantschen gleich an?«, witzelte Max, trat an den Tisch und beäugte neugierig die Waffen.

»Hi Jungs, na, Landgang schon beendet? War der Puff zu, oder was?« Dave lachte dreckig, hielt kurz mit dem Putzen inne und lugte in den Lauf des Gewehrs. Er grunzte zufrieden und nahm seine Putztätigkeit wieder auf. »Nee, keine Indianer. Obwohl, fast. Indo-Piraten. Die sind schlimmer als Komantschen. Indianer kapern keine Boote.«

»Komm schon Dave, jetzt mal im Ernst. Wozu brauchen wir die Waffen? Wo kommen die überhaupt her?«, fragte ich.

»Die hatte ich die ganze Zeit in meiner Kajüte. Aber weil wir morgen auslaufen, dachte ich, es ist mal langsam an der Zeit, sie in Ordnung zu bringen und euch einzuweisen. Im Notfall müsst ihr auch wissen, wo sie sind. Und vor allem, ihr müsst damit umgehen können. Ich nehme mal an, sowas lernt man nicht bei euch in Deutschland? War einer von euch beiden beim Militär? Habt ihr schon mal mit scharfer Munition geschossen?«

Ich hatte den Grundwehrdienst bei der Bundeswehr mitgemacht, dann aber, hauptsächlich wegen einer Mischung aus Frustration und Langeweile doch noch verweigert. Den Wehrdienst wegen Gewissensgründen verweigern, konnte man damals zu jedem Zeitpunkt, auch wenn man bereits bei der Bundeswehr war. Das machte bloß fast keiner. Auf jeden Fall hatte ich die Ausbildung am Gewehr noch absolviert, deswegen konnte ich Daves Frage in diesem Moment doch irgendwie stolz mit »Ja« beantworten. Max verneinte.

»Ist eigentlich auch egal. Dieses Baby hier«, Dave hielt das Gewehr hoch, »wird sowieso neu für euch sein. Außer, die deutsche Armee ist noch schlechter, als ich es für möglich halte. Das ist nämlich noch aus dem zweiten Weltkrieg. Ich hab's von meinem Vater geerbt. Wir machen morgen, wenn wir draußen auf See sind, Schießübungen.«

Schießübungen, Piraten, Weltkrieg? Max reagierte, wie gewöhnlich in solchen Situationen, etwas unwirsch:

»Dave, sag mal, was ist überhaupt los? Hast du ohne mich gekifft oder was?«

Dave legte das Gewehr behutsam zur Seite. Auch wenn es alt war, sah es gepflegt und beeindruckend gefährlich aus. Und die Handfeuerwaffe glänzte bedrohlich mattschwarz und ölig vor sich hin. Er lehnte sich zurück und nahm uns in den Blick.

»Es ist so Jungs, in der Javasee und in der Straße von Malakka kommen öfter mal Schiffe abhanden. Meistens Containerschiffe, aber einige Yachten hat es auch schon erwischt«, sagte er, plötzlich sehr ernst.

»Was heißt das denn bitte ›abhanden‹?«, fragte Max.

»Na ja, manchmal rauben sie die Besatzung nur aus und verschwinden wieder, manchmal nehmen sie das Schiff mit und verlangen Lösegeld für Schiff und Besatzung. Und manchmal verschwindet ein Boot einfach und keiner weiß, was los ist.«

Ich fand alle drei Varianten ähnlich unattraktiv. Deswegen also die Waffen. Piraten in der Javasee. Klar. Das war die logische Steigerung zu den Krokodilen. Langsam wurde der Trip filmreif. Wir standen noch eine Weile da und sahen Dave zu, der die Waffen reinigte, was zu zerlegen war zerlegte, was zu ölen war, ölte. Er machte das routiniert, ruhig und genau. Er hatte das schon oft gemacht, das sah man.

Am nächsten Tag liefen wir aus. Auch als wir den Hafen verlassen hatten, blieb die See spiegelglatt. In sicherer Entfernung von der Küste stoppte Dave die Motoren und warf einen zugeschraubten leeren Plastikkanister ins Wasser. Während Max und ich zuschauten, wie er langsam davontrieb, ging Dave nach unten und holte das Gewehr aus seiner Kajüte. Unser Auftrag war es, den Kanister zum Sinken zu bringen. Er war nicht groß und schon gute zehn Meter weit weg. Ich war als erster an der Reihe. Ich legte an, presste den Gewehrkolben, wie ich es bei der Bundeswehr gelernt hatte, mit voller Kraft an die Schulter, visierte den Kanister an und schoss. Der Rückstoß der Waffe war nicht ansatzweise so heftig, wie das bei dem G3 der Fall war, mit dem ich im Wehrdienst geschossen hatte. Auch der Knall kam mir leiser vor, obwohl ich keine Ohrstöpsel drinnen hatte. Damals war ich von der Lautstärke und der Kraft des Rückstoßes ganz beeindruckt gewesen, daran konnte ich mich noch genau erinnern. Dagegen war das hier Kindergarten. Nachdem ich herausgefunden hatte, dass die Waffe etwas nach links zog, landete ich schließlich zwei Treffer direkt hintereinander, obwohl der Kanister inzwischen ziemlich weit entfernt war. Dave und Max johlten. Nun war Max an der Reihe. Dave warf einen zweiten Kanister ins Wasser.

Max machte seine Sache gut, traf nach mehreren Fehlschüssen ebenfalls zweimal. Damit war Dave zufrieden:

»Wir wollen ja niemanden erschießen, hauptsächlich dienen die Waffen der Abschreckung. Damit zur Not jeder sehen kann, dass wir nicht völlig wehrlos sind. So. Und jetzt zeige ich euch noch, wo ich den Schlüssel aufbewahre, dann hätten wir das auch abgehakt.«

Die nächsten Tage waren ziemlich ereignislos. Ich hatte mir irgendwie vorgestellt, dass wir einmal an den gesamten Surfspots Indonesiens vorbeifahren würden. Ich hätte Roger gerne von Bord aus zugewinkt. Aber das war natürlich Quatsch. Auf Grund der an der Westseite des indonesischen Archipels regelmäßig auftretenden hohen Dünung hielten wir uns vor Timor rechts beziehungsweise backbord. Wir fuhren in die Javasee ein, wo das Wasser nach Daves Auskunft erheblich ruhiger war. Wir stoppten in Dili, Ost Timor, um noch einmal Diesel zu tanken. Die Stadt wimmelte von Einsatzkräften der UN. Das kleine Land hatte erst vor kurzem seine Unabhängigkeit von Indonesien erlangt, die Blauhelme sollten für Ruhe und Ordnung sorgen. Tatsächlich war die Lage entspannt, Max und ich unternahmen einen kleinen Ausflug zu einer riesigen Jesus-Statue, die am Rande von Dili auf einem Felsen stand und die Stadt überblickte. Ob die Ähnlichkeit zu Rio de Janeiro beabsichtigt war? Am folgenden Tag fuhren wir in unverändert ruhiger See weiter. Vier Tage lang passierte praktisch nichts. Linker Hand kamen in der Ferne die Küsten der unterschiedlichen indonesischen Inseln in Sicht und verschwanden wieder. Sonst nur Sonne, blauer Himmel und spiegelglattes Wasser. Die Fahrt war so langweilig, dass ich Max' Reaktion auf den Piratenangriff fast verstehen kann. Er brauchte Action. Und die bekam er.

Im Nachhinein bin ich mir nicht so sicher, ob die Piraten eigentlich wirklich Piraten waren. Als das Motorboot hinter uns auftauchte, schnell mit uns aufschloss und dann einige Zeit in etwa 50 Meter Entfernung mit uns auf gleicher Höhe fuhr, dachte ich zuerst, dass seien nur Fischer, die die ungewöhnliche Dragon bestaunten. Komisch war allerdings, dass sie nicht reagierten, als ich ihnen zuwinkte. Dann kamen sie langsam näher. Das Boot war vollbesetzt mit Männern, acht waren es. Freundlich sahen die Kerle wirklich nicht aus, eher dunkel und grimmig. Kein Lächeln, kein Gruß. Ich kann verstehen, dass sie Max nervös machten, mich machten sie auch nervös. Max wurde richtig hibbelig, schaute immer wieder zu Dave. Dave war gerade am Steuer, auch er hatte das Boot mit zunehmender Sorge beobachtet. Ich meinte ihm ansehen zu können, wie er mit sich rang. Mit Waffen drohen, das war ein schwerwiegender Schritt. Wahrscheinlich wusste Dave nur zu gut, wie leicht so eine Situation eskalieren konnte. Andererseits, wozu, wenn nicht für genauso ein Szenario hatten wir die Dinger überhaupt an Bord? Dass moderne Piraten vorm Entern die Totenkopfflagge hissten, davon konnte man wohl nicht ausgehen. Und wenn das Boot erst einmal heran und die Männer bei uns an Bord waren, war es zu spät. Andererseits: Hätten sie nicht schon längst zugeschlagen, wenn Sie das vorgehabt hätten? Oder checkten sie uns noch aus, wägten ab, ob wir als Opfer lohnten?

»Hey Dave, sag mal, wäre es nicht an der Zeit, die Knarren zu holen?«, unterbrach Max meine Gedanken. Er vibrierte vor Anspannung. Aber Dave zeigte keine Reaktion.

»Dave?«

»Jaja, meinetwegen, renn los!«, sagte Dave schließlich, nach einer gefühlten Ewigkeit, leise. Es klang resigniert. So als dächte er: »Hört das denn nie auf, ich dachte, mit der Nummer wäre ich durch.«

Max war schon in der Kajüte, als Dave »los« sagte und so schnell wieder oben, dass wir überrumpelt waren. Sonst hätten wir ihn vielleicht noch zurückgehalten. Max war im »Kampfmodus«. Ohne weiter zu fragen, stürmte er mit dem Gewehr aus der Kajüte, schob mich vom Seitenfenster der Brücke zur Seite, legte an und entsicherte das Gewehr. Das machte unseren Kapitän wieder munter.

»Verdammt Max! Gib mir das Gewehr! Wir wollen die nicht erschießen, wir wollen denen erstmal nur einen Schrecken einjagen! Tom, ans Steuer!«

Als Max sich umdrehte, vielleicht um etwas zu erwidern, löste sich der Schuss. Innen, in der Brückenkabine, kam er mir wesentlich lauter vor als draußen bei unseren Schießübungen. Die Männer auf dem Boot, das zu diesem Zeitpunkt nur noch etwa fünfzehn Meter von uns entfernt war, schrien. Zuerst dachte ich, Max hätte jemanden getroffen. Aber wie es den Anschein machte, war das nicht der Fall. Unsere Nachbarn wirkten alle quietschfidel, fuchtelten mit den Armen und schrien böse zu uns herüber. Zwei von ihnen hatten plötzlich gefährlich aussehende Macheten in der Hand, fuchtelten damit in der Luft herum.

Sobald ich das Steuer übernommen hatte, stürmte Dave zu Max und riss ihm das Gewehr aus der Hand.

»Du Idiot. Hast du jemanden getroffen?«

»Nö, glaube nicht.«

Max war alles andere als kleinlaut, er schien überzeugt, gerade einen Piratenangriff abgewehrt zu haben. Vielleicht war es ja auch so. Dass wir bewaffnet waren, fand ich in diesem Augenblick auf jeden Fall beruhigend. Denn selbst wenn die Männer vor Max' Schuss noch keine Piraten waren – nach seinem Schuss schienen sie zumindest in Erwägung zu ziehen, ob sie unser Boot kapern sollten. Das Motorboot kam noch näher heran und die offenbar aufgebrachte Besatzung steigerte noch mal ihr Gebrüll. Die abgewetzten Macheten sahen auch aus der Nähe nicht freundlicher aus. Jetzt hatte auch Dave genug, er zielte auf das herankommende Boot und rief etwas, ich denke, es war indonesisch. Als sich der Kurs des Bootes nicht veränderte, hob er die Waffe und gab einen Warnschuss über die Köpfe der Männer hinweg ab. Das wirkte schließlich. Das Boot entfernte sich langsam und dann immer schneller. Der Spuk war vorbei. Und wir waren voll auf Adrenalin. Ganz ohne Surfen.

Kapitel 15: Lebenslänglich Insel

Manchmal macht man Fehler, über die man später lachen kann. Manchmal macht man Fehler, die man sein ganzes Leben lang bereut. Ich konnte Max bis jetzt nicht fragen, aber ich bin mir ziemlich sicher, dass er noch nicht über seine Dummheit gelacht hat. Singapur ist bekannt für sein hartes Durchgreifen im Dienste von Recht und Ordnung. Sogar ein ausgespucktes Kaugummi kann hier schon eine hohe Geld- oder gar Prügelstrafe nach sich ziehen. Vorausgesetzt, man schafft es, ein Kaugummi nach Singapur zu schmuggeln. Denn einfach zu kaufen gibt es die dort nicht.

Der Zollbeamte war wohl darauf aus, Kaugummis, Zigaretten oder sonst etwas Verbotenes zu entdecken. Als er den Joint aus Max' Hemdtasche zog, schien er für einen Augenblick überfordert. Wahrscheinlich hatte er in der Polizeischule gelernt, wie sowas aussah. Aber in echt? Hier, an der Grenze, nein, bereits in Singapur (der malaiische Zollbeamte hatte uns schon durchgewinkt)? Sowas war sicher noch nie vorgekommen. Als er langsam begriff, was er da in der Hand hielt, verzog sich sein Gesicht zu einer empörten und angewiderten Grimasse. Es machte den Anschein, als würde er am liebsten seine Waffe ziehen, um Max an Ort und Stelle zu erschießen. Genickschuss in aller Öffentlichkeit, nur zur Abschreckung versteht sich. Gott sei Dank hatte er keine Schusswaffe. Drei andere Beamte hatten die Szene mitgekriegt, der anklagend hochgehaltene Joint wirkte wie magnetisch auf sie. Sie fingen an, irgendwas zu schreien, stürmten hinzu, griffen sich Max und führten ihn ab. Das alles ging so schnell, dass weder Dave noch ich reagieren konnten. Die ganze Szene kam mir ziemlich übertrieben vor, denn Max stand nur völlig perplex da, er war weit entfernt davon, Widerstand zu leisten oder gar einen Fluchtversuch zu starten. Und wohin hätte er auch fliehen sollen? Zurück in die Arme der malaiischen Zöllner? Wahrscheinlich brannte bei den Grenzern angesichts des Joints einfach irgendeine Sicherung durch. Gut, die Tüte war wirklich wie aus dem Bilderbuch. Ich wusste gar nicht, dass Max noch große Blättchen hatte. Die perfekte, nach oben dicker werdende Form wirkte vor dem Hintergrund der bürokratisch-aufgeräumten Zollstation fast schon obszön. Selbst, wenn nur Tabak in dem Teil gewesen wäre, hätten sie allen Grund gehabt, Max wegen groben Unfugs einzusacken. Offenbar war aber nicht nur Tabak drin. Denn ich habe Max seitdem nicht mehr gesehen. Das letzte, woran ich mich erinnere, ist, dass er den Mund in typischer Maxweise verzog. Von wegen: »Mist, da war doch noch was?« Verstrahlt wie er war, bekam er die ganze Geschichte wahrscheinlich kaum mit. Ich hoffe, es gibt auch in singapurischen Gefängnissen genug Drogen. Oder sind hier sogar die Gefängnisse frei von Kaugummi und Koks?

Die Mitarbeiterin der deutschen Botschaft, der ich zwei Stunden später gegenübersaß, sah nicht so aus, als könnte sie mit solchen Fragen etwas anfangen. Ernst und sachlich setzte Sie mir auseinander, dass weder sie noch ich im Augenblick etwas für Max tun konnten.

»Sie dürfen das jetzt nicht falsch verstehen«, versuchte sie mich zu beruhigen. »Sie müssen sich keine Sorgen um ihren Freund machen. Er wird sicher nicht schlecht behandelt, geschlagen oder so etwas.« Sie zuckte hilflos mit den Schultern »Aber wenn es um Drogen geht, versteht die Polizei hier überhaupt keinen Spaß. Wir werden selbstverständlich alles in unserer Macht Stehende tun. Aber im Moment sieht es schlecht aus.«

Ich konnte es immer noch nicht fassen. Max im Gefängnis? Wie lange? Konnte ich ihn sehen? Was erwartete ihn? Soweit ich informiert war, wurde Drogenbesitz in Singapur mit härtesten Strafen geahndet. Auch die Todesstrafe wurde hier noch regelmäßig vollstreckt. Das war doch alles ein schlechter Traum, oder?

»Aber Sie erzählen mir jetzt nicht gleich, dass mein Freund morgen in aller Frühe an einem der vielen Wolkenkratzer baumelt, oder?« Ich hatte dieses Land schon jetzt unbekannterweise satt. So ein Tamtam wegen eines Joints! Die tickten ja nicht ganz sauber.

»Also, ich muss Sie schon sehr bitten«, empörte sich die Dame. »Was stellen Sie sich eigentlich vor! Die Autoritäten hier sind, wie bereits gesagt, äußerst korrekt in ihrem Vorgehen. Schließlich hat ihr Freund versucht, Cannabis nach Singapur zu schmuggeln. Das wird hier als Kapitalverbrechen behandelt.«

Sie schien jetzt richtig in ihrer Amtswürde oder worin auch immer beleidigt. Aber ich war schon zu angefressen und mitgenommen, um darauf Rücksicht zu nehmen.

»Das können Sie doch nicht ernst meinen, mein Freund ist doch kein Schmuggler!«, rief ich, nun meinerseits ziemlich aufgebracht. »Was soll das überhaupt für eine bescheuerte Schmuggelaktion sein, bei er jemand in der Hemdtasche einen fünfzehn Zentimeter langen Joint transportiert? Der Typ war komplett stoned, okay? Wenn er irgendwo THC nach Singapur geschmuggelt hat, dann in seinem Blut. Ist das hier auch ein Kapitalverbrechen?«

Die Dame vereiste zusehends. Und ich war ehrlich besorgt. Wenn die Polizei hier wirklich so blöd oder bösartig war, Max als Schmuggler zu behandeln, sah es schlecht aus. Dass westliche Drogenschmuggler in Singapur hingerichtet wurden, kam häufiger vor, das war mir aus den Medien bekannt. Das Gespräch mit der Botschaftsvertreterin ging noch ein bisschen hin und her, aber Fazit war, dass ich nichts machen konnte. Außer abwarten und Teetrinken, wie wir in Ostfriesland zu sagen pflegen.

Aber selbst das war mir nicht mehr vergönnt, denn Dave drängte zum Aufbruch. Es war Daves Idee gewesen, einen Tag Sightseeing in Singapur einzulegen. Wir hatten gut in der Zeit gelegen – aber inzwischen war der Zeitpuffer aufgebraucht. Wir warteten jetzt schon seit vier Tagen auf ein offizielles Statement der singapurischen Behörden und auf ein Lebenszeichen von Max. Fehlanzeige. Das einzige, was mir die deutsche Botschaft mitgeteilt hatte, war, dass Max auf eine der Singapur vorgelagerten Inseln gebracht worden war. In ein Gefängnis für Schwerverbrecher.

»Es gefällt mir ja auch nicht, Max hier in irgendeinem Gefängnis zurückzulassen«, stöhnte Dave. »Aber sieh's mal pragmatisch: Was ändert es, wenn wir hierbleiben? Nichts. Was kannst du hier für ihn tun? Nichts. Die von der Botschaft haben dir das doch schon tausendmal gesagt: Wenn überhaupt, haben die Botschaft und ihre Anwälte eine Chance, Max da rauszuholen. Und selbst die beißen auf Granit. Offenbar hat da irgendjemand Max ganz doll lieb und will ihn erstmal für sich behalten.«

Dave hatte Recht. Es brachte nichts. Und Mr. Ibrahim wartete. Die offizielle Bootstaufe und Jungfernfahrt zu den Perhentian Inseln war organisiert, die Gäste waren eingeladen. Die Party sollte in sechs Tagen stattfinden. Es wurde höchste Zeit, die Leinen loszumachen.

Drei Tage später. Als Dave das Boot mit gewohnter Lässigkeit an den Anleger manövrierte, wurde ich kurz nostalgisch. Wenn eine Bootsfahrt endet, ist das immer etwas Besonderes. Vielleicht, weil das Anlegen an Land so bildhaft ist: Der Übergang zu etwas Neuen und das Ende etwas Vergangenem, nur noch in Erinnerung Bestehenden, wird darin greifbar. Das Ende einer Reise. Das Ende meiner Reise? Wie es von hieraus weitergehen würde, darüber hatte ich mir noch keine Gedanken gemacht. Ein neues Land, das entdeckt werden konnte, vielleicht neue Wellen, die geritten werden wollten? Ohne Max? Er fehlte mir. Trotz allem, was zwischen uns passiert war und im Argen lag. Er war mir in den letzten Monaten nahe gekommen und vertraut geworden. Wie nahe und vertraut, begriff ich erst jetzt, wo er nicht mehr da war und mich nicht mehr nervte. Ich vermisste ihn und hätte diesen Augenblick gerne mit ihm geteilt.

Mr. Ibrahim schüttelte uns hocherfreut die Hände. Zwar zeigte er sich um das Schicksal von Max besorgt und versprach, seine Geschäftskontakte zu bemühen, um Max' Haft abzukürzen. Aber waren das nicht nur nette Worte? Ob er es wirklich ernst meinte? Er kannte Max ja kaum. Dass das Boot endlich vor Anker lag und für die Jungfernfahrt flott gemacht werden konnte, war ihm bestimmt momentan wichtiger. Ich konnte ihn verstehen. Die Dragon war mehr als einen Monat auf See gewesen, die Überführung musste Unmengen Geld verschlungen haben. Jetzt wollte Mr.

Ibrahim Erfolg vermelden und sich als stolzer Schiffseigner präsentieren. Die Dragon sollte im Beisein der Gäste eine richtige Bootstaufe samt neuem Namen erhalten. Mr. Ibrahim beauftragte mich, die Technik und auch das äußere Erscheinungsbild der Dragon auf Vordermann zu bringen. Er hatte auch eigene Leute vor Ort in Besut. Aber Dave hatte ihm wohl gesagt, dass ich das Schiff inzwischen in- und auswendig kannte. So gab mir Mr. Ibrahim vier Arbeiter an die Hand und ließ mich machen. Die Vorbereitungen nahmen mich in den folgenden Tagen voll in Anspruch. Während Dave mit der Unterstützung von zwei Mechanikern noch einmal die Motoren durchcheckte, putzten und polierten, schmirgelten und lackierten wir wie wild. Ich prüfte die Funktion der Toiletten, tauschte einige Taue und Bretter aus, schraubte fest, was sich durch die Fahrt gelöst hatte. Die durch den tanzenden Motor zerstörte Spitze des Schiffes wurde von einem Tischler ersetzt. Zum Schluss schraubte ich das Holzschild mit den goldenen Buchstaben »Dragon« ab und schraubte das neue an. Von morgen an würde das Boot »Raja Ombak« heißen. Den Namen hatte Mr. Ibrahim ausgesucht, ich fand ihn etwas unpassend. Raja heißt im malaiischen »König« und Ombak heißt »Welle«. Besonders königlich hatte sich die Dragon nicht in den Wellen geschlagen. Aber immerhin hatte sie uns treu von Brisbane bis nach Besut getragen, ich gönnte ihr den stolzen Namen. Im südchinesischen Meer, wo sie von nun an zu Hause sein würde, würde sie ihn verteidigen können. Denn die See war hier nicht so bissig wie vor der Küste Australiens.

Am Abend nach der Jungfernfahrt saßen Mr. Ibrahim, Dave und ich in der Mannschaftskajüte zusammen. Ich stieß mit Dave auf den gelungenen Tag an, Mr. Ibrahim, der überzeugter Muslim war, blieb bei Tee. Der große Tag der Raja Ombak war tadellos verlaufen. Wir hatten von Besut aus die kleinere der beiden Perenthian Inseln, Pulau Perenthian Kecil angesteuert. In Mr. Ibrahims Hotelanlage, die sich auf der Insel befand, hatte es ein großes Bankett gegeben. Danach ging es zurück, zur Feier des Tages ließ mich Dave das Boot nach Hause steuern. Eine große Ehre und Verantwortung angesichts der versammelten Lokalprominenz. Aber ich hatte die Yacht sicher im Griff gehabt. Auch das Anlegemanöver in Besut meisterte ich unter Daves wachsamen Blick mit Bravour.

Mr. Ibrahim hatte Daves Honorar für die Überführung bereits auf sein Konto in Australien überwiesen. Für mich hatte er einen Umschlag voller malaysischer Banknoten dabei. Trotz des ansehnlichen Haufens Papier war es umgerechnet kein überragender Lohn. Aber das hatte ich vorher gewusst. Auch wenn mein Betätigungsfeld weit umfassender gewesen war, ich hatte eben nur als Leichtmatrose angeheuert. Die anderen Sachen hatte ich freiwillig und aus eigenem Interesse gemacht. Trotz des relativ geringen Tageslohns war über die Wochen aber einiges zusammengekommen. Akute Geldprobleme hatte ich nicht mehr. Das Loch, das Lizzy in meine Reisekasse gerissen hatte, war zwar längst nicht wieder aufgefüllt. Es sah finanziell aber nicht mehr ganz so düster aus. Außer der Sache mit Max, die mir aufs Gemüt drückte, hatte ich im Moment also keine größeren Sorgen. Am meisten trieb mich die Frage um, wie es weitergehen sollte. Sollte ich nach Singapur zurückreisen, um ihm vor Ort beizustehen? Aber wie sollte dieser Beistand konkret aussehen? Vielleicht war es am besten, ein wenig Malaysia und das nahe Thailand zu erkunden. Beide Länder kannte ich noch nicht. Falls sich bei Max etwas tat, konnte ich bei Bedarf schnell wieder unten in Singapur sein. Aber trotz der vor mir liegenden exotischen Reiseerlebnisse wollte keine rechte Begeisterung aufkommen. Und ich wusste auch, woran das lag: Ich fühlte mich auf der Dragon irgendwie heimisch. Die Fahrt war ein echtes Abenteuer gewesen, ich hatte das Boot mit all seinen Schrullen und Schrammen liebgewonnen. Ich hatte viele Stunden Arbeit ins Boot gesteckt, hatte mir in kürzester Zeit unglaublich viel Wissen über das Schiff und seine Handhabung angeeignet. Ich fühlte mich zu Hause an Bord der Dragon und auch sie fühlte sich offensichtlich wohl mit mir, denn sie gehorchte mir aufs Wort. Jetzt hatte ich das unschöne Gefühl, mein gerade gewonnenes zu Hause verlassen zu müssen, um in die Fremde zu ziehen. Das passte mir gar nicht.

Mitten in meiner Grübelstimmung zeigte sich plötzlich und unerwartet ein rosiger Schimmer am Horizont. Mr. Ibrahim hatte ein Angebot für mich. Er musste vorher mit Dave darüber gesprochen haben, den der Australier grinste zu Mr. Ibrahims Worten von Ohr zu Ohr.

»Mein Plan ist folgender«, erläuterte mir Mr. Ibrahim feierlich, »die Raja Ombak soll ab sofort den Gästen meines Hotels für Charterfahrten zur Verfügung stehen. Viele der Gäste tauchen, andere wollen die Inseln in der Umgebung besuchen. Das werden die meisten Fahrten sein. Aber auch für längere Charter kann das Boot natürlich gebucht werden.« Der Malaysier hielt kurz inne und blickte Dave an, dessen Grinsen verstärkte sich, jetzt fing er auch noch an, wild mit dem Kopf zu nicken. Als wollte er mir zurufen »Tja, Kumpel, dass hättest du jetzt nicht gedacht, was?« Was war da im Anmarsch?

»Mein Angebot ist: Du wirst Kapitän und kümmerst dich um das Boot und um die Gäste«, ließ Mr. Ibrahim die Bombe platzen. »Viele der Gäste in meinem Hotel sind Deutsche, einige sind Engländer, die Verständigung ist für dich also kein Problem. Ich denke, meine Gäste werden es begrüßen, von einem europäischen Kapitän herumgefahren zu werden. Bei längeren Fahrten würde noch ein Koch mit an Bord sein. Dein Tageslohn würde dreimal so hoch sein wie bisher. Was sagst du?«

Ich war völlig überrascht und sprachlos. Ich als Kapitän der Dragon bzw. der Raja Ombak? Das war vielleicht die Chance, auf die ich immer gewartet hatte! Kein Surfbrettverleih in Goa, keine Höhle in Indien, kein Strand in Indonesien, sondern Kapitän auf einer Luxusyacht! Nie im Leben wäre ich auf so etwas gekommen! Zwar war der Lohn gemessen an deutschen Verhältnissen lächerlich niedrig. Aber ins richtige Verhältnis gesetzt, sah das schon ganz anders aus. Hier in Malaysia hatte ich nur einen Bruchteil der Kosten von zu Hause. Essen war spottbillig, eine Wohnung würde ich nicht brauchen. Das Boot würde mein Zuhause sein. Oder von Zeit zu Zeit irgendein leerstehendes Zimmer im Hotel. Wie ich Mr. Ibrahim einschätzte, würde er auch die spätestens in drei Monaten fällige Visumsfrage regeln. Er war jemand in Besut, er hatte Kontakte, er hatte Geld. Im Notfall musste ich eben kurz ins nahe Thailand aus- und dann wieder nach Malaysia einreisen. Andere Traveller hatten mir erzählt, dass die malaiischen Behörden diesen Trick akzeptierten. Alle drei Monate ein Kurztrip nach Thailand – es gab schlimmeres.

Ich konnte es immer noch nicht ganz glauben. Ich, aussteigen, leben in einem exotischen Land? Leben auf einem Boot, leben auf einer Insel? Was ich heute von den Perenthian Islands gesehen hatte, hatte mir gefallen: Strand, Palmen, sanfter Tourismus, unberührte Natur. Das einzige, was ich vermisste, waren natürlich die Wellen. Andererseits: Tauchen, die stille Unendlichkeit des Meeres unter Wasser zu entdecken, hatte sicher auch seinen Reiz. Ich dachte nur kurz über das Angebot nach.

*

Heute hatte die Raja Ombak zu kämpfen, es herrschte ein ziemlicher Seegang für hiesige Verhältnisse. Einer der beiden Engländer, mit denen ich auf dem Rückweg von der kleinen Insel Pulau Rawa zum Hotel war, sah ziemlich mitgenommen aus. Zumindest die Sorge, ob das Boot den Wellen gewachsen sei, konnte ich ihm nehmen. Gegen den Golf von Carpentaria war das hier ein Klacks. Als wir die Südspitze von Pulau Kecil mit östlichen Kurs umfuhren, war mir, als hörte ich das Donnern von Wellen. Ich blickte zur Insel. Westseitig der Inselspitze machte ich einen kleinen, von Palmen gesäumten Strand aus. Von Meer aus sehen Wellen völlig anders aus als vom Land. Das brechende Gesicht einer Welle zeigt sich nur dem Betrachter, der sie vom Land beobachtet. Vom Boot aus war es mir unmöglich einzuschätzen, auf welche Weise die Dünung sich an dem Strand brach. Rollten die Wellen gleichmäßig ab? Oder brachen sie komplett und waren damit nicht reitbar? Im Vergleich zum aufgewühlten Bild, das das südchinesische Meer heute abgab, schien das Wasser westseitig der Inselspitze ruhig und glatt. Ich meinte aus der Ferne saubere, geordnete Linien zu erkennen. Ich hatte da so ein Gefühl. Nachdem ich die Engländer abgeliefert hatte, ging ich in die Kapitänskajüte. Bisher war die Raja Ombak nur für Tagesausflüge gebucht worden. Solange das so blieb und die Kajüte nicht gebraucht wurde, hatte Mr. Ibrahim nichts dagegen gehabt, das ich hier wohnte. Der Reißverschluss der Surftasche war schwergängig von einer Mischung aus Sand, Wachsklümpchen und Salzwasserrückständen. Ich öffnete ihn behutsam und nahm mein Longboard heraus.

Die wenigen Leute, denen ich begegnete, schauten verwundert

auf mein Surfbrett. Ariff, der Koch, mit dem ich manchmal auf dem Boot zusammenarbeitete und mit dem ich mich gut verstand, lachte, als er mich sah. Ich hatte ihm ein wenig von meinen Abenteuern erzählt, er wusste, wie sehr ich das Surfen vermisste.

»Na Tom, geht ihr beide ein bisschen spazieren? Oder willst du nach Australien rüberpaddeln?«

Ariff war an Wassersport nicht interessiert, er konnte nicht mal schwimmen. Ich hatte keine Sorge, dass er wirklich neugierig war zu erfahren, wohin ich mit dem Surfbrett ging. Trotzdem, alte Surferregel: Immer bedeckt halten, wenn es um potenzielle Secret Spots geht.

»Ja genau.« Ich verzog keine Miene, bewahrte ein Surf-Poker-Face »ich gehe ein bisschen paddeln, damit ich nicht aus der Übung komme. Soll ich dir was mitbringen? Ich denke, ich gehe ein bisschen shoppen in Sidney.«

»Ein neues Radio wäre nett«, antwortete Ariff grinsend. »Und wenn du schon dabei bist – ich wollte immer schon mal rausfinden, warum die Engländer mir immer von Fish und Chips vorschwärmen. Bringst du mir eine Portion mit?«

Inmitten der Blödelstimmung fielen mir Ariffs Zähne auf. Sie waren nicht perfekt, in der oberen Zahnreihe war eine Lücke. Ariff war nicht sehr alt, ich schätzte ihn auf Mitte Dreißig. Er hätte es sich ziemlich sicher leisten können, den fehlenden Zahn ersetzen zu lassen. Die Gesundheitsversorgung in Malaysia war gut, auch ich hatte sie schon in Anspruch genommen und war überrascht gewesen, wie günstig die Medikamente waren. Die Behandlung war sogar ganz umsonst gewesen.

Meiner Einschätzung nach hielt es Ariff wahrscheinlich einfach nicht für nötig, den Zahn machen zu lassen. Insgesamt sah sein Gebiss ziemlich ordentlich aus, zur Nahrungsaufnahme war es mehr als ausreichend. Und in Malaysia waren Zahnlücken nichts Ungewöhnliches bei Menschen mittleren Alters. Als angestellter Koch in einem recht exklusiven Ressort war Ariff fern vom sozialen Abstieg, verdiente für lokale Verhältnisse sogar sehr gut. Er war zahnmäßig wahrscheinlich einfach relaxed.

»Fish und Chips? Klar, kein Problem, ich beeile mich, damit es noch schön heiß ist, wenn ich wieder da bin«, sagte ich. Ich hob die Hand zum Abschied und ging weiter den schmalen Pfad entlang, der an der Grundstücksgrenze des Hotels entlangführte. Die Perhentians waren Naturschönheiten. Es gab hier keine Straßen und keine Autos, dafür aber jede Menge Stille. Die Geräusche der Vögel und die Schreie der Affen begleiteten mich auf meinem Weg durch den Palmenwald. Ich war schon oft hier spazieren gegangen. Bisher hatte ich aber noch keinen Grund gehabt, bis zur Spitze der Insel vorzustoßen. Ich schätzte, dass der Strand, den ich vom Boot aus gesehen hatte, nur ungefähr zwei Kilometer vom Hotel entfernt sein müsste. Allerdings endete der Pfad, auf dem ich mich gerade bewegte, nach ungefähr 1,5 Kilometern an einem kleinen Strand. Dort war ich bereits einmal gewesen. Dahinter gab es meines Wissens nur dichten Palmenwald und Unterholz. Ich würde mir meinen Weg also selbst bahnen müssen. Eine halbe Stunde, nachdem ich vom Strand aus ins Dickicht gestoßen war, erreichte ich schwitzend und zerkratzt die Spitze der Insel. Es konnten nicht viel mehr als 600 Meter gewesen sein, die ich als Dschungelkämpfer unterwegs gewesen war, aber die hatten es in sich gehabt. Ich hatte ganze Horden von Affen zu Schreikonzerten animiert, einige riesige Spinnen hatten mich selbst beinahe zum Schreien gebracht. Das Meer war aufgewühlt, die Wellen brachen an dem Abschnitt der Insel, an dem ich jetzt stand, aber direkt auf Felsen. Ich orientierte mich kurz, hielt mich dann links, ging die

Küste hinunter. Ich hörte die Wellen, bevor ich sie sah. Die Insel machte einen Knick, dahinter hörten die Felsen auf, ein weißer Sandstrand lag vor mir. Die Wellen waren nicht besonders groß, sie waren nicht besonders hohl. Aber sie waren durch den Küstenknick geordnet und sauber. Sie waren reitbar. Definitiv. Und sie waren schön, glitzerten blaugrün in der Sonne. Außerdem trafen sie mich und die Insel völlig unvorbereitet. Seit einem halben Jahr lebte ich jetzt hier, Surfer hatte ich hier noch nicht getroffen. Tauchen ja, aber Surfen? Die Einheimischen hatten immer nur mit dem Kopf geschüttelt. Die Regenzeit begann gerade, ich hatte bemerkt, dass die See in den letzten Wochen unruhiger geworden war. Vielleicht war das hier kein Zufall, keine Ausnahme? Vielleicht war das mein neuer Secret Spot? War jemals jemand hier surfen gewesen? Ich war mir fast sicher, dass das nicht der Fall war. Der einzige Local den ich sah, war ein riesiger Waran. Die Echse watschelte bei meinem Anblick gemächlich zum Waldrand und verschwand im Dickicht. Ich blickte den Strand entlang. Fast erwartete ich, ein Planendach zwischen den Bäumen zu sehen. Was Daddy Cool jetzt wohl machte? Ob er noch alleine Oldschool Point surfte? Oder waren der Hawaiianer Jake und die Australier, denen er vom Spot erzählt hatte, auf Roti eingefallen und hatten Roger aus seinem Paradies vertrieben? Und Max? Ich wusste nur, dass er immer noch in Singapur im Gefängnis saß. Laut Auskunft der Botschaft wurde er von der Polizei nicht mehr als Schmuggler angesehen. Aber wann er freigelassen werden würde, war völlig unklar. Ich schüttelte mich innerlich, vertrieb die trüben Gedanken und konzentrierte mich wieder aufs hier und jetzt. Die Wellen riefen mich. Ich würde eine für Max mitreiten. Ich überlegte kurz. Dann kniete ich mich in den Sand und löste die Leash vom Board. Als ich es unter den Arm nahm, spürte ich das warme Wachs auf meiner Haut. Jetzt war alles perfekt. Ich ließ einen hemmungslosen Jubelschrei los und rannte zum Wasser.

Surf-Glossar

Beachbreak: Wellen, die sich über Sandbänken bilden.

Bottom Turn: Richtungswechsel am Fuße der Welle, nach dem man diese heruntergefahren ist.

Clean Up Set / Freak Out Set: Im Vergleich zu durchschnittlichen Wellen-Sets bringt ein Clean Up Set sehr viel höhere Wellen mit sich. Solche Sets tauchen manchmal regelmäßig auf, manchmal gar nicht. Sie sind kaum vorherzusehen.

Close-Out: Eine Welle, die gleichzeitig auf ganzer Linie bricht oder während des Befahrens in Fahrtrichtung bricht. Man sagt dann auch, eine Welle mache zu.

Channel: Die Stelle, an der die von den Wellen angespülten Wassermassen zurück Richtung Meer fließen. Die Strömung nutzen Surfer um ins Line-Up zu gelangen.

Cutback: Manöver, bei dem der Surfer eine enge Kurve in der Welle fährt und Geschwindigkeit reduziert, um dem brechenden Teil der Welle näher zu kommen.

Drop-In/reindropen: Einem anderen Surfer entgegen der Surfregeln die »Vorfahrt« nehmen, in die Welle fahren.
ODER: Vom obersten Rand in eine steile Welle reinfahren bzw. -fallen – ähnlich wie beim Skateboardfahren in der Half Pipe.

Duck-Dive: Mit dem Surfbrett unter einer gebrochenen Welle durchtauchen.

Fuß (englisch: Sg. Foot, Pl. feet): Die Länge von Surfbrettern und die Höhe von Wellen werden meist in der englischen Maßeinheit Fuß angegeben. Ein Fuß entspricht ca. 30 cm.

Goofy: Beim Surfen mit dem linken Fuß vorne auf dem Surfbrett stehen. Gegenteil wäre »Regular«.

Leash: »Leine«, die am Fuß des Surfers und dem Surfbrett befestigt ist.

Line-Up: Der Bereich hinter den gebrochenen Wellen, wo man mit den anderen Surfern auf Wellen wartet.

Linke Welle/Lefthander/Left: Die Laufrichtung von Wellen wird aus der Sicht des auf der Welle reitenden Surfers angegeben. Dies ist manchmal verwirrend, da eine »linke Welle« aus Sicht des am Strand befindlichen Beobachters nach rechts bricht und abgefahren wird.

Lip/Lippe: Der obere Rand einer brechenden Welle.

Nose: Die Brettspitze eines Surfbretts.

Point-Break: Meist sehr lang laufende Welle, die an einem sichtbaren Hindernis wie z. B. einer Landzunge bricht.

Rail: Seiten des Surfbretts.

Rechte Welle/Righthander/Right: siehe linke Welle.

Reef-Break: Wellen, die über Felsen oder Korallen-Riff brechen.

Regular: siehe Goofy

Rocker: Die hintere Aufbiegung eines Surfboards. Je mehr Rocker, desto wendiger und lebhafter ist das Fahrverhalten eines Boards.

Secret Spot: Ein Surfspot, der nur wenigen Personen oder gar nur einer einzigen bekannt ist. Solche Spots werden normalerweise geheim gehalten.

Section: Wellenabschnitte können dadurch unterschieden werden, auf welche Art und Weise sie brechen. Man spricht von schnellen oder langsamen oder auch hohlen »sections«.

Session: Die Zeit, während man auf dem Wasser ist und surft. Meist macht man mehrere Sessions am Tag und pausiert dazwischen.

Set: 3-8 direkt aufeinanderfolgende Wellen, die als Gruppe auftauchen. Sets tauchen innerhalb einer Session oft in wiederkehrenden Zeitabständen auf, z. B. alle 20 Minuten.

Shortboard: Kurzes Surfbrett mit wenig Volumen, das geeignet ist, radikale Manöver wie Cutbacks usw. zu fahren.

Spot/Surfspot: So bezeichnen Surfern einen Strand, bzw. Stellen am oder im Meer, wo reitbare Wellen brechen.

Stringer: Holzstreifen in der Mitte eines Surfbretts, der diesem Stabilität verleiht.

Swell: Wellen entstehen durch Stürme oder Winde auf dem offenen Meer. Der Wind setzt Wasser in Bewegung, wenn das bewegte Wasser (der Swell) auf Untergrund trifft, bilden sich Wellen.

Tail: Hinterteil des Surfbretts.

Take Off: Aus der liegenden Position in die stehende Position auf dem Surfbrett kommen.

Turn: Richtungswechsel beim Surfen.

Wax/Wachs: Wird auf ein Surfbrett aufgetragen, um Halt beim Stehen und Paddeln zu geben.

Wipe Out: Sturz von einer Welle, darauf folgt der unvermeidliche Waschgang.

Printed in Poland
by Amazon Fulfillment
Poland Sp. z o.o., Wrocław

21928377R00133